JN229105

彼女は逃げ切れなかった

She Failed to Escape

Nishizawa Yasuhiko
西澤保彦

PHP

彼女は逃げ切れなかった　目次

装画　青依　青
装丁デザイン　next door design（大岡喜直）

彼女は逃げ切れなかった

第一話　彼女は逃げ切れなかった

「じゃあね。行ってきまあす」

朗らかながら少し眠たげ。半分かろやかで半分けだるげな、そんな平穏そのものの生活感溢れる節回しの声が聞こえてきて、わたしは無意識に足を止め、顔を上げた。

歩道に面した二階建ての民家の門扉から、ぱっと見、四十くらいの小柄な女性が自転車を押して出てくるところだ。

こざっぱりとした服装。シニョンの髪にメガネ。サドルに跨がろうとするその全体的に地味なたたずまいは例えば公務員とか学校の先生とか、なにかしらお堅い職種を想像させる。『河口』の表札が掛かった家のカーポートは空っぽなので、共働きの彼女の旦那さまはひと足先にご出勤、そして子ども、もしくは子どもたちは未だにもたもた朝食をかたづけている最中、といったところか。

如何にも類型的なホームドラマっぽいイメージを勝手に膨らませている当方と同じ進行方向へペダルを漕ぎ出した河口夫人の前方から、ランドセルを背負った男子児童三人組が現れる。いや、くだんの女性の素性がほんとうに「河口夫人」なのかどうかは未確認なのだが、普段この界隈でよく見かける顔ではあるし。男子小学生たちとも「おはようございまーす」「はあい、おはよう」と元気よく、かつ爽やかに挨拶を交わしているし。

国立高和大学付属小学校の制帽と制服姿で河口夫人とすれちがった三人組。一年生か二年生くらいだろうか。歩行ペースを乱すことなくわたしのほうへ近寄ってくると、やはり元気よく、かつ爽やかに「おはようございまーす」と挨拶してくれる。

新型コロナ禍での生活も三年目を迎えた二〇二二年。十月十七日、月曜日。

「現状、ひととひととの間で距離を確保できる屋外でのマスクは基本的に不要」との内閣総理大臣によるアナウンス効果か、河口夫人と同様、登校中のみんなも誰も感染防止用マスクを着けていない。どの男の子の顔にもこちらは見覚えはないけれど、あるいは相手が知己ではなくとも校外での朝の挨拶はきちんとするように、と学校か家庭で躾けられているのか。いずれにしろ、たいへん気持ちの好いことである。

「おはようございます」と返して、しかしちょっぴり困惑するわたし。敬語ではなく「はい、おはよう」と多少なりとも年長者風を吹かせたほうがよかったかしら？

あの子たちにしてみれば、どう見ても自分の親より確実にひと廻りは歳上のおばさんの日常的言動なわけだから、そのほうが無難というか、自然に感じられるだろうし。おとなが必要以上にへりくだるのも却って、普通の主婦でも勤め人でもなさそうなのになぜだか朝っぱらから住宅街を無駄に徘徊する不審人物？　っぽかったりして。うーん。

って。こんなつまらないことで、それこそいい歳したおとながくよくよ、もやもやしなさんな。そう自嘲的にツッコミを入れつつ、わたしは歩道をてくてく進み続ける。千鳥足というほど乱れてもいないはずだが、我ながら吐く息が熟柿臭く、油断するとまっすぐに歩けていないような気がする。

腕時計を見ると午前七時半。ほんの十分ほど前まで、知人女性が経営する洋風居酒屋で飲んでいたのだ。心不全で先日急死した旧（ふる）い共通の友人を偲（しの）ぶ会、という名目で。

通常営業を終えた後の店内。ともに還暦を迎えたばかりの独り者同士の女ふたりっきりで、さしつさされつ故人の想い出をしんみり語り合っているうちに、ふと気がつくと、すっかり夜が明けていた。慌てておひらきにして、わたしはのろのろ徒歩で帰宅の途（と）に。

さほどの距離でもないのに、歩いているうちに急激に酔いが回ったのか、自宅近くの生活圏内へ戻ってくる頃にはずっしり重い疲労感で足がもつれる。ふわ、ふわわ、ふわわわと盛大に何度もあくびが洩（も）れた。

ぱちッと眼を開ける。前方で、さきほどの河口夫人の自転車に乗った背中が遠ざかってゆく。と思ったら、軋（きし）むようなブレーキ音とともに、その動きが止まった。

歩行者用信号機が点滅し、青から赤へと切り換わろうとしている。なるべく酒臭さを悟られぬようにと適当な距離をとって、ママチャリの背後で立ち止まったわたしは再び襲われた激しい睡魔に、くわわと開きかけていた口を、ふと閉じた。

車道を挟んで、真向かいの歩道にランドセルを背負った女の子が、ふたり。並んで信号待ちをしている。さきほどの男の子たちと同じく付属小学校の制帽と制服姿だが、三人組よりも少し年長の、四年生か五年生くらいだろうか。

ひとめで双子だと判る。が、ちょっと太めの眉（まゆ）から、凜々（りり）しげな目鼻だち、頬から顎（あご）にかけてのフェイスラインなど、どこをどうとってもコピー機で複写したのかと見紛うばかりに互いにそっくりなのにもかかわらず、ふたりが醸し出す雰囲気には明らかな相違がある。それは眼だ。

といっても、ふたりとも如何にもこの年齢の子どもらしく、ある種の貫通力を伴う瞳の輝き方で、形状そのものにもさほどの差異は無い。どちらが陽でどちらが陰だとか、単純なキャラクター分類ができるわけでもない。それでいて適当な譬えかどうか判らないが、ひとりは高彩度で、もうひとりは低彩度。そんなふうに区別をしたくなる。

眼ぢからの光学的な強度の種類がちがう、とでも言おうか。自身がきちんと理解した上での比喩なのかはいまいち心許ないものの、それぞれの個性をざっくり形容するならば、向かって右側のツインテールの娘は、くっきりアクティヴ。いっぽうその隣りのポニーテールの娘は、まったりアンニュイ。

造作の各パーツのフォルムのみトレースをすれば完璧な相似形になるのがむしろ不思議なくらい、全体的なイメージは対照的だ。部分的な特徴、例えば右側をポニーテールに、左側をツインテールにと髪形だけを取り換えたとしても、どちらが姉でどちらが妹なのかの区別がつかなくなるひとなんて、まずいないだろう、とすら思う。

左側の娘と、ふと眼が合ったわたしは息を呑んだ。これは……え。これって幻覚？　と一瞬、己れの正気や体調を疑ってしまうような、奇妙なものが見えた。

低彩度ポニーテール娘の両肩から両耳にかけて、なにか陽炎のようなものが立ち昇っている。鮮やかなエメラルドグリーンで、透過光というのだろうか、彼女の背後の風景が緑色に染まり、ゆらりと揺らめく。

な、なにあれ？　過度なアルコール摂取が原因でついに視覚に変調をきたしたか、と焦って眼をこすろうとした。が、その不思議な光はもう消えていた。

低彩度ポニーテール娘はわたしに視線を据えたまま、隣りの娘の腕をちょんちょん、と肘で突っついた。如何にも、ほら、ね、向こうの歩道にいるあの女のひとを見てご覧、とでも言いたげに。

ん。なに、どうしたの？　なにかおもしろいものでもあるの？　とばかりに興味津々の表情をこちらのほうへ向けてこようとする高彩度ツインテール娘から、わたしは慌てて眼を逸らす。

歩行者用信号機が赤から青に変わった。河口夫人が、地面に下ろしていた爪先をペダルへ戻し、自転車を漕ぎ出す。

そのときだった。わたしたちの左後方から車のエンジン音が一気に迫ってくる。かと思うや、他の通行人たちに先立って横断歩道の真ん中辺りまで進み出ていた河口夫人めがけて白い影が襲いかかる。

一台のセダンが背後から、いっさい減速することなく右折してきた、と認識する暇もあらばこそ。ガシャンッ。

激しい衝撃音とともに河口夫人の身体が空中に投げ出される。道路を挟んだこちら側とあちら側で次々に悲鳴が上がった。

薙（な）ぎ倒された自転車を蹴散らさんばかりの勢いで、白いセダンはそのまま疾走。

轢（ひ）き逃げ……突然の至近距離での出来事に硬直するわたし。その視界を切り裂くようにして稲妻（いなづま）が走った。いや、激しいショックを受けたという内面描写の比喩表現などではなく、これは文字通り、落雷さながらの閃光を目撃した、という意味だ。ほんの一瞬のあいだに、ひとことでは到底まとめきれない奇々怪々な現象が起こった。

ツインテールの高彩度娘だ。もの問いたげに隣りの娘に微笑（ほほえ）みかけていた彼女は、ふいに、カッと見開いた双眸（そうぼう）を逆方向へ転じ、猛スピードで遠ざかってゆく白い車体を睨（にら）みつけた。かと思うや、握（にぎ）りしめた両手をボクサーよろしく胸の高さに掲げる。膝蹴りさながらに振り上げた紺色のハイソックスの右足を、ずんッと地面に踏み下ろした。

一連のポーズとともに彼女の両耳の辺りから陽炎の如く立ち昇る透過光。さきほどのポニーテール娘の緑色とは異なる、鮮やかなピジョンブラッドが高彩度娘のツインテールを大鷲（おおわし）の羽ばたきのように巻き上げ、横走りの稲妻の形状を描きながら、白いセダンめがけて飛びかかる。

餌を捕食するワニもかくやと車体を包み込んだルビー色の塊りは、しかし瞬時にして霧散し、消え去った。と同時に、周辺の住宅の窓ガラスが割れそうなほどけたたましいブレーキ音が轟（とどろ）き、遁走（とんそう）しようとしていた白いセダンは急停止したのである。

え。な、なんだ？　なに？　いまのはいったい、なんなの？　いや、普通は漫画のなかでしかお目にかかれないベタフラッシュがそのまま具現化したが如き横殴りの閃光の正体はいったいなにか、という疑問以上に不可解なのは、他の通行人たちの誰もその現象に気がついていないらしい、ということ。

が、あれこれ思い悩んでいる余裕はない。白いセダンが停止している位置の危うさに気づき、あ、これはやばいぞ、と焦る。わたしのいる交差点から三、四十メートルほど離れた、信号機の無い十字路。そのど真ん中に立ち往生しているのだ。

実はここ、住宅が密集する生活道路にもかかわらず、通勤通学時間帯には県道の渋滞を回避する抜け道として使うドライバーがあとを絶たず、しかもかなりスピードオーバーであるケースが少なくない。そんな不心得者がもしもいま、横側の道路から突っ込んできたりしたら……という当方の不吉な予感は、あっという間に現実化してしまった。

メタリックシルヴァーの軽ワゴンが十字路に、いきなり進入してきた。そして、あっと思う間もなく、停止している白いセダンの運転席側の後輪部分に直撃。

どんッ、という激しい衝撃に続く耳障りな金属質の破砕音が周囲の空気を震わせ、通行人たちの悲鳴がそれに被さった。細かい破片混じりの粉塵を巻き上げ、歩道の縁石に乗り上げかけた軽ワゴンだったが、即座に体勢を立て直すや、再び走行。

その後尾部分へさきほどのピジョンブラッドの透過光が、再び餌を捕獲するカメレオンの舌もかくやと迫っていったが、なぜか寸前で、痙攣(けいれん)のような動きとともに引っ込み、消滅する。軽ワゴンは、そのまま走り去ってしまった。

当て逃げされた白いセダンはスピンして、一旦はこちらへ鼻面を向けたが、勢いは止まらず、さらに半回転。その衝撃で跳ね上がったとおぼしきトランクの蓋（ふた）の裏側を曝（さら）け出す恰好（かっこう）で停止する。

車道のセンターラインを跨ぐような姿勢で倒れている河口夫人のもとへ通行人たちが駆け寄り、介抱。そのうちのひとりはスマホを耳にあて、通報している模様。

歩行者用信号機が再び赤に変わろうとしている。横断歩道を渡って、こちら側へやってくる高彩度、そして低彩度の姉妹。

すれちがう直前、ポニーテールのほうとわたしの眼が再び合った。いまにも口を開いてなにか声をかけてきそうな気配を感じ、そんな必要もないのに妙な緊張をする。

が、彼女は結局なにも言わずに、視線を外した。そして、やはりなにか気配を察知してか、口をちょっと開き気味に、大きな瞳をわたしのほうへ向けてこようとするツインテール娘をたしなめるかのように肩で押し、歩き続けるよう促（うなが）す。

遠ざかってゆくランドセルふたつをしばし見送っていたわたしは、はっと我に返った。白いセダンのほうを見ると、当て逃げされ、スピンした状態のまま止まっている。

動き出す様子はない。かといってドライバーが降りてくる気配もない。

どうしたんだろ？　無意識に足がそちらへ向かった。

そんなわたしに呼応するかのように、逃走車輛の進行方向から、登校途中とおぼしき中学生くらいの男子グループが、子ども特有の無遠慮かつ警戒心皆無な所作で、セダンのもとへわらわら歩み寄る。

「え」「なにこれ」「人形？」「おわ」「マジ？　やばくね？」とか少年たちが口々に眉をひそめ合い、そそくさとその場を離れるのを見て嫌な予感にかられたものの、いまさら回れ右もできず。のこのこ歩み寄ったわたしは、白いセダンの蓋の高く跳ね上がったトランクのなかを覗き込んだ。

そこにはたしかに一見、女性型マネキン人形のようなものが、身体をくの字に曲げた姿勢で横たわっていた。青い防水シートにくるまれた隙間から覗く、焦点の合わないガラス玉のような眼球がふたつ。赤黒く細かい筋を浮かせ、虚ろに空を見上げている。

反射的に口を押さえたわたしの指の隙間から、アルコール臭いゲップが洩れた。かろうじてリバースはしないで済んだが、しっかり自己嫌悪を覚えた。いろんな意味で。

*

ところで、この世に生を享けて六十年。ずっと独身を貫いてきたわたしだが、実は娘がいる。纐纈ほたる。三十二歳。

実子ではなく亡き弟、纐纈良仁の忘れ形見だ。三十年ほど前に彼女と養子縁組をして以降、伯母と姪ではなく、母親と娘としての関係を築いてきた。

あるいはその影響なのか、ほたるは現在、養母がかつて服務していたのと同じ職業、すなわち警察官になっている。担当も退職時のわたしの所属と同じ。刑事部の一課。

「だからといって、纐纈古都乃（ことの）さん、普段は滅多に出歩かず、もっぱら宅飲みのあなたが今日に限って、朝がえりの途上で変死体に遭遇したというのは、ほんとうに単なる偶然なのですか？　なーんて、ドラマはだしで杓子定規な質問なぞはいたしませんので。はい。どうかご安心を」

　後ろ手のポーズで身を屈めたほたる、リビングのソファにぐったり横たわるわたしの顔を、肘掛け側から逆向きに、悪戯（いたずら）っぽい笑みを浮かべながら覗き込んでくる。

「あたりまえだよ、そんな。いくら第一発見者のひとりだからって。そう何度も何度も事情聴取をされてたまるか。一回だけで充分、一回だけで」

　上半身を起こし、座りなおした拍子に溜息が洩れた。「ったく、よりにもよって。ひと息、吹きかけただけで花が枯れそうなくらい酒臭いときに、昔の知り合いに面と向かって話をしなきゃいけない、というあの気まずさ。なさけなさ、ときたら。んとにもう」

「聞きましたよ。筈尾（はずお）さんでしょ？　いいじゃないですか。あのひと、別にそんなことを気にする性格じゃないし」

　パンツルックの長身をくるりと翻（ひるがえ）し、キッチンへ入る我が娘。なぜだか、もの心ついたときからずっと第三者が同席する場は除き、わたしに対する敬語を崩さない。

「それどころか、思わぬところで古都乃さんとひさしぶりにお会いできた、って彼、喜んでましたよ。全然知らなかったんだけど、筈尾さんが新人の頃、お母さんが教育係だったんですって?」

「昔の話。もう二十年も前の」

「初めて聞きました。そういうおもしろそうなお話に限って、家ではちっとも、してくださらないんだもの」

「彼とのコンビで、わざわざご披露させていただくほど血湧き肉躍るような武勇伝なぞ、なんにもございませんでしたから」

大きなあくびが出た。まだ眠い。言うところの朝がえりの途上、轢き逃げの後で当て逃げされた白いセダンのトランクのなかから若い女性の変死体が現れ、わたしがスマホで通報。

そこへ駈けつけてきてくれたのが、なんの因果か、かつての同僚の筈尾刑事だったのである。醜態は言い過ぎかもしれないが、泥酔してよれよれな老体の我が現状なぞ、あんまり積極的にご披露したくはなかった。ましてや彼、いまは職務でほたると組む機会も多いというのだから、なおさら。

とはいえ緊急事態下、贅沢は言っていられない。事情聴取をきちんと終えた後、帰宅。精も根も尽き果てたわたしはベッドに倒れ込み、とりあえず七、八時間ほど爆睡。

目が覚めると半日遅れの、ひどい二日酔いに見舞われた。シャワーを浴びても、すっきりせず。一応ご飯を炊いてはみたものの食事どころか、なにをする気にもなれない。

テレビを流し観しながらブラックコーヒーをだらだら啜り込んでいるうちに、すっかり夜が更ける。午後九時になる十分ほど前、ほたるからＬＩＮＥあり。『あと一時間ほどで帰れそうです』との由。

　メッセージはそれだけだったが、なにか食べるものをご所望との謂であろうと察して、冷蔵庫を開ける。ウルメイワシの干物にタマゴ焼きと、まるで和風モーニングセットのようなメニューを用意しながら、ついついワインオープナーに手が伸びた。

　味噌汁に使った余りの椎茸をスキレットに。オリーヴオイルとニンニク、鷹の爪で炒めて、岩塩を振った簡単な肴をつまみながら白ワインをちびちび飲っていると、ほたるがご帰還あそばした。

「あのですね、帰宅早々に言うことじゃないかもしれませんが、お母さん。そろそろ再就職を本気でご検討なさってみては？」

　開口一番にそんな小言めいた科白が出るのも、このところ顔を合わせるたびに飲んでいる母親の心身を案じてのことだろう。

「なんでしたら、あたしのほうから警務部のひとに相談してみても」

　彼女が思春期の頃とかはあまり意識しなかったけれど、年齢を重ねれば重ねるほど、ほたるは亡き弟に似てくる。こんなふうに、ちょっと厳しめの諫言を受けるときなぞ特に、未だに二十代のままの良仁の面影をその片言隻句のなかに読み取ってしまうわたし。

「いやいやいや。そんないまさら。辞めて、もう五年も経っているっていうのに」

　ほたるが現在の強行犯担当に配属される以前の二〇一七年。五十五歳のとき、わたしは定年を待たずに早期退職した。

妻に先立たれ、長らくやもめ暮らしをしていた父、纐纈慎太郎（しんたろう）の介護に専念するためである。父は要介護４だったが、たまたまどこの特養ホームにも入所できず。やむなく自宅で、昨年十二月に息を引き取るまで慎太郎の世話にわたしは明け暮れた。

新型コロナ禍の折、簡略化した家族葬をほたるとふたりだけで執り行い、遺産相続手続も淡々とこなす。丸四年に及ぶ介護生活に終止符を打った反動だろうか、このところのわたしがずっと脱（ぬ）け殻（がら）のような、燃え尽きた後の灰状態であることは否定できない。

加えて先月、県外在住で同い歳の旧い友人が急死したとの知らせが舞い込んだものだから、ますます凹む。その私的追悼のために昨日、故人と共通の知人である久志本刻子（くしもとときこ）と夜通し飲み明かしたのだが。まさかその帰り道で、車のトランクに押し込まれた若い女性の変死体に遭遇するとは。なんだか精神的にめげる出来事ばかり続く、というか、死神にでもまとわり憑（つ）かれている気分だ。

そう慨嘆（がいたん）するわたしに、現職刑事である娘が、帰宅するなり「だからといってお母さんのことを、形式上にしろ今回の件の重要参考人扱いなどにはいたしませんので、どうかご安心を」と茶化してきた次第。

「で。どうなんでしょ」

ほたるは冷蔵庫から、このところお気に入りらしい缶入りジンのソーダ割りを取り出してきて、テーブルについた。お箸を指に挟んで持って「いただきます」と合掌。

「どうって、なにが？」

「ご自身が第一発見者のひとりとなった変死体について。元一課の刑事としての見立てのほどなどをひとつ、お伺いできれば」

「先(ま)ずは、車を運転していた人物に詳しい話を聞いてみないことには、なんとも、ね」

「まことにごもっとも、なんですけど」

コップに注いだジンソーダをひとくち含むと、お箸でタマゴ焼きをほぐす。「そのためにはご当人が、ちゃんと喋れるようになるのを待たないと」

「ちらっと外から見ただけ、なんだけど。運転席の窓に寄りかかるようにして、ぐったりしていたっけ。怪我をしているの？」

大口を開けてご飯をぱくり、もぐもぐ咀嚼(そしゃく)しながら頷くほたる。「かなり」

「そういえば、エアバッグが開いていなかったような。非装備だったの？」

「じゃなくて。なにか不具合があったみたいですね。でも、ドライバーはシートベルトをしていなかったから。作動しなくて逆に良かったんじゃないかと」

「シートベルト非装着の状態でエアバッグが膨らんでいたとしたら、怪我じゃ済まなかったかも、だものね」

「軽ワゴンに当て逃げされた衝撃で、前頭部をハンドルかフロントガラスかにぶつけたものと思われるんだけど。それだけじゃなかった。他にも傷があったんです。後頭部に」

「あの衝突の際に出来たものじゃなくて、ってこと？」

「壁かどこかにぶつけたのか、鈍器かなにかで殴られたのか。いまのところ不明ですが。おそらく車に乗り込む前に付いた傷だろう、と。それはまちがいないようです」

「運転中に自分でぶつけたとか、危害を加えられるとか、したわけではないと」

「状況的にも形状的にも、シートにおさまった姿勢で出来る傷とは考えにくい。負傷した後で車に乗り込んだ。そして、どういう事情があったかはともかく怪我を押して、ハンドルを握ったものと推察される」

「そもそもあの白いセダン。ドライバーの彼って何者？」

「名前は幾田英樹（いくたひでき）、三十一歳。自動車整備士で、自宅は謝花町（じゃはなまち）四丁目」

「謝花町？」

　簡単な地図を頭のなかで思い描いてみた。幾田英樹なる男が仮にその自宅からあの白いセダンを走らせてきたのだとしたら、西からやってきて、一旦大通りからこの住宅街へ入る。交差点で右折しながら、河口夫人の自転車を轢き逃げ。さらに東の方角を目指して逃げようとしていた、と考えられる。女性の遺体をトランクに積んで彼は、いったいどこへ向かおうとしていたのだろう？

「問題の車のトランクに押し込まれていた女性の身元ですが。幾田麻衣（まい）、二十九歳。運転していた幾田英樹の妻で、市内のドラッグストアのパート従業員」

「夫婦だったのか」

「結婚して七年目。子どもはいない。ここ最近、夫婦関係はかなり危機的な状況だった、という証言もあるようで」

「具体的には？」

「夫、英樹の女癖の悪さ、ＤＶ問題など。裏づけはとれていないけれど、夫の浮気や暴力に堪えかねた麻衣は、これまでにも何度か家出を試みたことがあるようです」

「……家出を、ね」

「その都度、潜伏場所を探し出した英樹が、むりやり彼女を連れ戻していた。かなりの激情家でカッとなりやすいばかりでなく、蛇(へび)のように執念深い夫に麻衣はとことん嫌気がさし、怯(おび)えていたという話ですが。詳細はまだこれから」

「どうやら夫婦間で、かなり深刻なトラブルをかかえていたようだ、と」

「女性絡みの逸話が尽きない男だそうです、幾田英樹は。もっともご本人に言わせると自分のせいじゃなくて、女たちが勝手に寄ってくるんだ、ということになるらしい。最近でも顧客の女との浮気を妻に疑われた際、オレは不貞行為なんかに及んじゃいない、あの女に勝手に熱を上げられ、ストーキングされて迷惑しているんだ、むしろこちらが被害者なんだ、と。大真面目(おおまじめ)に主張していたとか」

「なんとまあ。ものも言いようだ」

「口が巧(うま)いんでしょうね、要するに。麻衣が逃げても逃げても英樹に連れ戻されたというのも、単に強引な力ずく一辺倒じゃなくて、うまく言いくるめられていた側面もあったんじゃないでしょうか」

「なるほど」

「その麻衣の死因ですが、首を圧迫されたことによる窒息。頸部には指の痕があった。しかもかなり明瞭な」

「扼殺か」

「遺体の側頭部に、裂傷が認められる。なにかで殴打され、抵抗力を奪われた上で首を絞められたらしい」

「犯人が仮に絞殺用のロープなど凶器を準備していなかったのだとしたら、計画的ではなく衝動的な犯行だったのか。あるいは、単に人体に付着した指紋も特殊な試薬で採取可能であることを知らなかっただけ、なのか」

あくまでも例えば、だが。昨夜、幾田夫婦のあいだで深刻な諍いが起こったとする。原因は旦那の新たな女性関係が発覚したとか、その類いで。

夫をなじる麻衣。そんな妻に手を上げる英樹。彼のDVにいつもは泣き寝入りするしかない麻衣も、この夜ばかりは爆発し、なにかで夫の頭部を思い切り、ぶん殴る。

思わぬ反撃に逆上し、度を失った勢いで妻を殴り返した上、絞め殺してしまった英樹だったが、頭部に受けた傷が原因で力尽き、昏倒してしまう。そのまま気絶していたのが夜明けとともに、はっと意識を取り戻す。すると眼の前には、自分が手にかけてしまった妻の遺体が。

しまった、なんてことをやらかしちまったんだこのオレは、と悔やんだものの、麻衣が蘇生するはずもなく。もはや手遅れ。だがそこで警察に通報することを潔しとしなかった英樹は、ふらつく身体に鞭打って、妻の亡骸を車のトランクに押し込んだ。

どこか山奥にでも遺棄して妻の死を隠蔽（いんぺい）しようと図ったものの、やはり頭部の傷が原因で、まともに運転することができなかったのだろう。なにしろ人間の遺体を積んでいるのだ、絶対に検問などに引っかかったりするわけにはいかない。慎重にも慎重を期して安全運転に徹しなければならなかったのに、あろうことか自転車を撥（は）ねるという事故を起こしてしまった、と。

経緯としては、ざっとこんな感じかと、あれこれ細かく想像している己れに内心少し苦笑い。とっくに警察官を引退しているというのに。職業病が抜けきっていないようだ。

「はたして旦那がやったのかどうか。その点も含めて夫婦のあいだでなにがあったのかを聞き出すためには、幾田英樹の意識が戻るのを待つしかない。が、彼がちゃんと持ち直すかどうかはいまのところ、ちょっと」

「そんなに悪いの？」

「五分五分、ってところのようですね、医者の話では」

「そういえば、あの女のひとの容体は？　自転車に乗っていて撥ねられた」

「ああ、河口さんの奥さん」

その口ぶりからしてどうやら、ほたるも顔見知りらしい。「だいじょうぶ。たまたま受け身をうまくとれたのか、派手に撥ね飛ばされたわりには軽い打撲で済んだそうです。念のため頭の検査もしたけれど、異常は無し。入院の必要もなかった」

「それはなにより。よかったよかった」

「それから、幾田英樹の車にぶつけて逃げていた軽ワゴンも見つかっています。運転していたのはカラオケ店でバイトしている二十歳の男で。酒気帯びだったみたい」

「それで逃げたのか。やれやれ」

「あたしは直接、話していないけど。ご本人は、こんなの納得いかねえぞ、って。ぶう垂れているらしい。事故ったのはオレのせいじゃない、あんな変な位置で急に停まるほうが悪いんだ、と。あれじゃあまるで、はいどうぞ、ぶつけてくださいませ、と頼んでいるようなものじゃないか、云々(うんぬん)」

「まあたしかに。信号機の無い十字路のまん真ん中だもんね。同じ急停止するにしても、もう少し前へ進んでいれば、あるいは」

「遺体の運搬中にうっかり自転車を撥ねてしまって、慌てて急ブレーキを掛けたものの、そのときの周囲の状況を把握(はあく)しきれていなかったんでしょうね、幾田英樹は。頭の傷で、意識が朦朧(もうろう)としていて」

いや……ふいにわたしの脳裡に、あの女子小学生の双子の姿が浮かんだ。

「ほん……とに」と無意識に、そう呟いていた。「英樹って、ほんとうに自分の意思で、ブレーキを踏んだのかな」

「へ？」とお箸を止め、きょとんと怪訝(けげん)そうなほたるの表情を見るまでもなく、変なことを口にしている自覚はあったので、さすがにその続きは自粛した。

何者かがあのとき、幾田英樹にむりやりブレーキを踏ませた……ような気がする。しかも同乗せずに、車外から。なにか眼に見えない、遠隔操作でもって……なんて。

ばかばかしい。そんな突拍子もない。後は裏づけがとられるのを待つばかりのこんな、なんの変哲もない単純な事案に、わざわざ妄想めいた茶々を入れて、いたずらに引っ掻き回してもしょうがない、と。そう自重するわたしの予想は、しかし後日、あっさり裏切られることとなる。

＊

「え？　盗難車だった？」

久志本刻子は、前屈みの姿勢でテーブルクロスの皺を伸ばしながら、肩越しに顔をこちらへ向けた。「その車、運転していた男のものじゃなかった、ってこと？」

マスクを直す仕種とともに厨房へ入った刻子、すぐ出てくると、四人掛けテーブルを二脚くっつけた座席に七人分のカトラリーを並べる。テーブルセッティングの作業が一段落したので話をじっくり聞こうというのか、カウンター席のストゥールに座ってお菓子の詰め合わせをラッピングしているわたしの傍らへやってきた。

「うん」と、わたしは作業の手を止めずに、腕組みしている彼女を見上げる。

「幾田麻衣が殺された第一現場はどこだったのか。それを特定しておかなきゃ話が始まらないでしょ。ほたるたちは、とりあえず謝花町の幾田夫婦の自宅を調べてみた。戸建ての４L

ＤＫで、ふたりで暮らすにはゆったりめの賃貸物件。カーポートには一台のワンボックスカーがあって。当初それは、妻の麻衣の車かとも思われたんだけど」

「ちがっていたんだ」

「幾田夫婦の使っていた車はそのワンボックスカーだけ。問題の白いセダンは、その日に盗難届が出されていた車輛だと判明した」

「その日、ということは、事件と同じ先々週の月曜日？」

「うん。十七日。刻子とわたしがここでふたりで、んもう、べろんべろんに痛飲していたあの日の翌朝。持ち主っていうのが、ちょっと変わった御仁だそうで。なんの仕事をしているのかもよく判らないんだけど、とにかく超の付くお金持ちらしくて。国産外車とりまぜ高級車を複数、所有している」

「ほう。やっぱりいるんだ、そういうひと。昔で言うところの高等遊民、みたいな」

「そのせいなのか、自宅のガレージに停めてあるはずの白いセダンが見当たらないことに持ち主は、しばらく気づいていなかったらしい。なので時間的に盗難届が出されたのは、当て逃げされた幾田英樹が病院へ搬送されてからずっと後のことだった」

「問題は、その幾田某（なにがし）が妻の遺体を運搬するためになぜ、わざわざそのひとの車を使ったのか、だね。盗まれた、っていうからには英樹クンは、その高等遊民サマとお知り合いとかだったわけではない？」

「みたいね。ほたるによると、英樹とそのセダンの持ち主とのあいだには、なんの接点も見受けられないんだとか。個人的な交流もなければ、英樹の勤め先の工場をその高等遊民サマが利用したこともないらしい」

「ふーむ」と、カウンターに凭れかかろうとした刻子は、ふと腕組みをほどき、わたしの手もとを覗き込んだ。「あ。全部、包み終わった？　どうもありがと」

メンズライクな刈り上げベリーショートと広めの肩幅のせいか、わりと大柄なイメージを抱かれがちな彼女。エプロン姿の華奢な身体が優美な所作で厨房へ戻る。

「わたしはもう現役じゃないから、お気楽なものだけど。ほたるたちは、たいへんだ。英樹がなぜわざわざ盗難車を使ったのかという理由のみならず、幾田麻衣を殺した犯人も、つきとめなけりゃならないんだから」

「え？」

ビールサーバーに手を伸ばしかけていた刻子は一瞬動きを止め、眼を丸くした。「旦那が殺ったんじゃないの？」

「ちがうみたい。遺体の頸部から、照合可能な指紋が検出されたんだけど。それがどうやら、英樹のものとは合致しないらしい」

「謎の第三者がいるわけね、背後には」

「幾田邸のなかを調べてみると、玄関の沓脱ぎから上がってすぐの廊下に血痕があって。これが英樹のものと一致した。つまり彼が自宅で殴られたのはほぼまちがいなさそうで。その後、妻の遺体をトランクに積んだのだとしたら事前にあの白いセダンを盗んでいた、ということになりそうなんだけど。計画的と言うにはどうも、ちぐはぐな感じで。加えてリビングの出入口付近に、麻衣のものとおぼしき血痕の付着した女物のハンカチが落ちていたりして。事件の全体的な構図がなかなか見えてこない」

「いやはやなんとも。ほたるちゃんたちもお気の毒に。って、ま、それはともかく、おつかれでした。いかがですか、ナマでも」

ねぎらわれるほどの労働はしていないが、だからといって遠慮する慎みもなく。白い泡がみっしり縁(ふち)から盛り上がったゴブレットを彼女からカウンター越しに、ありがたく頂戴するわたしであった。

十月三十一日、月曜日。刻子が切り盛りしている洋風居酒屋〈KUSHIMOTO〉は本来、定休日だ。なのに、なぜ彼女が普段は使わない天鵞絨(ビロード)のテーブルクロスやお洒落(しゃれ)なナプキンなんぞをいそいそ持ち出してきてセッティングしているのか、というと。今宵はハロウィン。なのでご家族連れの常連さんのために、これからお店を開ける。

その本日限定ディナーの特典として刻子の手づくりオリジナルスイーツの詰め合わせを付けるのだが、そのラッピングを手伝うために、こうしてわたしが馳(は)せ参じた次第。いつものバイトの娘が急に来られなくなったとかで、このところ毎日が日曜日状態の当方にお声がかかったのだ。

「なんだか心苦しいね。この程度の作業でご褒美に生ビールをいただく、というのも」

「じゃあ気が楽になれるように、追加で。アテンドもお願いしちゃおっかな」

「あてんど？」

「今夜いらっしゃるお客さま。この春、宇都野町へ引っ越してきたばかりの方の」

「って、うちのご近所さん？　半年ほどで、もう常連さんになってくれてるの？」

「あたしの親戚で、以前ここでバイトしてもらっていた娘が高和女子短大の出身なんだけど。彼女が在学中に、講師だったその方にずいぶんお世話になった縁で。あたしも一応、ずっと知り合いではあったの」

「短大の先生か」

「事情はよく知らないけど、旦那さんと離婚して。たまたまここへ歩いてこられる距離のところへ、子連れで引っ越してきたから」

「爾来ご贔屓にしていただいていると」

「いつもは親子でいらっしゃるんだけど。なにしろシングルマザーでしょ。いろいろとお忙しいのよ。今夜も、お仕事かどうかは聞いていないけど、急な用事が入ったとかで。ご飯の用意もままならない。そんなときはお子さんたちだけで、ここへ来てお食事」

「アテンドって、そのお子さんたちの送り迎え、ってこと？」

「この近辺も、それほど治安が悪いとは思わないけど。やっぱり夜間に、小学生だけで外出させるというのも、ね」

「親戚がお世話になった方とはいえ、またずいぶんと破格の待遇ですな。毎回、そんなサービスをしてるの？」

「たまに。お母さまがお忙しいときには。普段はバイトの娘にやってもらっているんだけど。今日は古都乃にお願い」

「別にいいけど。先方もそういう事情ならお惣菜を買ってくるとか、デリバリーを頼むとか。いろいろあるじゃん。お子さんをわざわざ、こんな飲み屋に来させなくても」

「ここも一応のカテゴリーとしては洋風居酒屋だけど。ビストロというか、お洒落なカフェレストラン、みたいな感覚でご利用いただいているんじゃないかな」

たしかに。刻子の趣味が反映されたお店の内装は、かなり乙女チックだし。客層も若い女性が圧倒的に多いので、いわゆる飲み屋という単語から喚起されるイメージからはちょっと遠いかもしれない。

「それだけ気に入ってくれているんだ、刻子の料理を。きっと孝美(たかみ)も、もう一度、食べたかっただろうな」

などと、いささか脈絡なく、先日急死したわたしたちの友人である藤永(ふじなが)孝美の話を始めるわたし。「刻子がつくる砂肝のアヒージョとか、ローストチキンのサラダとか。大好きだったもんね、彼女も」

「そういえばこの前、古都乃にこれ、見せたっけ。あたしもだいぶ酔っぱらっていて、記憶が定かではないんだけど」

刻子はスマホを取り出し、画面をタップした。「コロナの前に孝美が、ほんとにひさしぶりに高和へ帰ってきて。そのとき、ここへ寄ってくれたんだけど」

「知ってますよ、もちろん。その話、もう何万回したことやら」

「そのときに、遅ればせながら彼女とＬＩＮＥの交換をして」

「それは聞いていない。いや、聞いたんだけど、忘れちゃったのかな」

「あ。これこれ」と彼女が掲げてみせるスマホ画面をわたしは覗き込む。ＬＩＮＥトークリストで、刻子が指さした箇所には『メンバーがいません』という表示。そして『孝美がスタンプを送信しました』とある。

　タップしてアプリを開くと二〇一九年三月六日、水曜日付けで、丸っこくて可愛いキャラクターがぺこりとお辞儀をしているスタンプ。その真下に『孝美が退出しました』と、どうやら孝美のアカウントが削除されたとおぼしき表示が。

「交換したものの結局ＬＩＮＥは、この一回のやりとりだけで終わっちゃった。いつでも気軽に連絡できると思うと却って無沙汰になってしまう、という典型的な例ですね」

　二〇一九年か。いまから三年前といえばわたしはすでに警察官を辞め、父の介護に専念していた頃だ。三月六日だったかどうかは定かではないが、刻子から連絡をもらったことはよく憶えている。いま孝美がお店へ来ているよ、翌日にはもう高和を発つそうだから古都乃も、いまから来ない？　と。

　それに対してわたしが、ごめん、今夜はちょっと無理、としか返信できなかったのはそれほど介護疲れが激しかったからか。精神的に余裕が無かったのはまちがいないものの、なにはさて措いても孝美に会いにゆこうという気持ちになれなかったのは、どうしてなのか。当時の己れの内面で物事の優先順位は、いったいどんなふうになっていたのか。いま思い返すといろいろ不可解ではある。

次回いつ会えるか、なんの保証もない友人が地元に来ている。そのチャンスを自ら逃すなんてあり得ないと。そう断言できるのは仕事と介護から解放されている現在ならでは、だろう。しかし当時との条件的な差異とは、ほんとうにそれだけなのか。

この店とわたしの自宅との距離なぞ、ほんの徒歩十分。それほど近くまで彼女は、あの日、来ていたのに。なぜわたしは……と、悔やんでも悔やみ切れない。

「……これは、なに？」

孝美が刻子に送った最後のスタンプ。そのすぐ上のメッセージをわたしは指さした。そこにはただひとこと。『一切皆苦』と。

ＬＩＮＥ交換をして、最初の試し打ちにと刻子が送った、『どうですか、人生は』とのメッセージへの返信がこれ、なのだが。

「いっさいかいく。あたしもよく知らないけど。仏教用語だっけ。ざっくり言うと、なんにもうまくいかず、自分の思い通りにならないことばかりだ、という意味みたい」

思い通りにならない……そのひとことで想起されるのはやはり内縁の夫のことだ。とはいえ孝美にとって舟渡宗也（ふなどそうや）が不本意な相手だった、という意味ではない。部外者としての想像の域を出るものではないけれど、ふたりがお互いのことを最良のパートナーであると認め合っていたのは、たしかだと思う。

いや、より正確を期するならば、最良のパートナーとなり得る人材であるとお互いに認め合っていた、と言うべきか。が、如何なるケースであろうとも人間関係には常に、いきちがいというものが付いて回る。

　孝美が彼とのパートナーシップとして敢えて内縁関係を選んだのも、相手への干渉束縛を緩和する手段として、少しでも無駄ないきちがいを回避しようとしての判断だったのだろうか。仮にその想像が的を射ているとしても、孝美たちの思惑はおそらく功を奏しなかった。もしかしたら戸籍上の夫婦という、制度に組み込まれるかたちゆえの不自由さを取り入れていたほうがあるいは、もっとうまくいったりしたかもしれない。

　少なくとも修復不能な齟齬が生じた際の距離の取り方については、もっと適切な状況判断ができたのではないか。なまじ互いのフリーハンドを担保していたのが仇になって、関係解消のタイミングを逸するといった袋小路的な膠着状態だけは避けられたのではないか、と。しょせんはわたしのさもしい、そしてどこまでいっても虚しい願望に過ぎないけれど、そんな気がしてならない。

「ま、この言葉も、ね。旦那との関係のみを指してのことではない、だろうけれど」

　まるでこちらの胸中を見透かしているかのような刻子のひとことに、どきりと胸苦しくなる。「一切皆苦」という単語ひとつにこれだけ過剰に反応してしまうのは、とりもなおさずわたしのひそやかな本音の顕れだ。

　すなわち孝美は、結局のところ舟渡宗也とのパートナーシップに失敗したのだ、と。そう結論してしまいたい。しかしそれは彼女が失意のままこの世を去らなければならなかった、という意味にもなりかねず。孝美のことに想いを馳せるにつけ、身も心も引き裂かれそうになるばかりのわたし。

　自己嫌悪の沼にずぶずぶ沈み込んでいると刻子が、壁の掛け時計のほうを顎でしゃくってみせた。「じゃあそろそろ。そのビールの対価のほうをば、お願いいたしますわ」

「なんだっけ。あ、そうか。アテンドね。今宵のお客さまの」

「古都乃のうちの近くだと思うけど。〈メゾン・ド・ハイド〉っていう」

「え。近くどころか、すぐお隣りのマンションだ。あそこに住んでいるの？」

「七階の七〇七号室。お名前は油の布と書いて、ユフさん。よろしく」

「了解」と、すっかり泡の消えたビールの残りを飲み干し、ストゥールから立ち上がる。カウベルを鳴らして出入口のドアを開け、外へ出る直前、店の固定電話が鳴った。

「はい。〈KUSHIMOTO〉です。あ。こんばんは、釘宮（くぎみや）さん」

　クギミヤ。ん。あれ？　どこかで聞いたことがあるような気が……誰だっけ？

「ええ。お店、開けているんですけど。ごめんなさい、今日はご予約の方で、テーブルのほうが満席で。カウンターでもよろしいですか？　ありがとうございます。はい。では、おひとりさまで。お待ちしております」

　定休日だけどハロウィン営業をしている、とどこかから聞きつけた常連さんが問い合わせをしてきたらしい。後ろ手にドアを閉めると、夜風が頬をなぶってくる。このところ日中はお天気さえ好ければそこそこ暖かいけれど、陽が落ちると、もう真冬並みに寒い。

シャッター店舗がめだつ商店街から大通りへ出る。信号を渡って、住宅街に入った。二週間前の月曜日とまったく同じルートで、我が家のほうを目指す。

てくてく歩いていると『河口』の表札が現れた。この前は空っぽだったカーポートに軽乗用車がフロント部分を歩道側に向けて停められていて、助手席のグローブボックスの上に置かれたタヌキのようなぬいぐるみが可愛い。家の窓にはオレンジ色の明かりが灯っている。旦那さんは仕事から帰宅していて、ビデオゲームに興じる子どもを横目に河口夫人は夕餉(ゆうげ)の準備、といったところか。

ベタなホームドラマのような甘ったるい空想に浸りつつ、やがて我が家のすぐ隣りのマンション、〈メゾン・ド・ハイド〉に到着。エントランスホールに入り、インタホンで七〇七号室を呼び出した。

「はい」と幼い女の子らしき声の応答。

「どうも、こんばんは。〈KUSHIMOTO〉です。お迎えに上がりました」

「すぐ降りてゆきます。お待ちください」

拙(つたな)いながらも子どもなりに、せいいっぱい慇懃(いんぎん)に振る舞おうとしているかのような口吻(こうふん)が微笑ましい。待っていると、エレベータホールへ通じる自動ドアが開いた。

「あら」と、思わず声が出た。自分の頰が緩むのが手に取るように判る。

現れたのは女の子が、ふたり。どちらも三角形のいわゆる魔女のとんがり帽子とケープで、ハロウィンの仮装をしているのだ。

「可愛い」と続けたわたしは、ふと口を噤(つぐ)んだ。それぞれ色ちがいの感染防止用マスクを着けているのだが、それでもふたりが、まったく同じ顔なのは明らかで。そしていっぽうがマスクを顎の下へとずらすと。

なんと。あのときの双子姉妹ではないか。今夜は高彩度も低彩度も長い髪をほどいて胸もとに垂らしているが、わたしが予想したとおり、たとえ髪形が同じでもそれぞれの眼ぢからが醸し出す独特のムードによって、どちらがどちらかは、ちゃんと区別がつく。

「こんばんは。えと」と、ふたり交互に微笑みかけてみる。「油布(ゆふ)さん?」

低彩度娘が、こくりと頷いた。いっぽう高彩度娘は、にいッと唇を吊(つ)り上げて芝居がかった笑みを浮かべるや、先端が五芒星(ごぼうせい)を象(かたど)った手づくりとおぼしきスティックを、こちらの鼻面へ突きつけてくる。

「とりっく、おあ、とりいとおッ」

「あ。お菓子はお店のほうで。ね」

低彩度娘が自分のスティックでちょんちょんと高彩度娘の頭を、たしなめるように叩く真似(まね)。こちらは先端がハート形だ。

「下のお名前を教えてもらってもいいかな。どちらがお姉さん?」

低彩度娘が、少し顎を引き加減の上眼遣いでスティックをメトロノームのように左右に振ってみせた。「みをり、です」

「あたしはねッ、しえり」と元気いっぱい、頷いて寄越したのは高彩度娘だ。

どちらも漢字ではなく平仮名らしい。「みをりさんと、しえりさんね。よろしく。わたしは纐纈古都乃といいます」

「こーけつ、こと、のさん」と、やや舌足らずに反復したしえり、何度も「こーけつ、こと、のさん」と呟いているうちに、いつの間にか「ことさん、こーさん」に。その語呂と響きがツボに嵌(は)まってしまったらしく「こっとさん、こーさん」と、ご機嫌な様子でメロディアスに口ずさみ始めた。

ふと妙なことが気になる。寒さ対策で細長い腕と脚をアームカバーとタイツに包み込んでいる姉妹。みをりがモスグリーン。しえりがマゼンタで、マスクも同じ。とんがり帽子とケープの黒とのコントラストがとても映えているのだが……これってただの偶然？

あのときふたりが発していた透過光。みをりが緑で、しえりが赤。それに合わせてのコーディネートなの、もしかして？　って。考え過ぎという以前に、だとしても、それがどうした、って話なんだけど。

「それでは早速、お菓子をゲット……」

しに参りましょうか、と続くはずの言葉を呑み下した。あのエメラルドグリーンの透過光が。ゆらゆらと、みをりのとんがり帽子の鍔(つば)の辺りから陽炎のように立ち昇っているのだ。ほんの一秒ほどで消滅したものの、マンションの共同玄関を出たところで、わたしは立ち竦(すく)んでしまった。

「ことさんは、やっぱり」
みをりは歩きながら、ちらり、とわたしのほうを顧みた。「見えるんだ」
なにが？　わたしにいったい、なにが見えるって言うの？　と訊いてみようかと迷ったが、結局その代わりに。「うん、どうやら。見えちゃっているみたい、ですね」

　そう認める口調が、ずいぶんあっけらかんとしていて我ながら戸惑う。歩きながら不織布マスクを取り出した。そういえば二週間前のわたしってあの交差点で、なんとも無防備な素顔を曝していたっけ。

「ふしぎ」と、みをりは足を止めずに前へ進みつつ、首を傾げた。「どうして？」

　あんなひどい二日酔いのときにこそ顔はしっかり隠しておかなくっちゃと自戒しつつ、わたしはマスクを着けた。「ん？」

「ね。ね。だってだって、ママだって」と姉に追随するみたいに、しえりも歩きながら、くるんと飛び跳ねるように半回転して、わたしの顔を見上げてくる。「ママだって見えないのに。ね」かと思えば再び前に向きなおったりと、なんともせわしない。「ぜんぜん見えないのに。ことさんだけ、どうして？」

「全然見えない？　お母さまもあれが？　えと。それって、あの緑と赤の光のこと、お母さまは一応ちゃんと知ってはいるんだけど、眼では見えない、ってこと？」

　みをりとしえりはそれぞれの肩越しに、ほぼ同時に首を横に振って寄越した。「知らない、ってこと」とユニゾンで躊躇のない全否定だが、さて。これはどう考えるべきか。

なにしろ彼女たちに生を授けたという立場上、他の誰よりも身近に接してきたのがその母親のはず。生活環境や育児に於けるスキンシップの濃淡など多少の個人差はむろんあろうが、我が子があれほど不可思議な超常能力を発揮するというのに、よりにもよって母親がそれをまったく関知、認識していないなんてことが果たしてあり得るのか。

「ふむ。それじゃあ」とはいえ、絶対にあり得ない、とまでは断定できないこともたしかなので。「あのとき、あなたたちがしたことを、他の通行人たちがまったく気づかないようだったのもむりはない、か」

「あのとき、って？」

「先々週の月曜日。轢き逃げしたあの白い車を止めたでしょ、むりやり」

「やっていません。あたしは」

「あれはね、あたし。あたし」と、しえりが五芒星のスティックを振り回す。「ぎゅううううッとこう、足で。ブレーキ、踏んで」

ブレーキを、え、足で踏んだ？　あんなに離れた車の外にいながらにして？　そういえば。あの場面のしえりの姿を思い返してみると、たしかに。両手になにかを持ち、足で地面を踏みつける動作をしていたっけ。直接は触れないエア運転のポーズ。あのジェスチャーがそのまんま念波というか、念力化して飛んでいった、という意味なのか。

「轢き逃げしようとしたやつを捕まえてやったんだ、しえりさんが。魔法で」

「マホーなんかじゃないもん」

「え。そんな」と思わず、そんな魔女の仮装をしているくせに、とツッコミたくなっている自分が可笑しい。「じゃあ、なんなの」

「わかんない。でもマホーじゃないよ」

「他のひとにはできない、不思議なトリックを使えちゃうんだから。魔法みたいなもののように思えるけど。ちがうの？」

「ちがうもん。わかんないけど。うん」

「ともかく魔法ではない、と」

なんなんでしょうか、この会話って。まるでみんなでファンタジー映画を観た帰りにカフェに寄って、ああだこうだと感想を言い合っているみたい。冷静に考えてみると異常極まりないのに、なぜだかこの場の雰囲気にすんなり馴染んでいる自分がいる。

「そういえば。もう一台の車は、どうして止めなかったの？　ほら。あの白い車にぶつけて逃げちゃった、シルヴァーのやつ」

「届かなかったのよね。力が弱くて」

冷やかすようにそう口を挟んでくるお姉ちゃんにしえりは憤然と「ちがうもんッ」と唇を尖らせる。「まにあわなかっただけ、だもん。止めてやる前に逃げちゃったから」

そんな妹をみをりは、しれっとスルーし、妙におとなっぽく「なぜかしら」と独りごちるように呟いた。「ママにだけじゃなくて、他の誰にも、一度も気づかれたことはないのに。ことさんにだけ、って。どうして？」

「あ。そうだ。ね。実は、ことさんて魔法使いの学校のせんせいなんじゃない？」

おいおい、しえりちゃん。たったいま「魔法とはちがう」と超常現象関連用語の厳密さに対するこだわりを示したばかりでしょ、きみは。なのに自分で「魔法使い」って安易に口走っちゃってどうすんの。

ただ、わたしはわたしで彼女たちとは別種の特殊能力の持ち主であるという可能性は、たしかにあるのかもしれない。例えば本来は眼に見えない他者の念力の波動を自分のなかで可視化できる、とか。だとしても特殊能力なる呼称の語感のわりにはなんとも地味というか、あんまり役に立ちそうにもないが。

「まあ、元の仕事が仕事だから。もしかしたら、ひとが隠そう隠そうとしていることを見つけ出すのが得意なのかもしれない」

「なんのお仕事だったんですか？」

「警察官。もう辞めちゃったけど」

おーう、と手を叩きながら、ふたり揃(そろ)って妙におっさん臭い感嘆の声を上げる。

「すごい。おとりそうさかん、だったの？」

「は？　あ、いやいや。そんなカッコいいものじゃなくて。ごくごくフツーの」

テレビドラマかなにかの影響なのかしら、女性刑事イコール囮(おとり)捜査官という偏ったイメージを抱いているらしい。内心苦笑しつつ、わたしは俄然(がぜん)、みをりのことが気になってくる。彼女が発する透過光が赤ではなく緑なのにはちゃんと理由があって、それはみをりが妹とはまた異なる特殊能力の持ち主だからではないか、という気がするのだが。

それを訊こうと口を開く前に、わたしたちは〈ＫＵＳＨＩＭＯＴＯ〉に到着。

「いらっしゃいませ。こんばんは」と満面の笑みで出迎える刻子以外、まだ誰も来ていない。

カトラリーやナプキンが七人分セッティングされたテーブルに、さきほどわたしがラッピングしたスイーツの詰め合わせがやはり七人分、並べられている。刻子はそのすぐ隣りの、ふたり分セッティングされた小さめのテーブルへと油布姉妹を案内した。

「こちらのお菓子はおうちへ持ってかえって開けてくださいね。今晩のデザートは、これとは別にご用意いたします」

それを聞いて、しえりの喜ぶまいことか。アニメキャラ並みの変顔で「ほほ。うほ。おほほほほ」と謎の奇声とともに、ぴょんぴょん陽気に跳ね回りながら、ちゃっかり壁際の上座に腰を下ろす。

そんな妹の狂喜乱舞ぶりを尻目に、みをりは至ってクール。「ありがとうございます。今日はよろしくお願いいたします」

ぺこりとお辞儀して椅子に落ち着くみをりを見届けておいてから、刻子はわたしを厨房へ手招き。エプロンを手渡してきた。七人グループの予約客が来るとワンオペはきついのでお運び、よろしくね、ということらしい。事後承諾なんだけど、ま、いっか。どうせアテンドのために油布姉妹が食事を終えるまでは待っているつもりだったわけだし。

からんころんからららん、と勢いよくカウベルが鳴った。かと思うや「とぅりっく、おあ、りぃとお」と場ちがいなくらい素っ頓狂な、まるで外国映画の吹き替えみたいに朗々たるテノールが店内に響き渡った。

眼が点になる、という表現があるけれど、なるほどそれって、こういうことなのね、と身をもって体験したのは人生初である。ハロウィン定番フレーズとともにド派手にご登場あそばしたその人物、白い手袋を嵌めて上向けた掌を、ぐいん、と芝居がかった仕種でこちらへ突き出してくる。が、これが小さなお子さまなのかというと、さにあらず。

仮装はしている。しっかりと。黒のピンストライプのスーツに、裏地が真紅のマントを羽織ったその体軀は優に一八〇センチはあろう。メンズファッションのカタログから飛び出してきたかのような華奢なスタイルで、びっくりするくらい脚が長い。

「やは。ども。どうもどうもどうも」

銀色の握りに優美なアラベスクの蔓草模様が刻まれたステッキを、右手から左手に持ち替えた。付け髭なのか地毛なのか、両端がぴんと反り返ったマスタッシュを指で弾いてみせる。声優ばりの美声といい、ちょんまげふうに後頭部でまとめたロングヘアといい、アイスブルーの色付きメガネといい、とにかく無駄にスタイリッシュとエキセントリックのてんこ盛りで、インパクトだけは抜群。

「はっぴ。はっぴぃはろうぃん、えぶりばでぇ」と剽軽に脱いだシルクハットを、くるくる回しながら、一同にウインクして寄越す。売れない喜劇俳優ばりに駄々滑りなのだが、同時に妙な色気も漂っていたりして。なんだコイツは？

「いらっしゃいませ、釘宮さま」

はあ、これが。さっき電話してきた常連さんですか。そつなく応対する刻子の笑顔がしかし、いくらか引き攣(つ)っていたと見えたのは決してわたしの思い込みではあるまい。

「本日は小さなお子さまも、たくさんいらっしゃいますので」と、油布姉妹のいるテーブルのほうへ小首を傾げてみせた。「そこのところどうぞ、ご配慮のほどを」

「おっと。これは失敬」

長身を独楽(こま)の如(ごと)く、くるんと油布姉妹のほうへ向けた釘宮氏。マントの裾(すそ)を両手で持ち上げるようにして拡げ、お姫さまに拝謁する騎士もかくやと大仰(おおぎょう)に、深々とお辞儀。

するとしえりが立ち上がり、いまにも顎が天井にくっつきそうなくらい尊大に、ふんぞり返った。片手を腰に当てて「苦しゅうないぞえ」とでも言わんばかりに五芒星で、釘宮氏の垂れた頭をぺしぺし叩く。

数秒、間を置いて。ふたりはおもむろに揃って両手を掲げ、ハイタッチ。かと思うや即座に互いに背中を向け合い、無言でそれぞれの席や位置へと戻った。まるで事前にリハーサルでもしてきたかのように呼吸ぴったりのしえりと釘宮氏に、こちらは再び眼が点。

な、なんだ、この仕込んであったみたいなノリのよさは？　芸人仲間か？　とも思ったが、後で聞いたら油布姉妹と釘宮氏はこの夜が正真正銘、初対面の巻であったそうな。

「いやあ、嬉しいですねえ。このお店でのハロウィンディナーも実に三年ぶりで」

勝手知ったる様子でマントと上着を備え付けのハンガーにひっかけた釘宮氏、どっかりストゥールにおさまる。カウンターの下で折り畳んだ長い脚が窮屈そうだ。

「コロナの第七波が収まり気味で、たすかりました。やっぱり、特にこの季節はね。おトキさんの、あったかーいお料理をいただかなくっちゃ。なんのために生きているのか判りません」

水とおしぼりを運びながら、ぶふッと噴き出しそうになった。刻子のことを「トキちゃん」とか「キッコ」と呼ぶ知人はたまにいるけど、「おトキさん」とは。長い付き合いのわたしも実際に耳にしたのは初めて。なんとも想像以上に大時代的な響きである。

「そういえば、ねえねえ。おトキさん。あの後、ちゃんと考えてくれましたか？」

「なんでしたっけ」

シャンパンフルートにブルトン・フィスを注ぐ刻子を、うっとりしたまなざしで見上げるコスプレ男。「旅行。旅行ですよ。ねえ。いっしょに行きましょうよう」

ぶほッ、と再び、危うく盛大に噴き出してしまうところだったじゃないかよ。

「海外とか言わないから。とりあえずは東京で。椿山荘（ちんざんそう）ホテルに泊まって。朝靄（あさもや）のなかの庭園を、おトキさんといっしょにお散歩できたりしたら、もう最高だろうなあ」

な、なんだコイツは。ひょっとして刻子をナンパしてんの？　いやもちろん、それは好きずきですけど。釘宮氏って声の張りといい身体のキレといい、四十より歳が上とはちょっと思えないんだけど。彼女が何歳なのか、ちゃんと知ってんのかな？　たしかに刻子ってグレイヘアがわたしの眼から見てもハリウッド女優並みにゴージャスかつチャーミングで、ほんとにこれ以上ないくらい、すてきな女性だとは思うけど。それにしたって。

「わあい」と油布姉妹が歓声を上げた。ウインクするクマさんがケチャップで描かれたオムレツを前にして、しえりだけではなく、みをりもぱちぱち拍手。スマホをかまえる。

普段はこの店に無いメニューだ。それを見た釘宮氏、しっかり反応。「あ。いいないいな。ね、おトキさん。ぼくもあれ。クマさんがいいな。クマさん、描いてください」

なんなんだろうなあ。この、巷で言われるところの「外見はめっちゃカッコイイのに中味が残念すぎるひと」さ加減は。

「あー楽しいな」とブルトン・フィスを一気に干す、中味が残念すぎる男。「おトキさんのところでこうしてくつろいでいるときがぼく、いちばん幸せ。いや、ほんとに。このところ、ついていない、というか。私生活で良いことが全然ないんですよね」

ちょっぴり母親もどきというか、ほとんど祖母のような慈愛の気分で微笑ましく耳を傾けていたわたしだが、彼の次のひとことに、思わずお運びの手が止まってしまった。

「この前も、知り合いに車を貸したら、ボロボロになって返ってきちゃって。当て逃げされたんです。修理費がばかばかしい金額になるから廃車にするしか結局、なくって。んとにもう。まいっちゃいますよ」

「あらあら、たいへん」

どうやら刻子もぴんときたのか、愛想笑いしつつ、わたしのほうへ、ちらりとアイコンタクトをして寄越す。「でも釘宮さんは、ほら。他にも七台でしたっけ。八台？　ステキな車を、たくさんお持ちだから」

　クギミヤ、って……そうか、憶(おも)い出した。そうだ、釘宮友頼(ともより)。あの白いセダンの盗難届を出した人物じゃないか。

「んもう、おトキさんたら、いじわるう。そういう問題じゃあないんですよう」

「ごめんなさい。その当て逃げした不届き者に、しっかり弁償してもらわなくっちゃ」

「そう。うん、そうなんですよ。そうなんだけど。うーん。これがねえ、なんとも。むずかしい、っていうか。うーん」

「ぶつけた相手が誰か判らない、とか？」

「それはちゃんと判っているんですけど」

「交渉が、めんどくさそうなひと？　それなら代理の方を立てて」

　いいぞ、刻子。ナイスだ。その調子でどんどん、彼から話を引き出してくれ。

「いや。ちょっと複雑な事情がありまして。当て逃げされたのって、その友だちが運転しているときじゃなかったんです」

「えっと。どういうことかしら。その方、まさか、借りた車を又貸ししていた？」

「いや、そんな不埒(ふらち)な男ではない。っていうほど実はぼくも、よく知らないんだけど」

「だってお友だちなんでしょ？」

「同級生です。コロナ禍前の同窓会で、高校卒業以来ひさしぶりに会って。そのときはそれっきりだったけど。先月、急に連絡してきて。すまないけど昔の誼(よし)みで車を一台、貸してもらえないか、って言うもんだから」

「車をお持ちではないの、その方？」

「なんでも車検に出していて、代車は一応あるけど、いまいちイケてない。そんなときに限って、以前から憎からず想っている女性とのデートに漕ぎ着けられそうだとくる。ここはちゃんと決めたいから、もっとお洒落な車を貸してくれ、とね。そう懇願されたらね。断れないじゃないですか」

「で。その方、デートは無事に？」

「いや、それがその前夜に、自宅の前に停めていたはずの車が朝、起きてみたら消えていたんですって。慌てふためき、盗まれちまったらしい、と連絡してきた。で、彼は表に出たくないって言うんで、ぼくが警察に盗難届を出したらば、なんと。車を盗んだやつは奥さんを殺して、その死体をトランクに積んで逃げているところを当て逃……」

　釘宮氏の声が唐突に萎(しぼ)んだ。自分がよけいなことをぺらぺら喋り過ぎていることに遅まきながら思い当たったらしい。完全に口を噤んでしまった。たまたま油布姉妹の賑やかなお喋りが途切れたタイミングと重なったため、ちょっと鼻白むほどの、どんよりした沈黙が店内にわだかまる。

「あのう、釘宮さん。そのお話って、ちゃんと警察の方にも……」

「あ。あ。ごめん、おトキさんッ」

　がばッと膝がカウンターの裏側にぶち当たらなかったのが不思議なくらいの勢いで立ち上

がった釘宮氏、ハンガーに掛けてあるマントとスーツの上着に、ぴょんと跳びつく。

「きゅ、急に用事を憶い出しちゃった。は。ははは。すまないけど、今日のところは、これで失……うおあッと？」

いきなりバンザイしたかと思うや背中から倒れ込むようにして、どすんッ。同じストゥールに再び腰を下ろす釘宮氏であった。狐につままれるとは、まさにこういうご面相かという放心状態で、しばし眼をぱちくり。

が、そんな彼を眺めているこのわたし自身も同じように、いや、それ以上に間の抜けた阿呆面を曝していたはず。なんとなれば諸手を挙げる釘宮氏の全身を奇妙な赤い光が包み込み、そして一瞬のうちに消え去るのが見えたから。って。え。ま、まさか？

振り返ってみると果たして、しえりがバンザイのポーズで笑っていた。食事中には脱いでいたとんがり帽子を再び被った頭部の周囲をあのピジョンブラッドの透過光が線香花火のように、ちかちか明滅している。ちょ、ちょっと。あんた、こら。

ぽかんとしていた釘宮氏。はっと我に返ったかのように再び立ち上がると、マントと上着に跳びついた。いっぽうのしえりは、そんな彼に連動するかのように立ち上がると、バレリーナよろしく両腕を羽ばたかせ、五芒星のスティックをくるくる振りながら自身も回転。ちょこん、と椅子へ戻った。

するとアーティスティックスイミングのデュエット競技さながら釘宮氏は、またもやストゥールへと逆戻り。しえりの動作をそのまんま、完全コピーさせられている。数メートルは離れているにもかかわらず、ふたりの動きはぴったりシンクロしているのだ。

　惑乱の余り、いまにも泣き出しそうな釘宮氏。「あは。はは。あははは」と無邪気に笑い転げるしえり。至って対照的な表情のふたりが揃って同時に立ち上がっては座り、座っては立ち上がる。そんなコントめいたドタバタ劇がいったい何回くり返されただろう。

　やがて諦めたのか、床に長い脚を八の字に投げ出し、ぐったり天を仰(あお)いでストゥールから動かなくなった釘宮氏であった。しえりもにこにこ、とんがり帽子を脱いで壁によりかかると、林檎(りんご)ジュースをひとくち。

「あ、あの、釘宮さん？　どうされたんですか、いったい。だいじょうぶですか？」

　赤い透過光を視認できず、しえりのはしゃぎっぷりと釘宮氏の奇妙なダンスもどきとの関連にも当然ながらまったく思い至っていない刻子は、心配げに厨房から出てこようとした。そんな彼女を掌を掲げて押し戻したわたしは、ゆっくり釘宮氏に声をかけた。

「すみませんが。車を貸したというそのお友だちの名前、わたしに教えてくださない」

　釘宮氏は半分閉じかけていた眼を、くわっと全開。こちらを睨みつけてくる。しかし口のほうを開こうとする気配はない。

「そうしていただければ、釘宮さん。あとはすべて、こちらで善処いたしますので」

　彼は無言のまま。これまでの剽軽なお調子者のイメージをめいっぱい裏切るその質実剛健な雰囲気にわたしは内心、舌打ち。軽佻(けいちょう)浮薄(ふはく)なお喋りのくせに肝心のことは口を割らない。さほど関係性が深くなかろうとも一旦義理立てした相手を売るような真似は絶対にしない。グループ犯罪では便利に使い棄てにされがちで、かつ取り調べのときはいちばん手こずらせる。そんな厄介なタイプの典型だ。

どうしたものか。とりあえず、ほたるに彼のことを伝え、任意で事情聴取してもらうしかなさそうだ。が、警察に対しても果たして素直に、友人の件を打ち明けるかどうか。

なにか妙案は、と警察官としての経験の引き出しをあれこれ検索していると。ふいに背中をちょんちょんと突っつかれる。振り返ると、みをりだ。食事中は脱いでいたとんがり帽子を被り、自分のスマホを眼の高さに掲げている。「撮ってもいいですか」

「は。え。え？　って、なにを？」

「しゃしん写真。はやく」と椅子に座った、しえりが囃し立ててきた。「ギミーくんの写真、撮ってあげて。ギミーくんを」

ぎ。ギミーくんて。えと。釘宮氏のこと、だろうな多分。でもなんで？　こんなときに写真？　困惑しているのはむろんわたしだけではない。当の釘宮氏も、みをりからしえりへ、しえりからわたしへと、もの問いたげな視線を順次移してくるけれど。答えてあげられるようなことは、なにもありません。

「いいですか？」と、みをりがスマホをかまえると釘宮氏、にかっと両手でピースサインをしてみせた。こういうときにも受け狙いを忘れないとは。ある意味、あっぱれだと不覚にも、ちょっぴり感心してしまうわたし。

みをりは「はいチーズ」の代わりか、「お車、貸したひと、だあれ？」と声がけしてシャッターを切った。その刹那。フラッシュが焚かれたのかと一瞬思った。が、ちがう。透過光だ。あのエメラルドグリーンの。

その光が消え去ると同時に、みをりはスマホをわたしのほうへ差し出してくる。反射的に画面を覗き込んでみて……えッ。

「えええッ？」と、自分でも驚くような大声を上げてしまった。写したばかりの釘宮氏の画像だ。両手でピースサインをして満面の笑み。しかし彼は、ひとりではない。そのすぐ横の、釘宮氏の肩の辺りから、ちょっと小太りでメガネをかけた若い男が茫洋とした顔を覗かせていて……「だ、誰ッ？　これは」

いま店内に存在するはずのない人物の、それはまるで心霊写真のようだった。

＊

「名前は外谷場一範。三十八歳、会社員、独身。任意で話を聞いてみたところ、たしかに釘宮友頼の同級生で、彼からあの白いセダンを借りていたことを認めました」

三十八歳。その同級生ってことは、あのギミーくんこと釘宮氏も同い歳なわけか。まさかの見立て通りの若さだったことに、しかし改めて驚いたり呆れたりしている場合ではない。驚嘆すべきは、そのギミーくんの名づけ親であるしえりの姉の特殊能力のほうだ。

みをりはどうやら、他者がそのとき心のなかに浮かべている思念を明確に画像化できてしまうらしい。どういうことかというと、我々がものやひとを頭のなかで思い描こうとする際、そこにカメラのような写実性や事象再現性は望めない。なんとなく全体的に、こんな感じかな留まりで。対象物の輪郭や細部は基本的に曖昧に、ぼやけるのが普通だ。

もちろん自分が思い描くものは自分自身にしか見えない。生理学上この場合の知覚とは厳密には視覚すなわち「見る」ではなく「感じる」くらいに称しておいたほうが無難なのかもしれないがそれはともかく。自分のなかで発生する思念とは自身にしか知覚できない道理だ。ところが、見えないはずの他者のそれを、みをりは感じ取り、画像化できてしまう。あの緑色の透過光を触媒にして。

一般的な思念と同様、自分で感じ取る分には普通に曖昧で、さほど写実的には見えていないらしい。が、みをりの真骨頂は、自身には足りていない細部再現機能をスマートフォンに託して、緻密な画像補修をしてしまえる点である。なんともいまどき、というか。本人は「スクショみたいなもの、かな」と表現しているが、つまりは他者の心の裡をばっちり盗み撮りできてしまう、ってこと。

あの十月十七日、月曜日の朝。車道を挟んで向かい合っていたわたしに、みをりが注目してきたのも実はこの能力ゆえだったのだ。彼女なりに試みた説明をまとめてみると、みをりはあそこで、わたしの周囲になにかそれまで見たことのない、空気の揺らぎのようなものを感じ取ったのだ、と言う。

あれはなんだろう？　と注視してくる彼女の視線に気づいたこちらも、みをりを見た。するとわたしの肩の上辺りに、幽体の如く茫洋としてはいるものの、明らかに他ならぬ、みをり自身の顔が現れたんだそうな。

そう。ちょうど〈KUSHIMOTO〉でギミーくんを撮影したら、お店へ来ていないはずの外谷場一範がいっしょに写っていたのと原理はまったく同じ。ただ釘宮氏には、みをりのエメラルドグリーンの透過光は見えないが、わたしには見える。当然わたしが心の裡で思い描く彼女のイメージは、あの緑色の透過光とワンセットなわけだ。

これこそみをりのいちばん驚いた点で、彼女が自分の姿を思い描いている他者と遭遇したことはもちろんこれまでにも何度もある。だが、透過光を発している自分の姿を認めている人物は初めてだった。そればかりかわたしが、暴走する白いセダンを強制的に停止させたしえりのピジョンブラッドの透過光も併せて視認していると見て取ったみをりはこう結論に至った次第。この女のひと、あたしたちの能力を感知しているんだ、と。

「外谷場所有の車が車検に出されていた、というのは嘘です。では彼はなぜわざわざ、あのセダンを昔の同級生から借りるような真似をしたのか。これがなんと、幾田麻衣に頼まれてのことだった、と言うんです」

ほたるは淡々と説明を続ける。が、なんでわざわざ。もはやいち民間人に過ぎないこのわたしに、どういうつもりで事件の詳細を延々と語って聞かせたりしているのやら。

いやまあ、もちろんその理由というか、彼女の思惑はなんとなく判らないでもない。再就職もせずに毎日ぶらぶら、生ける屍(しかばね)の如く無為(むい)に過ごしている母親の脳を刺戟(しげき)して活性化し、少しでも人間らしさを取り戻して欲しいとか。そういう気持ちなのであろう。

「いったいどういう関係だったの、幾田麻衣と外谷場一範って？」

「これがいまのご時世ならでは、と言うべきか。新型コロナのＰＣＲ検査会場の受付の行列に並んでいる際、なにげなしに言葉を交わしたのがきっかけで知り合ったのだとか」

「ほうお。それはそれは」

「ただ連絡方法がちょっと理解不能。ＬＩＮＥやメールなどではなく、ネットはネットなんだけど。外谷場が二十年ほど前に開いた、地元の某ガールズバンドの私設応援掲示板。肝心のバンドがとっくの昔に解散していて、閉鎖されてもおかしくないくらい書き込みが途絶えている。誰も覗かないだろうから、ここなら安心してやりとりができるよ、と」

逆に言えば誰かが覗いてしまえば一発アウトだし、スマホを使う以上どのみち検索の痕跡は免(まぬが)れず、頭隠して尻隠さず、のような気もするが。「そういう方法で連絡を取り合おう、と外谷場のほうから提案したの？」

「もとはといえば麻衣が。夫の英樹にバレないように外で会いたいが、ＳＮＳなどで痕跡を辿(たど)られる恐れのない連絡方法はなにかないかと。無理難題を突きつけられて外谷場が知恵を搾(しぼ)り、憶い出したのがその古い掲示板だったとか。如何にも彼女の関心を繋ぎ留めんがための苦肉の策、って感じ」

「その場凌(しの)ぎな、と麻衣も呆れなかったのかな。会う、というのは不倫目的で？」

「少なくとも外谷場のほうは一刻も早くと、その気満々だった。が、思いを遂げる前に彼女がこんなことになってしまったと」

「どの程度信用できるの、その言い分は」

「さて。結局のところ麻衣は、女の武器を最大限に発揮して自分を操り、利用しようとしていた。従って彼女には最初から肉体的交渉に及ぶつもりなんぞ、おそらくなかったんだろう、というのが外谷場の主張ですが」

「麻衣は外谷場のことを操り、利用しようとしていた、か。具体的には？」

「ずばり。彼女は夫、英樹の殺害を計画していたのではないか。お断りしておくと、麻衣自身が直接そう口にしたことがあったわけではないそうです。あくまでも外谷場が、そう邪推していた、というほどの意味で」

「たとえ邪推だろうとも、そう考えるようになったのには、なにかしら根拠があるわけでしょ？　外谷場なりに」

「十月の初め。外谷場はＰＣＲ検査会場で麻衣と知り合った後、少なくとも本人としてはデートのつもりで彼女と会っている。彼の言い分によると、二度。そして三度目に会ったときに麻衣は、自分が既婚者であることを外谷場に打ち明けたんだそうです」

「もちろんそこら辺りは、あくまでも外谷場がそう供述している、という話だよね」

「麻衣は、自分は現在、夫から酷いＤＶ被害を受けていると外谷場に訴えたそうです。一刻も早く離婚したい。しかし、そう簡単にはできない。家から逃げ出そうとしても奸智(かんち)に長(た)けた一枚うわ手な夫に、なんだかんだで連れ戻されてしまう。このままではいずれ、ほんとうに殺されかねない。精神的にも、とっくに限界だ。どうか救(たす)けて欲しい、と」

「そう訴えられて、外谷場はどの程度、麻衣の言い分を真に受けたのかな」

「当初は彼女に同情し、義憤にかられたそうです。もしも自分にできることがあるなら、なんでも言ってくれと。そう申し出た。すると麻衣が頼んできたこと、というのが」

「車を貸してくれ、だった？」

「夜逃げを計画している。麻衣はそう言ったそうです。今度こそ絶対に、ＤＶ夫から逃げ出してやる。自分の荷物もすべて運び出したい、そのために車が必要なんだ、と」

「もっともらしいね。一応」

「外谷場もそう思い、承諾した。しかしさらに具体的な指示を聞いているうちに、いろいろ不審な思いが芽生(めば)えてきたんだとか」

先ず外谷場が引っかかったのは麻衣が、十月十七日、月曜日の午前二時に謝花町の自宅へ車を持ってきて欲しい、と頼んできたことだった、という。

「未明の時間帯だから、たしかに一見、夜逃げには相応(ふさわ)しい時間帯のようにも思える。しかし麻衣がほんとうに隠密(おんみつ)行動をとりたいのであれば、むしろ昼間の、夫が仕事に出ているタイミングを狙ったほうが好都合のはずではないのか？　と」

「例えばその夜、たまたま英樹が外泊でもする予定があったとかならともかく」

「外谷場もそう思った。が、そもそも夫が留守にするのであれば敢えて、そんな時間帯を選ばなくてもよさそうな気もする」

「ごもっとも」

「麻衣に対する外谷場の疑惑が決定的になったのは、持ってくる車のトランクのなかは空っぽにして、なにも入れないでおいてくれ、と指示されたことだった。積み込まなければならない荷物が多いからだと彼女は理由を述べたものの、もはや外谷場は信じなかった。そうか、なるほど。麻衣がなにを企んでいるのか、オレは見破ってやったぞと。さて」

「なんですか、にやにやして。意味深な」

「この外谷場という方の想像力の奔放さにはお母さんも、呆気にとられること、請け合いですよ。麻衣がなにを自分に仕掛けようとしていると、彼は考えたと思います？」

「さきほどちらっと触れていたさわりをヒントに、ひとつ大風呂敷を拡げてみようか。彼女の指示通りに外谷場が車を謝花町の幾田邸へと持ってゆくと、そこには麻衣が待っている。荷物を運ぶのを手伝ってくれと言うので彼は、スーツケースなのか布団袋なのかはともかく、かなり大きめの荷物をトランクに積み込む。が、実はその中味は麻衣が殺した、英樹の遺体なんだな」

　ほたるはウインクするみたいに眼を瞬き、悪戯っぽく首を竦めてみせた。

「そんなことはおくびにも出さず、麻衣は助手席に乗り込む。そして外谷場に運転させるが、向かうのは彼女の夜逃げの潜伏先ではない。河川敷か山奥の雑木林か。どこかひとめにつかないところで車を停めさせた麻衣は外谷場を殺す。自殺に見せかけてね」

「いやはや、まったく」

「外谷場は車のトランクに男の遺体を積み、そして運転席で自殺したと見られる状態で発見される。警察はすぐにトランクの遺体の身元が幾田英樹であることや、その妻と外谷場との関係をつきとめる。捜査の結果、外谷場は麻衣に傍惚れする余り彼女の夫を殺め、一旦は隠蔽工作を図ろうとしたものの、とても逃げ切れないと諦めて自ら命を絶ったのだろうと判断され、すべて幕引き。とまあ、ざっとそんなシナリオを麻衣は描いているにちがいないぞ、って外谷場は妄想したの？」

「まさしくまさしく。はいお見事です。さすが、元一課の敏腕刑事」

「そう考えて、外谷場はどうしたんだ」

「麻衣の企みのお手並み拝見というか。自分の想像がどの程度まで的を射ているのかを、たしかめてやろうとしたんだそうです」

「ほほお。敢えて虎穴に入ってやろうと」

「ただし実際になにが起こるかは予想がつかない以上、自分の車を持ってゆくのはリスクが高いと考えた外谷場は万一に備え、自分のものだと偽って代わりの車を用意することにした。眼をつけたのは、高校時代から地元の大地主のお坊っちゃまとして有名だった、同級生の釘宮友頼。たまたま数年前の同窓会で連絡先を交換していたのを幸い、彼に頼み込み、首尾よく白いセダンを借りられた」

「で、外谷場は十七日の午前二時、それを運転して。謝花町の幾田邸へ行ったのか」

「玄関前に車をつけると麻衣が現れ、手招きする。外谷場は車を降りて、屋内へ入ってみたそうです。すると沓脱ぎから、すぐに上がったところの廊下に、青い防水シートにくるまれた、やけに大きなサイズの荷物が、でんと鎮座ましましていて」

「おいおい。マジか」

「まさしく外谷場も、おいおいマジかよ、と蒼(あお)くなったそうです。たしかにそのような妄想はしていたけど、まさか、本気で旦那の死体をオレに運搬させようっていうつもりなのか？と。そんな内心の動揺を押し隠し、外谷場は思い切って訊いてみた。なんだかずいぶん大きくて変なかたちをしてるけど、いったい中味はなんなの？って」

「なんて答えたんだ、麻衣は」

「聞いたことのない横文字を並べて、趣味で演っている外国の民族楽器だと。パーツごとに解体してまとめてあるから重いのよ、ごめんね。そうなんとも、あっけらかんと」

「真に受けたのか、外谷場は。その荷物はサイズが大きめな楽器なんだなと？」

「できるならばそうだと信じたかった、と言っています。しかし実際に麻衣に手を貸してセダンのトランクへ運んでみると、どうしてもその重量といい感触といい、くの字に折り畳まれた人間の身体だとしか思えない。それでいて麻衣の平然とした表情を見ていると、自分はただ、ばかげた妄想にかられて勝手に怯えているだけ、という気もしてくる」

結局それ以上なにも言えず、外谷場はその防水シートに包まれたなにかをトランクに積み込んだセダンの運転席に座った。

「続けて助手席に乗ってこようとしかけた麻衣は、なにか憶い出したのか、ちょっと待っていてくれと言い置き、家のなかへ入っていった。それから数分後」
屋内から微かながら叫び声のようなものが聞こえてきたという。「そして、なにやら騒がしい気配が伝わってくる。ちょっと迷ったものの、外谷場は車から降りて幾田邸の玄関へ、そっと忍び寄った。おっかなびっくり、ドアに耳を当ててみると……」

　なにをするの、やめてッという女性の悲鳴が聞こえてきたという。「たしかに麻衣の声だった、と外谷場は断言しています。誰かと言い争いをしている様子で、そのただならぬ騒音が玄関のほうへと迫ってくる」

　危険を感じた外谷場は、慌てて車道を走って渡り、向かい側の歩道の植え込みの陰に隠れたという。「そっと幾田邸のほうを窺っていると玄関ドアが乱暴に開いて、誰かが跳び出してきた。暗くて、はっきりとは見えなかったけれど、体型のシルエットからして女っぽい。麻衣だ、と外谷場は思ったそうです。ところが……」

　てっきり白いセダンに乗り込むかと思われたその女性とおぼしき人物は、幾田邸の隣りの路地めがけて駈けていったという。「シルエットが外谷場の視界から消えると、すぐに車のエンジン音がした。かと思うや、その路地からヘッドライトとともに車が現れた。そして白いセダンの前方を迂回するかたちで右折し、外谷場が隠れている植え込みのすぐ眼の前を走り去っていったそうです」

　あいにく助手席側が植え込みのほうを向いていたうえにヘッドライトのハイビームで完全に逆光だったため、その走り去った車の種類も判らなければ、運転している人物の顔も視認できなかったという。「その走り去ったドライバーが麻衣なのだとしても、彼女にいったいなにがあったのか。ひとり置き去りにされた自分はこれからどうすればいいのかと途方に暮れた外谷場は、再び幾田邸へ行ってみた。恐るおそるドアに近づいて気配を窺うと屋内は森閑としている。外谷場は思い切って、ドアを開けてみた。すると……」

誰かが頭部を沓脱ぎのほうへ向け、うつ伏せに倒れていたのだという。「顔は見えないが、どうやら男らしい。その身体の周囲の廊下には点々と赤黒い血痕のようなものが認められるが、その人物は果たして生きているのか、それとも死んでいるのか。なにが起こっているのかまったく見当がつかなかったものの、とにかくこの場に留まっていてはまずいと外谷場は、さっさと逃げ出した」

「警察に通報もせずに、か」

「白いセダンも放ったらかしにして。なにしろトランクのなかには人間の死体かもしれないものが入っているわけですから。それを積んだまま運転するわけにはいかないし、さりとて自分独りで担ぎ出すのも文字通り荷が重い。で、あっさり棄ててゆくことにした外谷場は、しみじみ言っていましたよ。あのときほど自分を褒めてやりたかったことはない、よくぞ他人の車を借りてきた、自分の車を持ってこなくて大正解だった、って」

えっちらおっちら徒歩で自宅へ帰り着いた外谷場は夜明けを待って、釘宮に連絡したという。「実際にはなにが起きたのかはもちろん、いっさい伏せて。ただ借りていた車が誰かに盗まれた、とだけ伝えた。そして警察に盗難届を出すに当たっては、表には出たくないから自分のことは絶対に秘密にしておいてくれ、と釘宮に懇願したのだそうです」

　つまりギミーくんこと釘宮氏が〈ＫＵＳＨＩＭＯＴＯ〉でうっかり口を滑らせるところに偶然わたしが居合わせていなかったとしたら、外谷場が証言した一連の出来事はすべて闇に葬られていたかもしれないわけだ。

「仮にこれらの供述が事実だとすると。外谷場が目撃したという、車で逃げ去ったその人物が、麻衣だったかどうかはともかく、英樹を殴打した犯人だと考えられる」

「幾田邸の玄関口の廊下に男が倒れていて、その傍らに血痕があったと、ちゃんと現場に即したディテールを証言しているんだ。まあおおよそ外谷場は、自分が遭遇した出来事をありのままに説明しているんだろうなと。そう判断してもいいんじゃないか」

「同感ですけど。しかしそれだと、外谷場が幾田邸を立ち去った後、英樹はたったひとりで麻衣の遺体をセダンのトランクに積みなおした、ということになってしまいかねない。その場合、彼女はずっと自宅のどこかに居たのか、それとも一旦は車で逃げ出していて舞い戻ってきたところを殺されたのか。いずれにしろ死亡した妻の遺体をなんとかしなくてはならなくなった英樹はそれを車のトランクに積む。事前に外谷場が彼女に手を貸して押し込んでいた防水シートの荷物を取り除いたうえで、です。そんな重労働、頭に傷を負っていた英樹が単独で為し得るものなのか」

「そんなふうに、ややこしく考えなくても。もっとすっきり解釈できるでしょ」

「とは、どういうふうに？」

すっとぼけちゃって、まあ。賭けてもいいが、わたしがいま組み立てている仮説なぞ、ほたるもとっくに思いついているはず。なのにわざわざ、こうして意見を求めてくるのはやっぱり、燃え尽き症候群で腑抜けになっている老母の頭の体操を兼ねたリハビリがわりのつもりなんだろうな、きっと。

「単純な話さ。外谷場が手伝ってトランクに積み込んだ防水シートの中味は、最初から麻衣の遺体だったんだ」

「ほほお」

「その時点で彼女はすでに殺されていた。となると当然、それまで外谷場が幾田麻衣だと信じて疑わずに接していた女は、まったく別人だった、ということになる」

「ひとまずそいつを謎の女、Xとしておきますか。Xは最初から計画的に麻衣になりすまして、外谷場に接近したんでしょう。ただ、彼との連絡のためにほぼ休眠状態の古い掲示板というお粗末な方法で妥協したのは、ちょっと解せない、というか。警察が外谷場の交友関係を調べてもここまでは辿り着かないだろうと高を括っていたのだとしたら、単に脇が甘かっただけなのかもしれませんが、それはともかく。問題はXが、なぜ麻衣のふりをする必要があったのか、ですが」

「仮にXの第一義的な目的が幾田麻衣を抹殺することだった、としよう。ならば彼女は先ず、どこでそれを実行すべきかを考えたはずだ。いろいろ検討してみて、麻衣の外出先ではリスクが高いと判断したんだろう。やはりターゲットの自宅、すなわち幾田邸のなかがいちばん都合がいい、と」

「はい」と、ほたるはまるで聴講する学生よろしく神妙に頷く。お追従（ついじゅう）されているみたいで居心地が悪いったら。

「だが、そうした場合、ひとつ困ったことが生じる。仮に麻衣の他殺体を幾田邸に放置したとすると当然、被害者の夫である英樹に妻殺害の嫌疑（けんぎ）がかけられてしまう可能性が高くなる。Xは、そんな事態は避けたかった」

「英樹の立場に配慮しないといけない理由がなにかXには、あったんでしょうか？」

「Xの犯行動機がそもそも、英樹を我がものにすることだったから。麻衣を亡き者にすれば、自分が彼の正妻におさまれる、とか信じていたのかもしれない。肝心の英樹がどう考えるか、などの問題はそっちのけで」

「つまり、ほんとうに女にストーキングされていたんですね、英樹は。オレは付きまとわれて迷惑しているんだと、のたまっていたのはただの駄法螺（だぼら）じゃなかったんだ」

「Xは麻衣を殺した後で、英樹も自分も疑われないようにするためにはどうしたらいいかと知恵を搾った。そして、いちばん手っとり早いのは自分たち以外の誰かを犯人に仕立て上げる方法だ、と結論した」

「そのために適当な人間を探していて、外谷場を引っかけた。そして麻衣のふりをして、夫からの夜逃げを決行するから手伝って欲しいという口実で、外谷場に車を幾田邸へと持ってこさせたわけですね」

「外谷場が供述していたという例の妄想は、かなり的を射ていたんだよ。Xは夜逃げの荷物だと偽って、彼に他殺体を運搬させる。その途上で外谷場を自殺に偽装して殺し、遺体を積んだ車もろとも放置する。外谷場が見破った通りのシナリオをXは描いていたんだ。ただし筋書き上で大きく異なっていたのは、トランクに積み込む予定の遺体は英樹ではなく、麻衣本人のものだった、という点」

「しかし結局、ことはXの計画通りには進まなかった」

「麻衣殺害を十七日に決行したのは英樹がその日、留守にする予定だったからのはずだ。しかし彼は自分をストーキングしているXが具体的な経緯はともかく、なにかを企んでいると察知した。一旦は出かけるふりをして、こっそり自宅へ戻ってきていたんだろう」

「うーん。その点についてては、ちょっと異なる考え方もできそうですけどね」

「ん？」

「Xの目論見を察知して戻ってきたわけではなく、英樹は最初から自宅にいた。もっと言うと彼は、Xと共犯だったのではないか」

「それは可能性としては極めて低い、と言わざるを得ない。なるほど。Xが麻衣を抹殺するに当たって彼女の夫を抱き込もうという、その古典的な手法自体は大いにあり得る。しかしだとしたら、ふたりが犯行プランにわざわざ外谷場という部外者を巻き込む必要はまったく無かったはずだ。でしょ？」

「たしかに。もしもふたりが共謀していたのならば死体遺棄作業のための手も足りていたでしょう。ごもっともです。それでもなお、Xは英樹となんらかのかたちで手を組んでいたんじゃないか、と。そう仮定しないと説明できない謎が残ってしまう」

「謎？　というと、どんな」

「英樹を殴打したのはXの仕業。その事実は動かないとしても、それに至る経緯はふたりが共犯だったか否かによって、だいぶ変わってきます。仮に共犯ではない場合、英樹はストーカーであるXの動向を察知し、外泊か出張だかの予定を変更し、こっそりと正面玄関からではなく、例えば裏の勝手口とかから自宅へ舞い戻った。そこで怪しい行動に及んでいるXと鉢合わせし、激しい諍いになった。取り押さえられそうになったXは英樹を殴って昏倒(こんとう)させた後、セダンに待機させている外谷場もそのトランクのなかの麻衣の遺体も、なにもかも放り出して、幾田邸の近くの路地に停めてあった自分の車で逃げ出した」

「うん、まさに。そのとおりのことが実際にも起こったんだ」

「いや、ですから。それだと説明のつかないことが出てくるんですってば。他でもない、殴られて気絶していた英樹が意識を取り戻してから後の行動。彼は、あの白いセダンを頭の傷を押してまで自ら運転し、妻の遺体をどこかへ遺棄してこようと図っていたじゃありませんか。なぜ彼は、そんなことをしなければならなかったのか？　もしも英樹がXとは共犯でもなんでもなく、ただの被害者だったのだとしたら、息を吹き返した彼が先ずやらなければならなかったのは、警察に通報することです。そうでしょ？」

澱(よど)みのない名調子、といった我が娘の反論にちょっと感心。むしろ聞き惚れる。

「わざわざ車で妻の遺体を運んだりしている場合じゃありません。でも実際には英樹は頭の傷をものともせず、車のハンドルを握ることを選んだ。その行動こそが真実を如実に物語っているじゃありませんか。すなわち英樹は、結果として仲間割れに至ったとはいえ、もともとXに協力していた。妻の麻衣の殺害にかかわっていたんです。だからこそ、Xが遁走してしまった後は、自分ひとりで遺体の処分をする他はなかった」

「別に死体を遺棄してこようとしていたわけじゃないよ、英樹は」

「ほお。ではどうして、あんな瀕死の状態なのにわざわざ運転していたんです？」

　あくまでもわたしに説明させようとしているのだから、ひとが悪い。

「決まってるでしょ。英樹は、自分を殴って逃げたXのことを追いかけていたんだ。つまり、ふたりは共犯ではなかったものの、英樹は自分をストーキングしている女の素性をちゃんと把握していた」

「だからこそ、妻の麻衣が危害を加えられたと知って、Xを捕まえてやろうとした」

「そういうこと。例のリビングの出入口付近に落ちていたという血痕のついたハンカチを見て、そうと察知した。その女物のハンカチとはおそらくXのもので、犯行時の返り血をとっさに拭ったんだろう。それを放置したままであることを現場から立ち去る寸前に憶い出し、外谷場をセダンのなかに待たせ、回収しに家へ戻ったXと鉢合わせした、というわけ。ただその時点で、麻衣の遺体はすでにトランクに積み込まれていることにまで英樹は、おそらく気がついていなかったんだろう。だからそのまま問題の白いセダンを運転してしまっていた。とまあ諸々、そこら辺りの経緯の詳細は、本人たちに確認して再構成するほうが話が早……」

喋っているうちに頭のなかでいろいろ、とっ散らかっていた物事の断片が整理されてきたのだろうか。ふと、ある考えが浮かんできて、わたしは思わず呻いてしまった。

「本人たち、とはもちろん英樹とXのことで……」ほたるは怪訝そうに、わたしの顔を覗き込んできた。「どうかしました？」

「外谷場に訊いてみてくれないか」

「なにをです」

「Xが逃げるときに乗っていた車のこと」

「いや、外谷場はなにも見ていないんです。さっきも言ったけど。ハイビームで逆光になっていたので、ナンバーも車種も、なにひとつ明確には判らない」

「でも、隠れた植え込みのほうを向いていた助手席のなかは、見えたかもしれない。ひょっとしてグローブボックスの上に、ぬいぐるみが置かれていなかっただろうか」

「ぬいぐるみ？」

「例えばタヌキのぬいぐるみ、とか。訊いてみてくれ。で、もしもそうだったら、決まりだ。河口夫人だよ、Xは」

「え……それじゃあ、まさか」

「英樹が彼女を車で轢いたのは、偶然じゃなかった。彼は河口夫人を、彼女の自宅まで追いかけてきていたんだ。そしたらそのとき、たまたま彼女が近所の交差点の横断歩道を、自転車で渡ろうとしていた。それを見て、英樹はブレーキを踏むどころか、むしろスピードを上げて右折し、河口夫人めがけて突っ込んだんだ。彼女を逃がすまい、として」

第二話　男はごまかし切れなかった

「あれですよね。人間って、傍(はた)から見たらなんでもない、としか思えないような。ほんとに、え、いったいなんだってまた、その程度のことで？　と驚いてしまうような些細(ささい)な理由でも当人はめっちゃ気分が上がったり、はたまた逆に、死にたいほど落ち込んだりしちゃうんだ。謎というか、不可解というか」

しみじみとそう慨嘆(がいたん)を洩(も)らしたギミーくんこと釘宮友頼(くぎみやともより)。ごぶり、と音を立ててハイボールの残りを一気に飲み干した。「なんとも理不尽な動物ですよねえ」

一般論として、別におかしなことをのたまっているわけではない、と思う。むしろ数多く共感を得られそうな、大正論のような気がする。でも、それが他ならぬギミーくんの口から発せられた、となると。

柄(がら)にもない、とまで評するのはちょっと失礼かも、だけど。なんていうか、例えば、うーむ。見た目が奇蹟的にカッコいいのだけが取り柄の大根ミュージカル俳優が演目の途中で科白(せりふ)をど忘れしたのをごまかすために、とっさに並べ立てた苦し紛(まぎ)れのアドリブ、みたいに聞こえなくもない。

おまけに彼はいま赤い上下の衣装でサンタクロースの恰好(かっこう)をしているのだが、すでに宴は終わっているため特大扇子(せんす)の如(ごと)きサイズと形状の白い付け髭(ひげ)やカツラ、ナイトキャップ仕様の三角帽子などは脱ぎ棄てている。一九六〇年代のギャング映画かなにかに登場する銀行強盗が逃亡先のアジトで犯行用の変装を解いて、寝起きのように髪の乱れた素顔を曝し、くつろいでいるところ、みたいな。そんな中途半端なコスプレぶりが、よけいに間延びした雰囲気に拍車をかける。

「今回の、ほら、この大雪にしても。我々にとっては滅多にない珍事だからテンションが上がっちゃって、子どものように、はしゃいでしまったりもするけど」

　今日は二〇二二年、十二月二十四日、土曜日。クリスマス・イヴである。

　この二日前の二十二日。日本列島へ南下してきた大寒波により高和市は初雪を観測。翌二十三日には山間部のみならず県下で猛吹雪となり、平野部でも積雪十四センチという、地元での観測史上最高値を記録。

　今日になって雪の勢いは止んだものの、普段は南国気候の市街地の風景は、往けども往けども見渡す限り一面の銀世界。文字通りのホワイトクリスマスとなった。

「今朝も、うちのすぐ眼の前で。ご両親とお子さんたちだと思うけど、家族総出で記念撮影しているご近所さんがいましたよ。ええ。こんもり雪が積もった、おうちの屋根や塀をバックにして。パシャパシャ何枚も。かと思えば通勤中とおぼしきスーツ姿の方々が道端で、雪をサッカーボールのように転がして雪ダルマをつくっていたり。みなさん、なんとも好い笑顔で。めっちゃ楽しそうでした。けれどそれって、さっきも言ったように高和なんかでは滅多にないことだからこそ、気分も上がるわけであって。でしょ。これが北国の寒冷地だったら。ね。豪雪地帯に暮らしているひとたちにとっては雪なんか危険でやっかいで、憂鬱(ゆううつ)の種でしかない」

「たとえ体験の内容それ自体が同一でありましても、その受け手側各々(おのおの)の環境的要因や価値観の相違によって、事柄の持つ意味合いは大きく、おおきく異なってきてしまう道理なのであります」

　そう応じる久志本刻子(くしもとときこ)は変に気どったというか、弁舌さわやかな講釈師もかくやな言葉の選び方、そして喋り方。彼女本人がどこまで意識的なのかはともかく、どこぞの国家元首の施政方針演説のパロディのような仰々(ぎょうぎょう)しさが全体的にギミーくんの語りへの絶妙な合いの手となっていて、シリアスな話題を戯画的にフレームアップして笑いを誘おうとする漫才コンビの掛け合いっぽい。

　新型コロナ感染拡大の第八波が全国的に懸念されるなか、常連さんたちをお店へ招いての今宵のクリスマスパーティーを大盛り上がりでつつがなく終えられ、主宰者である刻子も、いま上機嫌なのであろう。みんなが辞去した後のテーブルから皿やグラスをかたづける仕種(しぐさ)とステップも至って軽やか。

「そう。そうなんです。まさしくそういうことなわけで。他人の眼にはどれほど些細な事柄に映ろうとも、それがいったい、どんなふうに深刻な精神的ダメージをもたらすのかは本人にしか判らない。否(いな)、肝心の本人の理解すら及ばないものなのかも」

　ん。おや？　刻子の切り盛りするここ、洋風居酒屋〈ＫＵＳＨＩＭＯＴＯ〉で、このところ賑(にぎ)やかしのイベントがある度にタダ酒と引き替えに接客のお手伝いに駆り出されているわたしは、テーブルクロスを畳んでいた手をそこで、ふと止めた。

　さきほどまで身も心もサンタクロースに成りきり、セレブ御用達の託児所も顔負けレベルの手際のよさ、ノリのよさで小さなお子さま連れのテーブルを次々と盛り上げて回り、クリスマスプレゼントをみんなに配りまくっていたギミーくん。実は、このお店の従業員でもなんでもない。ただの常連客のひとりなのである。

　それがバイト代が出るわけでもないのに今夜はサンタの扮装でおもてなしに徹し、お子さまたちに配ったお菓子やらプレゼントやら（けっこう高級品）をすべて自費で用意してきたのは、やはり単なるお金持ちの道楽とか酔狂とかだけでは済ませられない。それは、オーナーシェフである久志本刻子への一途なる愛。このひとことに尽きよう。

　もちろん、いくらお互い独身だからってまだ四十前のギミーくんが、わたしと同い歳、すなわち今年すでに還暦を迎えた刻子へのかくも熱烈かつ無防備な恋慕懸想っぷりを全身全霊で表明してはばからないって、さすがにそれは、ちょっとどうなの、と眉をひそめる向きも少なくなかろう。愛があれば歳の差なんて、とはよく言うけれど、そこはおのずから限度ってものがあるでしょ、と。

　普通ならただのイタい変人のレッテルを貼られてそれで終わりなのだろうが、いや実際に彼は刻子のことは差し引いてもかなりの変わり者ではあるのだが、それはさて措き。ギミーくんの場合、自分が働かなくてもなに不自由のない生活を送れる大富豪なのに加え、国宝級美形とベタに称しても決して大袈裟でもなんでもないくらいルックスがずば抜けているためだろうか、周囲のいわゆる良識派たちからの顰蹙(ひんしゅく)やら、好奇の視線やらが引きも切らぬ模様。
ミスコン荒らしばりの美女であろうが、いまふうのギャルであろうが、はたまた普通にSPが付きそうな家系の深窓の令嬢であろうが、この世の如何(いか)なる女性でも選りどり見どり、引く手あまたのはずのオマエがいったいナニが哀しゅうて、という。揶揄(やゆ)なのか羨望(せんぼう)なのか、あるいは怨嗟(えんさ)なのかはともかく、そんな野次(やじ)が、のべつ幕なしに聴こえてきそうだが。当のギミーくんったら馬耳東風。今日も今日とて〈KUSHIMOTO〉のクリスマス・イヴのためにノーギャラで、というか持ち出しで、大奮闘だった次第。

そんな彼の存在を、刻子も至って平常心で受け留めているようではある。毎度まいど芸が無いにもほどがある直球一辺倒の求愛を彼女にどれほど巧(うま)くはぐらかされようともギミーくん、別に拗(す)ねたり怒ったりするわけではない。明るく受け流すだけで、なにごともなかったかのように、からりと普通に、また来店してくれる。傍から見ていて全然ウザくないのかと訊かれると正直微妙だけれども、少なくともいわゆる粘着タイプではないし、ストーカー気質の類(たぐ)いとも無縁。お客さんとしてはまちがいなく優良の部類だろう。

刻子だって、無駄に手のかかるやつだ、くらいは思っているかもしれないが、それは他の出来の良い孫たちと比べたら、という言わば祖母のような慈愛の目線ゆえであって、ギミーくんに対して拒否的感情は抱いていまい。むしろ彼女が男性へ向ける態度としては破格に好意的と評してもいいくらい。逆にそうでなければ、いくらボランティアの申し出があったからって、自分のだいじな城の聖夜に、一介の客がコスプレで好き放題やらかすのを許したりするわけがない。

けれどギミーくんと刻子のあいだにはひとつ、乗り越えられない壁がある。年齢差なんかではない。それはあくまでも彼は店のたいせつなお客さまのひとりである、という厳然たる事実で、その関係性ゆえ、刻子としてはいくら個人的に好もしい感情を抱こうとも、基本的にギミーくんへの接し方は他人行儀な節度と距離感を守る範囲内でのフレンドリーな振る舞いに徹せざるを得ない。

それはギミーくん側だって重々わきまえているはず。とはいえ、たまに気まぐれでか、刻子が彼の軽口にノリのよい感じで乗っかってくれたりすると、やはり嬉しいのだろう。そんなに判りやすい性格でよくオマエいままで生き残れてきたな、とツッコミを入れたくなるくらい有頂天になる。いや。

なるはず、なのだ。通常であれば。そう。己れの言動に刻子がほんのちょこっとでも明るい反応を示してくれればもう、それだけで天にでも昇ったかの如く欣喜雀躍(きんきじゃくやく)するはずのギミーくん。その彼がいま、なぜだか悄然(しょうぜん)としている。一応笑顔ではあるものの、妙に疲弊したかのような色が滲(にじ)み出ている。

はて？　これはいったい、なにごとであろう。刻子が彼の雑談に、いつになく積極的かつ饒舌(じょうぜつ)に接してくれているというのに、と。そう訝(いぶか)るあまりわたしは「どうしたの」と無意識に口に出し、問い質(ただ)してしまった。「なにかあったんですか？」

その際に、かたづけていた透明アクリル板のパーティションの陰から、さきほどのお客さんたちのうちの誰かが忘れていったのだろうか、スマートフォンがひとつ、まろび出るように現れて、ひょいと掌に取り上げたのだが。とりあえず、それは後回しに。

「ええ、まあ。ちょっと」

カウンター越しに炭酸水の瓶を「あ。ありがとうございます」と刻子から受け取って、自分で新しいハイボールをつくりながらギミーくん、床に放り出すように拡げていた長い両脚をぴたりと閉じ、仮装用の付け髭といっしょに外していた感染防止用マスクもついでに着けなおす。畏縮というほどでもないけれど、わたしに対するアレルギーめいた空気がそこはかとなく漂う。

先日のハロウィンでの出来事が尾を曳いているのかもしれない。地元で起きた、とある重大事件に関与していた某知人をギミーくんが、そうとは認識せずに庇おうとしていた事実が、ひょんなことから発覚。事件そのものは無事に解決したからいいようなものの、彼は危うく最重要参考人を隠匿してしまうところだったのだ。

落着したとはいえ、その一件についてギミーくんは未だに、なにがしかの引け目を感じているのかもしれない。行きがかり上、彼に証言を促す立場となったわたしが元警察官だったという事実も、微妙に追い討ちをかけている要因だろう。ともかくギミーくんが、纐纈古都乃というお節介なおばさんに対して、ある種の苦手意識を抱くようになってしまったのも宜なるかな。

そんなわたしが他ならぬ刻子とは旧くからの友人であると知って、さぞや複雑な心境を持て余しているかもしれないけれど、少なくとも表面的には、そんなことはおくびにも出さず、いまもこうして、せっせと彼女の経営するこの〈ＫＵＳＨＩＭＯＴＯ〉へと通い続けているギミーくんなのであった。

「実は、知り合いが先月、亡くなっていたそうなんです。けれどもぼくは、ほんの昨日の昨日まで全然、そのことを知らなくて」

「なにか事故とか、ご病気で？」

「いや、それが……」

　ギミーくん、そっと握(にぎ)りしめた両手の拳で自分の顎(あご)のラインを上下になぞるような、なんとも意味ありげな仕種をしてみせた。

「え。まさか」

　首を吊(つ)っての自死という仄(ほの)めかしか、と悟ったこちらの胸中に呼応するかのようにギミーくん、重々しく頷いて寄越した。

「その方、お何歳(いくつ)くらいの？」

「ぼくよりちょうど、じゅっこ上で。名前はタドウさん、ていうんですけど」

　えと。ギミーくんより十歳上、ということは享年四十八か。苗字は「田頭(たどう)」と書くらしい。下の名前は都志也(としや)。

　とりあえずギミーくんの話をじっくり聞いておこうとの仕切りなおしのつもりだったかどうかは我ながら定かではないものの、さきほど後回しにしていたお客さんの忘れ物とおぼしきスマートフォンをわたしは刻子へ「はい」と手渡した。

「ん。え。あらら。これ、古都乃のじゃなくて？　そこのテーブルにあった？　じゃあ油布(ゆふ)さんの、かな」と彼女、それをレジ横のメモパッドの上に置く。

「知り合いといっても、ぼくに関しては高校時代に家庭教師をしてもらっていたことがある、という。ただそれだけの関係、だなんて言い方もちょっとあれですけど。近年は、さほど深い親交があったわけでもなくて」

　西暦二〇〇〇年、平成で言えば十二年。当時ギミーくんはまだ十六歳。地元では有名な進学校である中高一貫教育の、私立広富(ひろとみ)学園で高等部一年生になったばかりだった。

　同校の生徒たちは中等部を修了後、高等部へ進級する際に形式的にではあるものの、他の編入学希望者たちとまったく同じ内容の入学試験を受けておかなければならなかった。ギミーくん本人曰(いわ)く、彼は学校の勉強があまり得意ではない。というか、はっきり言って中等部時代の成績は壊滅的と称するしかないほどヒドかったそうな。それでもくだんの入学試験はあくまでも慣例としてかたちばかりのものであり、過去に同校の中等部修了生がその結果に左右されて高等部へ進級できなかった、という例は一件もなかった。

　なのでギミーくんもその家族もなんの心配もしていなかったし、実際に彼はちゃんと無事に高等部一年生になれた。ところが。

　形式的な慣例というだけあって、中等部修了生たちの点数を含む進級試験の結果の具体的な内容は、生徒本人にもその保護者にも原則非公開なのだとか。まあ、そりゃそうでしょ。

極端な話、無事に進級できているのに入試の結果を見てみたら全教科が零点でした、なんてケースだって絶対にあり得ない、とは言えないわけで。そうなればいくら我が子が可愛かろうと、下駄を履かせると言うにはこれはいささか常軌を逸しちゃいませんかと、おおやけに問題提起する保護者だって出てくるかもしれない。

よほどのことがない限り穏便に、多少の点数の悪さには眼を瞑る。それが学校側の絶対的な基本方針だ。いや、そのはずだったのだが、どうやらギミーくんの得点数はそんな、ことなかれ主義をあっさり覆してしまう破壊力を発揮してしまったらしい。

新学期早々、彼のクラス担任になったばかりの末満到という男性ベテラン教諭に、ギミーくんの両親は学校へ呼び出され、こう告げられる。遺憾ながらご子息の学業成績は常識外れて危機的状況にあります。進級試験の結果に鑑みて、早急に抜本的な対策を講じておかないことには将来、決定的に取り返しのつかない事態にもなりかねません、云々。

くだんの末満先生は直截には口にしなかったが、どうやらギミーくん、ガチで全教科零点という、空前にして絶後の文字通り「よほどのこと」を、やらかしちまったらしい。そうと察した彼のお母さまはショックの余りその場で卒倒し、三日三晩、寝込んでしまわれたそうな。

いったいどうすればいいのでしょう、どうか我々をお救けくださいまし、とお父さまに泣きつかれた末満先生、ではひとつ経済的事情が許すのであれば友頼くんに、日常生活をともにするくらいの意気込みの、厳しい家庭教師をおつけになってみては如何ですか、と提案。

そこで白羽の矢が立てられたのが、当時たまたま県外の某大学院の博士課程を中退し、地元高和へ帰郷してきたばかりで無職だった田頭都志也だ。彼は広富学園のＯＢで、末満先生とは卒業後も個人的になにかと親交があった縁で紹介されたという。

「ぼくは正直イヤだったんです、最初。家庭教師だなんて、かったるいし。怖いひとだったりしたら最悪だし。でも幸い、田頭さんは全然スパルタとかじゃなくて。友だちみたいに気さくに、かつ対等に接してくれたので。こちらも、わりと素直に勉強するようになった。気分の乗せ方もうまいというか、教え方がじょうずなひとだったんでしょうね。三年間みっちりと、ほぼ付きっきりで鍛えてもらったお蔭で、ぼくの成績もまあ、そこそこ上がり、そこそこの大学にも入れた」

　そこそこ、なんて言い方をするものだからうっかりスルーしそうになったけれど、よくよく話を聞いてみたらばなんと、ギミーくんの高等部三年生のときの成績は学年で断トツの一位。しかも現役合格したのは日本でいちばん偏差値の高い、あの国立大学だというではないか。素で腰を抜かしそうになった。まさかこの話の流れで、その最高学府の名称が飛び出してこようとは。いやはや。

　高校入試が全教科零点という底辺中の底辺からそっちの最高峰へ、とはまた極端から極端へと振り切ったものである。もはや意外性という言葉を持ち出すのもばかばかしい。こちらはただ唖然、茫然。刻子もいままで知らなかったらしく、眼を丸くしている。

「で。なんとなくそれから、もうかれこれ二十年。田頭さんとも、末満先生とも、ずっと疎遠になっていたんですけど」

　末満先生は、広富学園を定年退職した後も同校に臨時職員として再雇用され、教鞭を執り続けていた。七十歳になったのを機に、今年の四月、完全リタイアしたそうな。

「先生の古稀のお祝いと長年の慰労を兼ね、みんなで会食をしようじゃないか。コロナの第八波は若干心配だが、このタイミングを逃す手はないから、と。どなたが音頭をとられたかは知らないけど、急遽そう決まって。地元在住の卒業生たちにお声がかかった。で、ぼくも昨日、市内の割烹へ馳せ参じたというわけです。はい。この大雪にもかかわらず全員参加。といっても急な話だったので、もともと少人数の集まりではあったんだけど。まあそれなりに盛り上がりまして。その席でぼくも、ほんとにひさしぶりに末満先生とお話しさせていただいた……んですけれど」

　その会席での歓談が一段落した折にギミーくん、かつての家庭教師、田頭都志也の死を末満先生から知らされたのだという。

「遺体が発見されたのは、先月の二十八日のことだったそうです。初合町のご自宅からすぐ近くの神社で。って、迂闊なことにぼく、三年間もお世話になっていながら、田頭さんのお宅が初合町に在るって、昨日初めて知ったんですけど。その神社の境内のブナの木の枝に括りつけたロープで縊死しているのを、犬の散歩にきていた近所の住民が発見した。遺書は無かったそうです。でも状況からして自殺だろう、と警察は判断した。それが末満先生は断じて納得がいかない、と」

「というと」

「遺体が発見される前日、つまり先月の二十七日の夜、末満先生はそれこそ十数年ぶりに田頭さんから電話をもらっていた、と言うんです。やあこれはご無沙汰、どうだね元気かね、と先生がそう尋ねると……」

　至急先生にご相談したいことがある。つきましては電話ではなく、直接お会いできませんか、と田頭氏は切り出したのだという。

「末満先生によると田頭さんは、いつになく思い詰めたような口調で。ただならぬ雰囲気だったそうです。できればいますぐにでも会いたい、という勢いだったが、そのときは時刻がもう夜の十時を回っていたので。さすがに日を改めようじゃないかと。で、互いの予定や都合を突き合わせた結果……」

　田頭氏のほうから末満先生の自宅へその翌日、十一月二十八日の朝に赴く、という手筈になった。ちなみに大治町に在る末満邸はかなり大きな旧家で、学校から近いせいか、在校生卒業生を問わず教え子たちがよく出入りしていて、ギミーくんも大学へ入るまでは何度か訪問したことがあるという。

「二十八日の朝。末満先生は自宅で待機していた。ところが、約束した午前九時を過ぎても田頭さんは現れない。十時を回ってもいっこうに、なんの音沙汰もない。さすがに、これはおかしいと先生は、前日にかかってきた履歴の、田頭さんの携帯の番号に電話してみた。すると……」

　すぐに応答があったものの、その声は明らかに田頭氏のものではない。素性を訊かれた末満先生が名乗ると、その相手は「警察の者です」と言うではないか。

「しかも、なんと。いま使っているスマホの持ち主とおぼしき男性の変死体が発見されたところだ、と。そう告げられた先生は仰天。慌てふためき、当該神社へ駆けつけた」

現場にいた警官から末満先生は、遺体の身元確認を求められる。死亡していた男性は、まちがいなく田頭都志也だった。が、彼が自殺するなんて変だ、絶対に信じられない、と末満先生は、そう訴えた。

「そりゃあそうだ。田頭さんとはまさにその日の朝にご自宅で、会う約束をしていたんですものね。そのことを警察には？」

「もちろん話した。警察もその事実は重要視しているようで、どうやら田頭さんは恩師に早急に相談しなければならない、なにか深刻な悩みをかかえていたのだろう、と。その点に関しては末満先生とも見解が一致しているんだけど。そこから先が問題で。つまり先生にしてみれば、田頭さんが自分と会うと事前にきちんと約束していたにもかかわらず、それを一方的に反故にするかたちで、なにごとも打ち明けないまま自ら命を絶つだなんて、あり得ないわけです」

「まことに、ごもっとも」

「ところが。いっぽう警察に言わせると、一旦は恩師に相談を持ちかけはしたものの、田頭さんは自分がかかえる問題に解決の見込みはない、と見切っていた。従って、もはや末満先生に限らず誰に話してみたところで時間の無駄だと深く絶望してしまったのだろう、と。そういう結論に落ち着いた」

「その田頭氏が、かかえていたとされる悩みって具体的にはどういうものだったの？　先ずそこ、ですよね、問題は」

「まさしく。ええ、まさしくね。そういうことでして」とギミーくん、マスクを顎の下へずらし、つくったばかりのハイボールをひとくち。喉を潤した後、着けなおすかと思いきや、マスクは下げたままで喋り続ける。

「田頭さんはいったい、なにをそれほど思い悩んでいたのか、と末満先生はご老体に鞭打って。あ。いやいや、そんなお年寄り扱いは失礼でした。隠居生活に入った身とはいえ、先生は昔ハンドボールの選手だったとかで。身体はめっちゃ鍛えられていて、まだまだぼくなんかよりも遥かに体力がありそうなので。はい。持ち前の行動力を発揮して。田頭さんが直面していた問題とはいったいなんだったのかを探るべく、奔走した」

　察するに末満先生は、かつての教え子の生前の最後の言葉を預かったのは自分だという責任感に、そして仮に彼がほんとうに自死を選ばざるを得なかったのだとしたらその事情と無念の詳細を汲み取ってやらなければという義務感に、駆り立てられたのではないか、とギミーくんは推察する。わたしも同感だ。その見立ては、おそらく当たっている。

　人間、年齢を重ねてゆけばゆくほど、自分よりも歳若いひとたちの死というものが心底こたえるようになる。テレビのニュースなどで見聞する見知らぬ他人の病気や不慮の事故ですら辛い。もちろん高齢ならば心が痛まないという意味ではないし、天寿をまっとうするのに老いや若いの順番は無関係とはいえ、自分の子どもや孫のような年齢のひとたちの訃報に接する度に不条理感ばかりが否応なく募る。ましてやそれが、浅からぬ親交のあった教え子ともなれば、残された側の悲嘆ぶりは如何ばかりか。想像に難くない。

「しかしこれが、思うようにはいかない。調べようにも事情を知っていそうなひとがなかなか見つからない。というのも、十数年前にご尊父が逝去されて以降、田頭さんには家族がいなくて。いや。異母兄弟がひとりと、お父さまの三番目の妻だったという方がいるにはいるんだそうですけど。どちらも、いろいろあって音信不通というか、消息不明。事実上、義絶状態なんだとか」

　田頭都志也は父親とその二番目の妻とのあいだの息子で、田頭父が最初の妻とのあいだにもうけた腹ちがいの兄と、三番目の妻だった継母が国内もしくは海外のどこかで存命のはずだが、連絡をとろうにもとれない状況らしい。なかなかややこしそうだ。

「詳しい経緯は判りませんが、そのふたりとはお父さまが亡くなったとき、遺産相続の問題でかなり、ぐちゃぐちゃに揉めたらしい。結果、兄と継母が両方とも絶縁同然に行方知れずになり。田頭さんは爾来、ずっと初合町の実家で独り暮らしだったのだとか」

「ご結婚はされていなかったの？」

「噂では、一時期内縁関係だった女性とのあいだに子どもがいるとか、いないとか。いるとしても、どうやら認知もしていないようなので。近況についてはまるで不明」

　あれこれ複雑そうな相関図ばかりが思い浮かぶ。普通のひとならここら辺りで匙を投げそうだが、末満先生は諦めず。身内には限定しないで、生前の田頭都志也と少しでも接触があった人物を探し出しては、かたっぱしから訊いて回ったという。その結果。

「ひとつ、これは有力かも、という情報に辿り着いた。実は田頭さん、末満先生に電話をかけてきたその日の午後、強盗被害に遭っていた、と言うんです」

「えッ？　なんですって？」

「といっても大した事件じゃないんですよ。犯人はその場で、すぐに取り押さえられているから。怪我人などは無し。あ。田頭さん、顔を殴られた、とか言ってたっけ？　物を壊されたりもしたらしいけど。でも、お金などは盗られずに済んだそうなので。はい。被害も微少というか、厳密には強盗未遂。たまたまその日は他にいくつも大きな話題があったせいか、それらに隠れる恰好でニュースにもならなかったそうなんだけど」

「強盗未遂……」

「その一件を知った末満先生、あ、ひょっとしてこれじゃないだろうか？　と思った。というのは昔、先生のお宅にも強盗が押し入るという事件が起こっていて」

「末満先生のお宅に……って。え。ま、まって。ちょっと。それって、いつの話？　いつ起こった事件なんですか？」

大治町、そして末満家？　その町名と苗字の組み合わせが記憶を刺戟した。「まさか、なんだけど。ひょっとして、二〇一一年の三月……だったんじゃ？」

「あ。はい。東日本大震災の翌々日だったとか。そう聞いています」

「やっぱり、あの事件？　世帯主が留守中の家に、男が侵入してきて……」

完全に憶い出した。地元では稀な、極めて凶悪な強盗致死事件として、まだ現役だったこのわたしも捜査に駆り出されたのだ。

「ひとりで留守番をしていた奥さまが亡くなられた……犯人から酷い暴行を受けて」

現場から逃走した車輛の目撃情報によって容疑者はすぐに特定できたものの、身柄を捜査陣が確保する前に、その人物は投身自殺してしまう。しかもその男は、被害者の夫の勤務先の卒業生で、かつての教え子だったという、なんとも後味の悪い幕引きだった。

「嫌な事件だった……ほんとに」

「あ、そっか。あの事件のことは、よくご存じなんですね、纐纈さんも」

現場から発見された、犯人の遺留品とおぼしき手袋には被害者である末満夫人の血痕が付着していた。そこから検出されたＤＮＡ型が、逃走車輛の持ち主のものと一致。名前は宇佐見昴生。当時三十五歳だった男だ。その後の調べで、彼は事件直前、足繁く通っていたキャバクラの某女性従業員に、自分が練っている窃盗計画の概要を洩らしていた事実が判明。

宇佐見は広富学園の卒業生で、在学中に担任教諭の自宅である大治町の末満邸に何度も遊びにいったことがあり、おおよその間取りを把握していた。

末満家は地元では知られた旧家で、けっこうな現金や金目のものが置いてあるはずだし、その保管場所もだいたい当たりをつけられるんだ。罪悪感？　ないよそんなもの。あいつは自分が他の教職員や生徒たちから慕われている人徳者だとかんちがいしている、鼻持ちならない偽善者野郎なんだからさ。教え子から金を毟り奪られりゃ、むしろ本望ってもんだろ、と。

宇佐見はそんなふうに、ときに露悪的に、そして得意げにその女性従業員に話していたらしい。まさか本気ではなかろう、と冗談半分で聞いていた彼女も一応は念のために、くれぐれも泥棒なんてばかな真似はしないでくださいね、と何度も何度も釘を刺していたという。

しかし宇佐見は実行してしまった。

末満夫婦には当時すでに妻帯していた息子がふたりいるが、いずれも県外在住。地元に他に親族はおらず、大治町の邸宅は夫婦のふたり暮らしだったため、なおさら狙い目だと踏んだのかもしれない。家が留守になるタイミングならいくらでも狙えるから楽勝だぜ、と宇佐見はうそぶいていたらしい。

ところが事前のリサーチに誤りがあったのか、彼が犯行に及んだその日、末満邸は無人ではなく、実際には夫人が屋内にいた。予想外の事態に宇佐見は慌てたのだろう。末満夫人に騒がれ、パニックに陥ってしまったものと思われる。なんとか彼女を黙らせようと焦る余り加減が判らなくなり、際限なく殴る蹴るの過剰な暴行を加えてしまった。某教え子にスピーチを請われての結婚披露宴から帰宅した末満到が目の当たりにしたのは、なんとも無惨に変わり果てた妻の遺体だった。

当の宇佐見も想定外の殺人を犯してしまったことに激しいショックを受けたのだろう。強盗致死は場合によっては極刑もあり得る、重罪である。自分はもうお終いだ、と絶望したのかもしれない。末満夫人の遺体が発見されたその日のうちに宇佐見もまた変死体として、繁華街に在る、彼が足繁く通っていたキャバクラが入っている雑居ビルの前で発見された。建物の非常階段から跳び降りたものと思われる。遺書は見つからなかったが、宇佐見のポケットには末満邸から盗んだ夫人の宝石類が数点、剝き出しのまま入っていた。

「ほんとに、ほんとうに嫌な事件だった。でも、それが？　田頭氏のことと、あの話がいったい、どんなふうにつながるんで……」

あッと思わず、わたしは喉の奥で呻(うめ)き声を洩らした。ま、まてよ。もしかしたら、これは……問題の二〇一一年の末満邸に於ける強盗致死事件だが、実は全面解決に至ってはいない、との見方が当時も燻(くすぶ)っていた。

犯人の逃走車輌の目撃証言には非常に気になる箇所がある。それは「車には、ふたり乗っているように見えた」というものだ。

仮にこれが目撃者の見まちがいではなかったとしたら、宇佐見には共犯者がいたのではないか、という可能性が当然浮上してくる。が、彼の交遊関係を調べても特にこれといって不審な人物は見当たらない。加えて宇佐見は、自分独りで犯行は充分に可能だという意味のことを自慢たらしく言っていた、とのくだんのキャバクラ女性従業員の証言がなによりも大きかった。これにより最終的に、事件は死亡した宇佐見昴生単独の犯行だった、と結論づけられたのである。しかし。

しかし、ほんとうにそうだったのか？　改めてわたしは考えてみた。仮に末満邸へ押し入った実行犯は宇佐見独りだったのだとしても、逃走用車輛のなかでドライバー役が待機していた、というのはあり得る。

男なのか女なのかはともかく、その人物の素性に田頭都志也は心当たりがあった……のだとしたら、どうだろう？　正確に言うと、宇佐見の共犯者たり得るのは自分もよく知っている人間だということに田頭氏は、いまさらながら思い当たったのだ。事件から実に十余年の歳月を経て、ようやく。

これは決して無理な仮定ではあるまい。二〇一一年頃に田頭都志也は三十七歳。宇佐見とは、たったふたつちがいだ。ともに広富学園ＯＢという接点がある以上、ふたりが例えばクラブ活動かなにかの先輩後輩の間柄で知り合いだったとしても全然おかしくない。

そして仮に宇佐見に共犯者がいたのだとしたら、それは田頭都志也も面識のある、共通の知人だったのではあるまいか？　その人物が二〇一一年の末満邸強盗致死事件に関与している、などと田頭氏は、これまでは夢にも思っていなかったのだろう。だが、あることがきっかけで疑惑が生じる。

そのきっかけこそが、田頭氏自身が先月被害に遭ったという強盗未遂事件だ。その体験の過程でのなにがどういうふうに閃き（ひらめ）きのヒントになったのか、具体的な詳細は判らない。あるいは、その未遂で取り押さえられたという強盗こそが、十一年前の宇佐見の共犯者本人であることに田頭氏は気がついた、という極端なケースも想定し得る。

いずれにしろ田頭氏はこの発見を、なにはさて措いても妻を強盗に惨殺されるという悲劇に見舞われた末満到に話さなければ、と思ったはず。にもかかわらず実際には、よりにもよって恩師と直接会う約束をしていた、その日の朝に、神社で首を吊っているのを発見された……ということは。

もしかしたら田頭都志也の死は、自殺ではないのかもしれない。宇佐見の共犯者だった人物本人なのか、それともその関係者なのかはともかく、二〇一一年の強盗致死事件の真相を隠蔽（いんぺい）せんとする思惑が働き、彼は口封じをされてしまった。そんな可能性もあるのかも……と不穏な想像を巡らせていると。

わたしの分のハイボールをつくって、わざわざこちらへ持ってきてくれながらギミーくん、予想外の発言に及んだ。「ですから、どんなふうにつながるか、っていうと。経験者なわけでしょ、末満先生は」

「けいけ。ん。え。え？　って」

「未遂だったとはいえ非日常的な不条理を味わった田頭さんとしては、ぜひ先生のお話を聞いて、なにがしかの参考にしたかったのではないかと。はい。同じ強盗被害に遭ったことのある経験者としての」

「さ。参考って、あの。な、なんの」

「例えばメンタルのアフターケアとか。気の持ちよう、と言いますか。ショックからの精神的な立ちなおり方について、みたいな」

え、えと。うーん。先刻の学歴の話題で、ギミーくんの良い意味でも悪い意味でも底の知れない独特の人間的器量に感じ入っていたわたしだが、まだまだその奥深さに関する認識は甘かったようだと思い知らされた。わ、判らんッ。あのね、真面目くさってナニ言ってんの、あなた?

いや、論の筋立て自体はさほど奇妙奇天烈なわけではないかもしれない。けれども、メンタルケア? では肝心のところでピントがズレまくっている感が半端ない。とはいえ、このギミーくんの言説を無下に否定できるほど、こちらも肝心の田頭都志也のひととなりに精通しているわけではないし。

などとコメントに窮するわたしは、よっぽど見苦しい顰め面を曝していたのだろうか。グラスを傾けかけていた手を止めたギミーくん、執り成すような口ぶりで。「あ。いやいや、もちろん。同じ強盗被害といっても、自宅を狙われた末満先生と、職場で接客中だった田頭さんとでは、状況がだいぶ異なってはいるわけですが」

「接客中? というと」

「バイトしていたんですって、田頭さん。コンビニで」

身軽な独り者だったらしいとはいえ、五十目前の男性が正社員ではなくアルバイトだったのには特になにか事情でもあるのかしら、と訊こうとした。が、ギミーくんの次のひとことで、それどころではなくなる。

「コンビニっていうか、あそこってメインはお土産屋さん、かな。ほら。JR高和駅のなかの〈Sマート・イン〉で」

「え……ええッ？」

「平々凡々かつ堅実な毎日を送っている自分のバイト先に、いきなり強盗が押し入ってくるなんて。どうしてこんなヒドい目に遭わなきゃいけないんだろう、と。田頭さんは犯人に殴られたりした怨みもあり、不条理な思いを抑えきれなかったんじゃないでしょうか。だからこそ同じ犯罪被害の体験者である末満先生に、その思いを聞いてもらって、心の整理をしようとした。でも一旦は先生と会う約束をしたものの、急に、なにもかもが虚しくなった。つまり仮にこのトラウマを乗り越えられたとしても、これからの人生、なにが起こるか判らないじゃないかと。田頭さん、世を儚むような心地になってしまったんじゃないでしょうか。だからって即座に自殺を選ぶというのは他人からしたら短絡的というか、え、そんなしょうもない理由で？　ってことになるかもしれない。けれど、さきほどから言っているように、ね。その体験がどういうダメージを及ぼすのかは本人にしか」

「ちょ。あの。ま、まって。ちょっと待ってちょうだいッ」

ギミーくんの長広舌をわたしは、やや強引に遮った。「それって、あの。その強盗未遂事件って先月の二十七日のこと、って言いましたよね？　日曜日の？　そして場所は〈Sマート・イン駅なか店〉？」

「あ。は、はい。そう、です……けど？」

ハイボールに噎せたのか、ギミーくん、ちょっと咳き込んで眼を白黒させる。そんな彼に打ち明けるべきか否か、しばし迷う……実はわたし、たまたまその事件の現場に居合わせていたんです、と。

いや、わたしだけじゃなくて。さきほど、ここでクリスマスディナーを楽しみつつ、サンタのコスプレをしたあなたからプレゼントをもらって大喜びしていた、あの油布姉妹もいっしょだったんですよ、と。

＊

ここで一旦、ちょっとだけ時計を過去へ巻き戻させていただこう。十一月二十七日。先月の最後の日曜日のことだ。

夕方、午後四時。レールを滑走する電車の重量感に満ちた音を頭上で聴きながら、わたしはＪＲ高和駅のホームから、長い階段を降りていた。

一歩、また一歩の足どりが我ながら重い。なんとか階段を降り切り、改札を抜けたものの、そこが体力の限界ででもあったかのように一旦立ち止まる。

かろうじてもう数歩進んで、なんとか他の通行人や利用客たちの邪魔にはなりにくそうな位置へと無意識に移動したのは我ながら上出来だった。が、そこで再び足の裏に根が生えたかのように立ち尽くしてしまう。

その朝、わたしは阿由葉（あゆは）線の始発に乗って、県東部の桑水流町（くわずるちょう）へ行っていた。先々月の九月、心不全で急死した旧友、藤永孝美（ふじながたかみ）の実家が在るところだ。

そこを訪れてみよう、と。ふとそう思い立ったのは、十一月二十七日が孝美の誕生日だったことを憶い出したからだった。

藤永家には昔、たった一度だけ、訪れたことがある。遡（さかのぼ）ること四十四年前、わたしたちが高校一年生のときだ。それっきり。以降、彼女の実家へ赴く機会は二度となかった。

その際に目の当（ま）たりにした桑水流町の風景も記憶のなかではもはや古色蒼然とぼやけ、原型を留めていない。だけど、駅から藤永家へと向かう道順はだいたい憶えている。というか、現地へ赴きさえすれば、きっちり見当がつきそうな気がする。

そう思い立った途端、矢も楯（たて）もたまらなくなったわたしは、朝食もそこそこに自宅から飛び出した。娘のほたるは多忙なのか、前日から帰宅しておらず、わたしの衝動的な行動をあれこれ詮索してくる者が誰もいなかったことも背中を押した恰好だ。

普段なら路面電車かバスを利用するところを、気が急（せ）いていたのか、タクシーでJR高和駅へ乗りつける。ちょうどホームに停まっていた県東部方面行き、阿由葉線の始発に乗り込んだ。

二十分ほどで桑水流駅へ到着。その新しい駅舎のお洒落（しゃれ）なデザインからして、早くも断片的に記憶に残っているイメージからは遠く離れてしまっている。が、駅を出てメインストリートから住宅街へ続くルートが単純で判りやすかったため、なんとか道に迷いもせずに、当該番地へと辿り着けた。

そこまではよかったのだが、記憶と合致する家屋がなかなか見つからない。いや、実はずっと眼の前に在ったのだが、それは絵に描いたかのように荒れ果てた一軒の空き家で……え。まさか。この廃屋がほんとに、あの孝美の実家？　記憶ちがいじゃなくて？

　もしかしたらもう数軒先とか手前だったのではないかと、しばし周辺をうろうろしてみた。が、残念ながら、まちがってはいない。やっぱりそのまさか、だった。

　受け入れざるを得ない、不動の現実。それを目の当たりにしながらわたしは無力感と、諦め切れない気持ちを持て余す。そして思った。もしかしたら藤永家は、いまはここには住んでいないかもしれないけれど、すぐご近所に新しい別の住居をかまえていたりするかもしれない、などと。

　そんな淡い期待、いや、もはや願望と呼ぶにも値しない、苦しくも妄想めいた現実逃避衝動に駆り立てられるまま、わたしはご近所をゆるゆる徘徊(はいかい)する。そこで、あたかも最初からその場所をピンポイントで探していたかの如き素早さで、朝から営業している酒店を見つけ、入った。

　藤永家に関する聞き込みを口実にするつもりだったが、初老の店主の胡散(うさん)臭げな表情を前にしてそんな建前も萎(な)え、ただ無言で酒を呷(あお)る。孫の幼稚園の送り迎えでもしていそうな、いい歳した女が、こんな朝っぱらから角打ちとはなんのワケありなんだか、という好奇心や、泥酔して管(くだ)を巻いたり暴れたり、はたまた店から動けなくなったりとかめんどうな始末にならなきゃいいが、という猜疑(さいぎ)心や警戒心に満ちたオヤジの視線もなんのその。しっかりと、きこしめしてやった。

他の客もぽつぽつ出入り。だいたいが中年以上の男性で、たまにわたしの隣りへすり寄ってきて「おばちゃん、なんぼ？」と訊いてくる酔狂（すいきょう）な輩（やから）もいたり。こちらとしては愛想よく微笑（ほほえ）み返したつもりが、なにか邪悪な妖気でも感じ取ったのだろうか、「あ。おねえさん。うん。いいお天気だよね」と言いなおすや、そそくさと店を出ていったり。

押し黙って飲み続けているうちに時間は過ぎて。はっと我に返ると、すでに午後になっている。慌てて桑水流駅へ取って返し、ちょうどホームへ滑（すべ）り込んできた県西部方面行きの電車に飛び乗って、そして。

いまこうして高和駅へ舞い戻ってきているわたし。やれやれ。いったいなにしに桑水流町まで行っていたんだ。ったく。ただの朝飲みかよ。わざわざ電車に乗って。

嘆息（たんそく）すると同時に、はたと思い当たった。そうか。こういう結末を自分はちゃんと、朝から無意識に予測していたんだな、と。

たしかにわたしは、藤永家の家屋が空き家になっているとは知らなかった。けれど、孝美の遺骨を引き取ったのが、どういう事情なのかはともかく、彼女の母方の従弟（いとこ）だったらしいことはちゃんと聞いていたのだ。孝美の内縁の夫だった舟渡宗也（ふなどそうや）を通じて。

その時点ですでに、桑水流町の彼女の実家へいまさら赴いたところで線香の一本も上げられるわけではない、と容易に想像がついたはずなのである。その証拠にわたしの頭のなかでは車を自分で運転して桑水流町へ向かうという選択肢は最初から無かった。自棄（やけ）酒でお茶を濁(にご)してすごすご帰ってくるオチを、たとえ無意識にせよ見越していたからこそ、わざわざJRを利用したというわけだ。

やれやれ。首を垂れ、再度嘆息した拍子にゲップが洩れた。その酒臭さに我ながら辟易(へきえき)し、思わず歩き出す。

付近を往き来するひとたちを避けながら、駅構内を移動した。すぐに帰宅の途(と)につくつもりが、ふと眼に入った〈Sマート・イン駅なか店〉の看板に引き寄せられる。

地元で展開されているローカルなコンビニチェーンだが、駅なか店は立地上、観光客の需要を見込んでか、地元の特産品やご当地ゆるキャラグッズなど、郷土のお土産販売コーナーを広くかまえている。地酒の品揃(しなぞろ)えもなかなか充実していて、どうやらそのイメージがわたしの脳を刺戟した模様。

とはいえさすがに、コンビニに隣接するイートインスペースの椅子にどっかり腰を下ろしたわたしの手に握られていたのは日本酒の瓶ではなかった。レジで買い求めたブラックコーヒーの紙コップ。

なんの気なしに周囲を見回してみる。簡易テーブルと椅子が数脚並べられた、ゆったり広めのスペースにはいま、わたし以外、誰もいない。コロナ禍(か)でしばらく閉鎖されていた期間が長かった余波か、それとも単に中途半端な時間帯のせいか、と思っていると。

駅舎の前の道路へ通じる扉のほうからスーツ姿でメガネをかけた、典型的なサラリーマンふうの若い中肉中背の男性がひとり、入ってくる。先刻わたしが入ってきたのは構内の改札前へ続くコンビニと共通の出入口だが、こちらの扉はイートインスペースから直接、駅前のタクシー乗場のほうへ出られる。

　くだんの七三分けの黒縁メガネの男性はコンビニのレジのほうへ向かうかと思いきや、わたしからちょっと離れた四人掛けのテーブルに腰を落ち着け、高々と足を組んだ。スマホを取り出して眺めている様子からして待ち合わせか、それとも外回りの営業がいち段落してのひと休みといったところか。

　紙コップからブラックコーヒーをひとくち含み、溜息。アルコールにふやけた全身にカフェインが染み渡ってゆくにつれ、四十四年前の孝美の実家での記憶が甦ってくる。

　あれはその年の学校の文化祭？　それとも卒業予定の三年生を送り出す予餞会だったっけ。そこらへんがどうもはっきりしないが、まあどうでもいい。ともかくうちのクラスの演し物の準備を、みんなでしていたのだ。

　みんなとは有志の女子生徒たち数人。コントのような寸劇の台本を手分けして書いていた。パソコンはおろかワープロ専用機すら、まだ影もかたちも無い一九七八年。ガリ版を切る前の下書きも、すべて手作業で。しかし進行状況は芳しくなく、もう稽古に入らないと本番には到底まにあわない、というデッドラインが刻一刻と迫ってくる。

　台本製作の責任者として切羽詰まった孝美はいわゆるカンヅメを敢行。彼女の家にスタッフの女の子たち全員で泊まり込み、突貫作業で台本を仕上げることになった。

　それを聞きつけたわたしは。別に演し物の関係者に名前をつらねているわけでもないのに、みんなの世話役というか、おさんどん役を引き受ける、という口実で押しかけ参加をして、そして、そこで……と。

ＬＩＮＥの着信音でわたしは我に返った。口もとへ運びかけていた紙コップをテーブルに置いて、スマホを取り出す。

画面を見てみると、先月に知り合ったばかりの小学生双子姉妹とのグループＬＩＮＥ。アマビエのぬいぐるみのアイコンは、姉のほうの油布みをりだ。

『これからお宅へお邪魔しても、だいじょうぶですか？』

十一歳になったばかりの娘にしては慇懃かつおとなびた文言。実際にそこから普段の彼女本人の穏やかな声音が聴こえてきそうな錯覚にかられ、思わず頬が綻ぶのが判る。

すぐに『ＯＫ』と返信。マンガふうにデフォルメされたペンギンが諸手を挙げて笑っているスタンプで、みをりの双子の妹、しえりからプレゼントしてもらったやつだ。

『いまＪＲ高和駅にいます』とメッセージを追加したのは、油布姉妹が住んでいるマンションは我が家のすぐお隣りだから。『なので二十分くらい後で、ということで。どうぞよろしく』

と、すぐに『既読２』が付いた。かと思うやビックリマークのスタンプ。猫の画像は、しえりのほうのアイコンだ。

『駅。もうすぐ着くよッ』

ん？　コーヒーをひとくち含んで首を傾げる。どゆこと？　と訝る間もなく『いま電車に乗っています』と、みをりからフォローのメッセージ。

『ちょうどいま高和駅に着きました』と言うので、こちらも『駅なかの〈Sマート・イン〉なう』と返信。したものの。あ。「なう」って多分もう死語だよね？　しまったしまった恥ずかしいと削除の誘惑に一瞬激しくかられながらも、なんとか気をとりなおし。

店舗のピクチャアウインドウ越しに改札のほうを注視していると、やがてポニーテールとツインテールの双子姉妹が出てきた。みをりと、しえりだ。

日曜日なので国立高和大学付属小学校の制服ではなく、ともに私服姿で、お揃いのジャンパースカートにカーディガンというコーディネート。それぞれのトレードマークでもあるかのように、みをりは緑の、そしてしえりが赤の、色分けされた感染防止用マスクを着けているのはいつも通り。

ふたりとも、円(まる)く無骨に膨(ふく)らんだ白い半透明のレジ袋を提げている。お母さまにお遣いかなにかを頼まれたその帰り？　にしては、華奢(きゃしゃ)な身体の丈の半分ほども占めんばかり、などと言うとちょっと大袈裟だが、どちらもけっこう重そうは重そうで、足もとが心なしか、よたよたしている。

ちょっとこれは、手を貸してあげたほうがいいかも、と。わたしは椅子から腰を浮かしかけた。その拍子に、ちょうど駅構内を見回そうとしていたしえり、そしてみをりの順番で、ピクチャアウインドウ越しにそれぞれと眼が合った。

しえりは眼をまん丸く見開き、その場で小躍(おど)りせんばかりにジャンプ。その勢いに任せて万歳の恰好で両手を、おーい、とこちらへ振ってみせたかったようだ。が、持っていたレジ袋の重量に引っ張られたのか、かくん、と上半身が斜めに傾いただけ。それでもしえりは、めげず。遠目とマスク越しにも見まちがいようのない満面の笑み。

いっぽうのみをりは、妹とは対照的な落ち着いた所作で、一旦レジ袋を持ちなおす。自分の肩あたりの高さに掲げた掌をひらひら振って、わたしのほうへ頷いて寄越した。コンビニとイートインスペースの共通の出入口めがけて無防備にダッシュしてくる性急な妹の姿に、つられたり慌てたりすることもなく、数歩遅れて後から続く。

前後左右を逐次（ちくじ）きちんと確認しながら歩く姉とは対照的に、しえりは、ただひたすら一直線に駈け寄ってくる。猪突猛進と評するには、いささかレジ袋の重みに手こずり気味の様子ではあるが。それにしても。

見ているこちらは、彼女の足がもつれて転びやしないか、あるいは他の通行人や利用者たちにぶつかったりしやしないかと、はらはら。していたら、案の定（あんじょう）。黒っぽいダウンジャケット姿の大柄な男性がひとり、ちょうど油布姉妹の進行方向の斜め横からコンビニ店内へ入ってこようとしていて、さすがのしえりも、このままだと出会い頭（がしら）に衝突してしまうと察知したのだろう。

急ブレーキさながら、足を止めた。それはよかったのだが、しえりが提げていたレジ袋のほうは、待てしばし、とはいかず。それまで彼女がてけてけ走るたびにゆさゆさ揺れていた動きもそのまま振り子の原理で前方へ、ぽーん、と飛び出し。周囲のことなど我関せず立ち止まらずに進んでいた男性のデニムパンツの、腰から膝の裏辺りへかけての部分に背後から、どーん、と命中。

当たりどころが絶妙だったのか、男性はまるでリンボーダンスのポーズを決めようとする大道芸人さながらに、いわゆる膝カックン状態。あわや地面に跪く恰好で崩れ落ちる寸前、命綱かなにかを必死で握り締めんとする激しさで頭上へ左手を突き出す。じたばた空気を掻き回して踏ん張りながら上半身を起こし、なんとか持ち堪えた。体勢を立てなおすと、しえりのほうを振り返る。

わたしの居る位置からは、スカルキャップを被ったその男性の、やや肩をいからせ加減の背中しか見えない。色付きメガネに蜘蛛の巣のようなデザインの大きめのマスクを着けているのを確認しているので、仮に彼がいまこちらを向いていたとしてもその表情は読みづらかったろう。が。いっぽうその男性の顔を少し困惑気味に見上げるしえり、という対比の構図は、やはり不穏だ。

そこへ、それまでのゆったりとした足どりが嘘のように、ささささっと、みをりが駆け寄った。「すみません。ごめんなさいッ」と、迅速かつ神妙に、妹に代わって頭を下げる。近くを往き来していた他の利用者たち数人が思わず振り返るほどの、よく通る声で。

男性は周囲の反応を窺うように首を小刻みに回すと、双子姉妹になにか言葉をかける気配もなく、踵を返した。こちらを向いたその表情は、色付きメガネとマスク越しながら少しバツが悪げだと、そんな印象を一瞬、抱いたのだが……ん？　すたすたコンビニ店内へ入ってくる男性の姿に、わたしは違和感を覚えた。しかも極めて前職業的な意味で。

　男性が向かったのは地酒販売コーナーだ。一般利用者たちが改札から出てくる際は多分確実に〈Sマート・イン駅なか店〉の看板よりも先に眼に留まりそうなガラス張りの一角で、逆に言えば、店内のほうからも駅構内をよく見通せる。

　その付近一帯で、それまで商品をあれこれ選ぼうとしていたとおぼしき他の客たちが急に三々五々、そそくさ離れてゆく。スカルキャップの男性の雰囲気がどちらかと言えば強面(こわもて)の部類で、その無言の圧に屈するかたちでむりやり押し退(の)けられた、みたいに見えなくもない。が、問題はその後だ。

　一見お目当ての商品を探しているふうの男性だが、どうもほんとは購買の意思なんかなさそうなのが気になる。なんだか地酒販売コーナーの、特にそのポジションを陣取ること自体が目的だったかのようで……そういえば先刻しえりに膝カックンをされた際、体勢を立てなおすべくじたばた藻掻(もが)きながらも、なぜか右手だけはダウンジャケットのポケットから出そうとはしなかったっけ。

　もしかしてなにか、ひと目をはばかるような代物をポケットに忍ばせている？　のだとしたら、みをりの謝罪を受けながら彼女本人に対しては反応を示さず、周囲を窺うような素振りばかりしていたのもなにか後ろ暗い事情があって、この場ではへたに目立ちたくない、と警戒していたから、とか？

　あれこれもやもやしていると男性に数秒ほど遅れて、しえりがイートインスペースへ飛び込んできた。「はあい、おっ待たせ。とおちゃあく、です。いたしましたあッ」と先刻の一件なぞどこ吹く風。「到着です」と「到着いたしました」と、どちらにしようか口のなかが渋滞を起こしたのでとりあえず両方言ってみました、みたいに元気いっぱい。

「どこかへお出かけだったの？」と訊く暇もあらばこそ、問題の丸く膨らんだレジ袋を、しえりはわたしへ押しつけてくる。「ことさん、どうぞッ」

「え？」と、椅子に座りなおしたこちらの両膝に、ずっしり置かれた袋のなかを見てみると、ダイコンやらタマネギやらの野菜がごろごろ。な、なんでしょうかこれは、また唐突に。郊外の青果市場へでも行ってたの？

「こら、しえり。いきなり過ぎるって」と、みをりが妹に追いついてきた。しえりとはまた異なる意味で先刻の一件なぞどこ吹く風。厳しげな言葉とは裏腹にいつものみをりの、おとなっぽくも悠揚迫らざる静謐な無表情がマスク越しにも見てとれる。

「先ず、きちんと説明しなきゃ。ことさんも困っちゃうよ」

　そうたしなめる姉のほうのレジ袋の中味を見てみると、こちらはパック詰めのお魚の半身やら、そしてスペアリブとかステーキ用のお肉やらがぎっしり。これから十人前後のグループでキャンプにでも行くんですかという量で、パックとパックのあいだにいささか偏執的なまでにいちいち挟み込まれた保冷剤の山から放出される冷気が立ち昇ってくる。

「ほんとに急なお願いですみません。ことさん。これ、もらっていただけませんか。できれば野菜もお魚もお肉も、全部」

「え。え？　ぜ、ぜんぶ？　これを？」

予想の斜め上とはまさにこのことか、と痛感させられるしかない唐突さに、思わず双子姉妹の顔と、そしてふたつの袋の中味を交互に二度見してしまった。「あの。えーと。どういうことなのかな、そもそも？」

「これ、さっき、もらってきたの。お祖父（じい）ちゃんとお祖母（ばあ）ちゃん家で」

聞けば油布姉妹の母方の実家が県西部の高久村（たかくむら）に在って、現在そこは、みをりとしえりの祖父母のふたり暮らしだとか。

夫婦揃って高齢かつ自動車運転免許証も自主返納済みという事情ゆえ、日々の買物もままならない。なので食材を含む日用品はご近所の旧くから知り合いの個人経営スーパーの担当者に週に一回、諸々まとめて自宅へ配達してもらっている、というのだが。

「うっかり、いろいろ頼み過ぎちゃったみたい。ご覧のとおり。お祖父ちゃんとお祖母ちゃん、ふたりだけで食べ切るには、ちょっと多過ぎるし。かといって」

「無駄にもできないので、お裾分（すそわ）け、ってことね。なるほど。さらにわたしまで、そのおこぼれにあずかれるとは、たいへんありがたいです。けれど、なんで全部なの？　おうちへ持ってかえる分は？」

「ダメなの。ママが怒るから」

「え。怒る……って。え？」

「でも、要らないって断るのはお祖父ちゃんも困っちゃうだろうし、もうしわけない」

「どういうこと、いったい」

「うーん」と、妹に比べると普段あまり喜怒哀楽を表に出さないみをりにしてはめずらしく、困惑気味に眉根を寄せる。例えば彼女たちの母親と祖父母がなにか深刻な仲たがいの最中で、姉妹はその板挟みになっている、とか？　そういう家庭争議の類いだろうか。

「いよっし。アイス、買ってこよおっと」

野菜入りレジ袋を手放し、すっかり身軽になったしえりの、せいせいしたと言わんばかりのそのひとことにこちらは正直おいおい、この寒いのに？　と身体の芯から凍えそうになった。たしかに冬に食べるアイスは美味しいってよく言うけれど、それは炬燵とかでぬくぬくとしていてこその特権的快楽でしょ。イートインスペースの暖房はそこまで利いちゃいないし。でもまあ子どもは風の子。

「みをちゃんは？　ね。アイス」

「しえりが奢ってくれる？」

「って。なんでだよー。意味、判んない。みをちゃんだって、もらってきたばっかりじゃん、お小遣い」

「そのこと、報告する前に使っちゃって、もしも後でママに叱られたら？」

「えーッ、そんな。だあいじょお。あ。う、うーん。うーん。そ、そっか。ぶう、じゃあないかも、だね」

こういうのも律儀と評すべきか否か判らないんだけれど「だいじょうぶ」と言いかけて途

中でブツ切りになった末尾の「ぶ」を、前言撤回しながらも一応最後までちゃんと発音しておくしえりに、なんだか自然に頬がほころんでしまうわたしなのであった。

「そうだよ。どうする。もしも、返してきなさいって言われて、お金が足りなかったりしたら？　しえりの貯金箱、壊す？」

「やだあ。やだ嫌だ、それは絶対」

「ほらご覧。判った？」

いまどきのデジタル・ネイティヴ世代の小学生はちまちまアナログに小銭を貯めたりしないんじゃないかと、なんとなく偏見を抱いていたけど。まあ、ひとそれぞれ、か。

「う、うん。判りました。そうでした。このお肉や野菜だって。ことさんが、もらってくれないと。ね。困るし」

「えと。それって……」と、ふたりのあいだに割って入りかけてわたしは、ふと口を噤んだ。みをりの視線がつと横へ流れたかと思うや、彼女の両耳の辺りから二本の蠟燭の炎のようにエメラルドグリーンの光が、ゆらゆら立ち昇った。みをりの背後のピクチャアウインドウ越しに眺められる駅構内の風景、それを緑色に染める、鮮やかな透過光だ。

この光は、みをりの特殊な思念波が発動しているサインだが、通常は誰にも視認や感知できないはずで、もっとも近しい身内である母親ですら気づいてはいないという。それがなぜ、一介の赤の他人であるわたしに限っては見えるのか。その理由は不明なのだが。

みをりとしえりの双子姉妹にとっても、自分たちがいわゆる超常能力の使い手であると認識できる他者は少なくともいまのところ、わたし以外に存在しないらしい。ある種の共犯者意識とでも称すべきか、その人知を超越した秘密の共有こそがあるいは、まだほんの先月に知り合ったばかりの油布姉妹とわたしとの心理的距離を、かくも短期間のうちに急速に縮めた一因ではあるかもしれない。

わたしも、そっと首を巡らせた。みをりの耳もとから横へ伸びてゆく緑色の透過光の行方を追ってみる。イートインスペースとコンビニ区画を隔（へだ）てる通路を挟み、地酒販売コーナーに佇んでいる人物。先刻しえりが野菜入りレジ袋をぶつけた、あの男性だ。

彼本人の眼にはなにも見えるまいが、スカルキャップからダウンジャケットにかけて、ややもや緑色の光が蠕動（ぜんどう）しながら上半身に、まとわりつく。ざっくりひとことで説明すると、これはいま男性の心のなかを、みをりが覗き込んでいるところだ。

思考を読み取っている、と表現してもいいのだが、それだと彼の独白めいたナレーションを集音中、みたいな構図を想像されるかもしれない。が、みをりが見ているのは形而上（けいじじょう）ではなく、形而下の事象イメージだ。

この場合、テレパシーという呼称が適切かどうか判らないが、みをりはある種の精神感応力でもって他者が頭に思い浮かべるものを文字通り見透かすことができる。いっぽうのわたしは自身が超常能力者ではないけれど、彼女の超感覚的知覚の稼働をその触媒（しょくばい）である透過光によって観察できる、というわけだ。それすなわち、わたしもある種のテレパスだという解釈も可能なのではないか、という厳密な定義の問題はさて措き。

みをりはスマホを取り出した。そのカメラで店内のあちらこちらを撮影。如何にも無邪気な子どもの戯れを装い、しっかりと例の男性の姿も盗み撮りできた模様。その画面を彼女は、そっとわたしへ差し出した。

男性の横顔が写っている。それだけではない。スカルキャップの斜め上辺り。ぼやっと生白く、若い女性のものとおぼしき顔が浮かんでいるではないか。もちろん男性は実際には独りで、彼の周辺に限らず店内にはいま、そんな女性の姿は影もかたちも無い。

即席の心霊写真さながらだが、これこそ男性がいま心のなかで思い描いている事象イメージだ。みをりはこのように、精神感応対象物を念写することによって、自分にしか見えていないものを画像として可視化し、第三者に提示できる。スマートフォンは言わばプロジェクター代わりだ。さて。

あの男、彼女との甘い逢瀬のことでも反芻している？　とか他愛のない内幕なのかもしれないが。どうも彼のダウンジャケットの陰から肘の部分が見え隠れする、右腕の動きが気になって仕方がない……まさか。

ふとピクチャアウインドウ越しに駅構内のほうへ視線を向けてみると、ブルゾン姿の女性が改札から出てきたところだ。スカートを穿き忘れているんじゃないかとこちらが狼狽しそうなマイクロミニの下から伸びている白い光沢のロングブーツが、小柄な身体にはちょっとごつくてアンバランス気味。

二十歳そこそこだろうか、感染防止用マスクは着けていない。パーマのセミロングヘアを黄金色に染めた、その顔は。まさにいま、しえりが念写したばかりの女性と、同一人物ではないか。

「アイス、食べますか、おふたりさん」

わたしはつとめてさりげなく、かつ陽気な声で立ち上がった。「わたしが買ってくる。なにがいい？」

困惑や逡巡（しゅんじゅん）を一瞬たりとも浮かべることなく「ストロベリー」と、しえりは即答。にこにこ上機嫌の妹を横目に、みをりも「チョコミント」と肩を竦（すく）めてみせた。

「はい。判りました。じゃあ、ここで待っていて。動いちゃダメだよ、ふたりとも。くれぐれも、ね。いい？」

にこやかな表情をマスク越しに心がけつつも、わたしはやや低めの声で、しっかり釘を刺しておく。イートインスペースを出た。

商品を見て回っている他の利用客たちのあいだを縫って、とりあえずかたちだけ冷凍食品コーナーのほうへと向かいかけた、そのとき。「へあッ」とかなんとか、珍妙かつ素（す）っ頓狂（とんきょう）な声が店内に響きわたった。

続けて「なに。なになになになにッ」と、激しいドラムロールのような女性の、慌てふためく怒声。そこに、がたがた、どんがらがらッ、と物がいろいろ薙（な）ぎ倒される音が立て続けに重なる。

スカルキャップ男が出入口付近のご当地キャラグッズ販売コーナーの前で、あの金髪娘に乱暴に掴みかかっている。彼女は入店してくるなり男の存在に気づき、慌てて身を翻そうとしたようだ。男は左腕を伸ばしてブルゾンの衿を後ろから、まるで仔猫の首根っこを押さえるかのように引っ張り上げる。

　金髪娘の顔が憤怒とも恐怖ともつかぬ歪み方をしたかと思うや、ぎゃあああああッという特大の、耳をつんざく悲鳴が轟いた。店内にはパニックのどよめきが拡がる。

「黙れこら」と男は、抗う彼女を引きずり倒さんばかり。「黙ってついてこい。さっさとしろ。おいッ。おとなしくしろおおッ」

「なによおおッ」叫びながら彼女は上半身を屈め、逃げ出そうとする。と見せかける体勢から一転。「ざけんな、くそおッ」ロングブーツのヒールで床を蹴って、ブルゾンを引っ張られる方向へと自ら身体を投げ出した。

「ふ。わ」これほどまともに体当たりを彼女から喰らわされるとは完全に予想外だったのだろう。「どおおおおッ」スカルキャップ男は吹っ飛ばされた。いっそ呆気ないくらい、ものの見事に。もんどり打って、すっ転ぶ。色付きメガネが外れて、宙を舞う。

　いっぽう金髪娘も勢いは急に止められず。恋人たちの熱い抱擁もかくやとマイクロミニの裾を捲り上げ、スカルキャップ男に覆い被さった。折り重なる恰好で、ふたり揃って、ゆるキャラグッズの陳列棚に、どしゃーん、と激突。ばさばさ盛大な音を立ててキーホルダーなどの商品が辺りに散乱する。

「たすけてえッ」「のやろおッ」「やめて。やめてやめて」「うるせえッ」「いやだいやだ。てめ。やめろッつってんだろ」「おとなしくしろッつってんだろが」「ばかやろお。あんたいったいなんの。こ。くぉのお」

　放送禁止用語で口汚く罵倒しながら容赦なく男の胸板を踏んづけて跳ね起き、逃げようとする金髪娘。いっぽう彼女のロングブーツを毟り取らんばかりにその脚にむしゃぶりつき、引き戻そうとするスカルキャップ男。

　いつの間にダウンジャケットのポケットから出していたのか、男は右手を振り上げた。銀色のきらめき一閃。握られていたのは刃物だ。おそらくスイッチブレイド。

があああッとか。ぎいいいッとか。意味不明かつ獣じみた怒号と悲鳴が交錯する。仰向(あおむ)けに転んだ金髪娘の胸ぐらを左手で掴んで引き起こしながら、スカルキャップ男は立ち上がった。床に落ちていた自分の色付きメガネを靴底で踏んづけて自ら破砕するのもかまわず、再び刃先を振り上げる。

　敵地インゴール内でのトライ狙いのラガーマンよろしく、他の逃げ惑う利用客たちを掻き分けていたわたしは、そこで間一髪、ダウンジャケットの背中に跳びかかった。足払いを掛けて男の体勢を崩すと、その右手首を掴み、捩(ね)じる要領で宙へ吊り上げた。

「だ。たッ。たったたっ痛ったったたあッ」

　ぐきりッと背骨が鳴りそうなほど海老反(えびぞ)ったスカルキャップ男、痛みに堪えきれずスイッチブレイドを取り落とす。カキンッと音を立てて床で跳ねた刃物をすかさず、できる限り遠くのほうへ蹴飛ばしたわたしは、男を後ろ手に捩じり上げたまま、その背中に思い切り自分の体重を載せ、床にねじ伏せた。

　スカルキャップ男の手から解放された拍子に床に尻餅をついた金髪娘、正面から崩れ落ちてくる男の身体に危うく両脚を下敷きにされかけたが、後ろ手で床を突っ張って滑り起き、なんとか脱け出す。そして「だ、だれかッ」と叫びながら出入口へ突進。ちょうど入店してきた中年男性を突き飛ばし、駅構内へとまろび出た。「誰か。だれかあッ。警察。はやく。けーさつ、呼んでえええッ」

　警察という言葉に反応してか、わたしの下で床に腹這（ば）いで縫いつけられた男は四肢をじたばた。こら、往生際の悪い。こちとら、もう六十の大台に乗った身なんだ。ご老体にあんまり手間をかけさせるんじゃありません。とか自虐的に苦り切っていると、ふいに。

「きゃあッ」と背後で、甲高（かんだか）い女性の悲鳴が上がった。明らかにあの金髪娘のものとは別の。それまで出入口の方向にばかり意識が向いていたせいもあり、不覚にも狼狽してしまう。スカルキャップ男を押さえつける力が緩まぬよう注意しながら、レジのほうを振り返ってみた。すると……えッ？

　レジカウンターの前で、制服姿の男性コンビニ従業員が、くぐもった呻き声とともに、腰の砕けた姿勢で床に崩れ落ちるところだった。顔面を殴打されて。

　殴ったのは、さきほどイートインスペースに居た、あのサラリーマンふうの七三分け男ではないか。え。えッ？　なに。どういうこと？　しまった。ひょっとしてあいつ、このスカルキャップ男の仲間？

仰向けに転んだ男性従業員を尻目に、七三分けの髪を破れたバーコードシールのように振り乱し、黒縁メガネ男はレジめがけて腕を突き出した。カウンターの上に腹這いになる恰好で、さきほど悲鳴を上げた女性従業員に摑みかかる。男が水泳の飛び込みもかくやと両足を背後へ高く跳ね上げるや、ガシャン、チャリンチャリンッとカウンターの向こう側で無数のコインが床に散乱したとおぼしき耳障りな音が響きわたった。

起き上がりこぼしよろしく下半身を床へ戻して着地した七三分け男の手には、レジスターから奪い取ったのだろう、紙幣が数枚、握られている。ずり落ちそうになっている黒縁メガネを急いでなおし、男はイートインスペースのほうへ脱兎（だっと）の如く駈け出した。

「ま、まちなさいッ」

スカルキャップ男の身柄を放っておくわけにはいかない、という焦燥（しょうそう）に任せて、わたしは大声を上げた。が、もちろん七三分けが素直に聞いてくれるはずもなく。テーブルと椅子を蹴散らさんばかりにしてイートインスペースを突っ切った男は、タクシー乗場へと出る扉に手をかけ……ようとした。

その瞬間。ピシャンッ。鮮やかなピジョンブラッドの稲妻（いなづま）が男を直撃し、その全身を包み込んだ。いやむろん、そんな光は誰にも見えないし、このわたしからして音のほうはまったく感知できない。なので、前述の「ピシャン」はあくまでも心象風景的オノマトペであるとご了解いただきたいのだが。

そもそも赤い色の雷なんて自然界で発生するものかどうかはさて措き、これは通常の光ではない。思念波が発動されたサインである透過光だ。ただし今度は緑ではなく赤で、色が異なることからもお察しかと思うが、みをりではなく、妹のしえりのほうの。

　イートインスペースから直接、駅前のタクシー乗場方面へ逃げ出そうとしていた七三分け男は、扉を開く寸前、のけぞるように手を引っ込めた。そしてそのまま、いきなりバンザイの恰好で固まってしまったのである。

　それに連動するかのように窓際のテーブルの傍(かたわ)らで、しえりが同じバンザイのポーズで立ち上がっている。スカルキャップ男を確保しているわたしのほうを向き、観客のアンコールに応える舞台俳優よろしく、にこやかに両手を振ってみせた。

　七三分け男も、そのしえりの動作をなぞるかのように、くるりと身体を回転させ、いま逃げ出してきたコンビニのレジのほうを向いた。いや、正確には、むりやり向けさせられた、と言うべきなのだが。男が頭上に掲げた両腕を、扇のかたちを描くように半円状に振るたびに、奪い取ったばかりの紙幣が無情にもひらひらと彼の掌から離れ、そこらじゅうに紙吹雪となって舞い散る。

　ひあああああッと半分泣いて半分笑っているかのような、悲愴かつ滑稽(こっけい)な呻き声が男の口から洩れた。再びずり落ちそうになっている黒縁メガネの奥の双眸(そうぼう)が爆ぜ返りそうなほど膨張しているのが遠目にも、よく判る。一刻も早くこの場から逃走しなければならないというのに、なぜか身体が勝手に、己れの意思を無視してしまうという、未曾有(みぞう)の異常事態に驚愕し、恐怖しているのだろう。

これがしえりの特殊能力で、自身がとるポーズにシンクロさせるかたちで他者を自由自在に操ることができる。いわゆる念動力の一種なのか。詳細はよく判らないが、ピジョンブラッドの透過光にまとわりつかれている限り七三分け男はその一挙手一投足を完全に、しえりに支配されてしまう。己れの思い通りに身体を動かすことはできないのだ。

そうこうしているうちに、例の金髪娘が近所の派出所へ駈け込んだのだろう。制服姿の警官たちが店内へやってきた。わたしが取り押さえていたスカルキャップ男も、しえりの赤い透過光の糸で操り人形状態だった七三分け男も、ともに無事に逮捕される。

後で判ることだが、このふたりの男たちは仲間でもなんでもなかった。それどころか、互いに面識すらなかったという。

スカルキャップ男は、交際していた金髪娘から別れ話を切り出されて逆上し、駅で待ち伏せ。刃物を持ち出したのは彼女を脅し、実力行使で連れかえろうとしただけで、害意は全然なかった、と主張しているらしい。

いっぽうの七三分け男はというと、レジから金を奪おうとしたのは強盗目的ではない、以前〈Sマート・イン駅なか店〉を利用した際の従業員の接客態度に不満があったので、制裁を加えてやろうとしただけだ云々と。わけの判らぬ申し開きをしているそうな。

いずれにしろ、ふたりの男たちはまったく無関係で、たまたま同じ場所、同じタイミングで騒動を起こした、ということらしい。

*

七三分け男にレジカウンターの前で殴られていた、あの男性従業員が田頭都志也だったとは……先月二十七日の〈Sマート・イン駅なか店〉での、ひと悶着の情景をあれこれ思い返してみる。が、田頭氏がどんな顔だったか、とか全然憶い出せない。

多分わたしがコーヒーを買った際に接客してくれたひとのはず、なのだが。なにしろこちらは桑水流町から失意のうちに舞い戻ってきた直後で。頭のなかは孝美のことでいっぱいだったせいか、あのときレジに居た従業員の風貌がひとかけらも浮かんでこない。

とはいえ、憶い出せたところでそれで、なにをどうする、というわけでもないのだが。なぜだか焦燥感のようなものにかられ、もやもや考え込んでいると。ふと〈KUSHIMOTO〉の出入口ドアのガラス部分が翳った。外から軽くノックの音。

白く凍った吐息とともに、カウベルを鳴らし、おずおずと店内へ入ってきたのは油布珠希。みをりとしえりの母親だ。

「あ。すみません。みなさん、すみません、おくつろぎのところ。あの。あたし、忘れ物を。ほんとにすみませんけど。ひょっとしてスマホを、あの。ここに忘れているんじゃないか、と思。あ」

刻子が、レジ横のメモパッドの上に置いていたスマートフォンを掲げてみせると、珠希さんは破顔して白い不織布マスクを着け、小走りに駆け寄ってきた。「よかったあ。うわーん。よかったよかった。どこか、帰り道の途中で落っことしちゃったのかしら、どうしよう、と蒼くなっていたんですよう。あー、よかったあ。ありがとうございますう。ここにあって、ほんとによかったあ」

実はわたしは、みをりとしえり姉妹と知り合ってから遅れること二ヶ月近く。今宵のクリスマスパーティーで初めて、珠希さんと面識を得たところだ。

娘たちと予約席のテーブルについてマスクを外した彼女を最初に目の当たりにしたときは正直、あれれ、と戸惑った。みをりとしえりって、お姉さんがいたの？　と。

お世辞のつもりは毛頭ない。むしろ逆に、ほんとうは四十前後の女性がこれほど極端に幼い外見だと私生活でも仕事上でもいろいろ変則的な支障があったりするんじゃないか、と要らぬ心配をしてしまうレベル。高和女子短大の先生だというが、仮に事情を知らないひとがその周辺で彼女を見かけたら十中八九オープンキャンパスへ見学にきた高校生、いや、へたしたら中学生だろうと、かんちがいすること請け合い。

どうやら珠希さん本人も意識的に自らのイメージを幼く、そして敢えて泥臭く演出しようとしている節がある。例えば串団子的な形状で胸もとまで垂らした三つ編みの髪や、トンボの複眼みたいに大きく奇抜なフレームのメガネ、ピンクを基調としたふりふりフリルの洋服など。もはや昭和レトロな漫画やアニメの世界のなかでしかお目にかかれないようなファッション、そしてアイテム。

いわゆるロリータテイストとは微妙に異なる。かといって少女趣味と称するのも、なかなか変化球的で。語彙力が決定的に不足しているわたしだが、ともかく小学生の娘たちなぞ比べものにならないくらい桁外れのメルヘンティックなオーラ全開。ただしそれが珠希さんの日常的なスタイルなのか、はたまた今夜のイベントに合わせての特別仕様だったのかは、ちょっとまだ判断がつかない。

「どうもほんとに、お騒がせしちゃって、すみません。いつもいつも、ごめんどうばっかり。ほんとにほんとに。ありがとうございました。久志本さんのお料理もいつも通り、すばらしくって。も、最ッ高に楽しいクリスマス・イヴでした。ありがとうございます、ありがとうございます。ではこれで。あ。あ。あッ。く、釘宮さん」

一旦は出入口ドアのほうへ向かいかけていた珠希さん、ぐきッと効果音が聴こえてきそうなほどわざとらしい直角カーヴを描き、自らの動線を急変更。「どうもどうもお。今夜もお世話になりました。とってもステキなプレゼントまでいただいちゃって。あ。釘宮さんて、サンタの恰好も、とってもとってもお似合いですよねッ。ほんとにステキ。思わず見惚れちゃったり、なんかして。てへ。娘たちもめちゃくちゃ喜んじゃって」

瞳をハート形に潤ませて、というレトリックがこれほど明確に具現化された実例を、わたしは寡聞にして他に知らない。パーティーの最中も珠希さん、娘たちや料理のことなどそっちのけ、ギミーくんサンタの動向が、そわそわ気になって仕方がないのは明らかで。これはもしや、とは思っていたのだが、どうもやっぱりそのとおりであるらしい。

見た目も頑是無（がんぜな）いけれど、それ以上に中味も乙女なのか、ギミーくんに対する熱烈な恋心が無防備に駄々洩れ。珠希さん本人もそれを隠そうとする意思は皆無っぽいし、不思議と見苦しかったりはしない。わたしとしてはむしろ、彼女のその率直さが好もしかったりする。それは、母娘（おやこ）なんだからあたりまえと言えばこれ以上あたりまえのこともないんだけれど、珠希さんのあけっぴろげな明朗闊達（めいろうかったつ）さがわたしに、しえりの天真爛漫さを彷彿（ほうふつ）させるから、なのかもしれない。

しえりが母親似ということは、みをりは父親似だったりするのだろうか……珠希さんの元夫という男性がどういうひとなのか、実際に会ってみないことにはなんとも言えないのに。そんな益体（やくたい）もない想像に耽（ふけ）っている己れに気づいて、ちょっと戸惑ったり。

いっぽう、直截なものいいではないにせよ実質的に女性から愛の告白をされているも同然のギミーくん、ストゥールから立ち上がるや、直立不動。「は。ごていねいに、ありがとうございます。恐縮です」

おいおい。立候補でもしているのかいアンタは。選挙演説かよ、とツッコミを入れたくなるほどしかつめらしく深々とお辞儀。珠希さんから怒濤（どとう）の秋波（しゅうは）を送られていることにどうやら、まったくお気づきではない模様。

もともと見てくれの男前っぷりが半端ないので、その本性を相手に見透かされるまで限定でという注釈付きではあるもののギミーくんって、かなりモテるだろうから。女性から好意を表明される状況には普段から慣れっこなのか。それとも、ただ単に鈍感なだけなのか。うん。どうも後者っぽいな。

「ね、ね。釘宮さんは大晦日の夜は、なにかご予定は？　どうされるんですか。ここの、久志本さん主宰のカウントダウン・パーティーへ来られたりするんですか？」

「もちろん。万難を排して」と、あくまでも真面目くさって頷くギミーくん。「そのための着ぐるみの準備もいまから万端、はい。ばっちりでございます」

「え。着ぐるみ？」と独りごちるかのように口を挟む刻子。笑顔ではあるものの若干、不安げな影が眼もとによぎる。

「あ。そっか、あれ」対照的に嬉しげな小躍りで手を叩く珠希さんであった。「判った。判りました。あれですね、あれですよね、来年の？　二〇二三年の干支の？　ね？」

「いやいやいや。それはまだ。一週間後に。見てのお楽しみ、ということで。はい。大晦日から元日へと新年の明けるその瞬間まで、どうぞ刮目してお待ちいただければ。はい。幸いでございます」

刻子とわたしは、そっと顔を見合わせた。彼女もいま胸中ひそかに、かつ猛烈な勢いでツッコミを入れておるところじゃろうて。曰く、いやいやいや、一週間も待たずとも、ウサギの着ぐるみでそこらじゅう転げ回っている釘宮さんのお姿は、すでにわたしたちの眼にはありありと見えておりまっせ、と。

「わーい、楽しみ。ほんとにほんとに楽しみですッ。釘宮さん、きっとお似合いだわ。娘たちも、ええ、きっと大喜び」

いやいやいや。まあ、しえりはともかく、みをりは多分お母さまよりも、もっと冷めていると思いますが。「あの娘たちも、ほんとに。釘宮さんみたいな方が自分たちのパパだったりしたらいいのになあ、なんて。最高だなあ、なーんて。なんてなんて、あは。ひょっとして妄想しちゃったり。なんかしちゃったり、なんかしちゃったりなんかして」

婉曲（えんきょく）なんだか、どストレートなんだか。妄想しているのはもちろん珠希さん本人で、ただでさえフレーズ反復が多めの科白回しが奇妙なループ状態に。さすがにご本人も本音が駄々洩れ過ぎると反省してか、背筋を伸ばして咳払い。「あ。えと。あの。ともかくほんとに。今日は、ごちそうさまでした。久志本さん、お世話になりました。それじゃ、あたしはこれで。はい。おやすみなさい」

「釘宮さん、ほら」と刻子は心なしか悪戯（いたずら）っぽい口調。「なに、座ろうとしているんですか。油布さんをお送りしてあげなきゃ」

「えッ」と珠希さん、特大のしゃっくりのような、ほとんど悲鳴のような声を上げた。マスクの縁から色が溢（あふ）れ出そうなほど頬が真っ赤に熟（う）れている。判りやすいひとだな、ほんとに。「い、いえッ。いいえそんなッ。そ、そんなことを、く、釘宮さんにしていただいてはあのッ。あのッ。い。家はすぐそこのあの近くな、ななな、なんだし」

「もうこんな時間ですから。やっぱり夜道を女性がひとりで、なんて如何なものかと」

もちろん刻子からそう指示されたギミーくんが断ろうはずもありません。むしろ無駄に張り切って「承知いたしました。では」と、きびきびエスコートモードに突入。

「あ、そうだ。いけないいけない。忘れるところでした。あの、コーテツさん？」

「纐纈です」と訂正しながらわたしは、そういえば現役時代、苗字に引っかけてなのか、当時の県警本部長に「鋼鉄の女」呼ばわりされたことがあったっけなと内心苦笑い。

「え。あッ。あッ。ご、ごめんなさい。ごめんなさいごめんなさい。あ、あたしったら、あたしったらッもううおッ」

湯気が立ちそうなほど額や耳たぶを真っ赤に染め、身悶(みもだ)えしながら平謝りしてくる珠希さんを、こちらがなだめる羽目に。「実は、あの。実は娘たちが先月、纐纈さんに、たいへんなご迷惑をかけてしまったようで、あたし。あたしあたし、今日まで全然、知らなくて。ほんとに、すみませんでした」

わたしはよほど、きょとん、としていたらしい。珠希さんは慌てたように「あの。食材の。はい。食材のことで」と付け加えた。

「え？　先日お嬢さんたちからいただいた、あのお野菜とかお肉のことでしょうか？　いえ、そんな。迷惑だなんて、とんでもない。たくさん、ありがとうございました。たいへん美味しく、いただきました」

「で、でもおひとりには、ちょっとあの、ずいぶんな量だったみたいで、その」

「幸い、うちには欠食児童並みに食欲旺盛(おうせい)な娘がひとり、おりますので。それはもう、あっという間に。はい」

「あ。そ、そうなんですね。そうだったんですかあ。よかった。それはそれは、なによりで。え、えーと、それで。あの、それで、ですね。つまり、その……」

　どうにか的確かつ穏便に要点を告げたいのに適当な言葉をなかなか思いつかない、と苦慮するいっぽう、いたずらに会話を引き延ばしても却って傷口を拡げそうだ、とでも諦めたのか「ともかく、今後は、あの」と切り上げにかかる珠希さんだった。「今後はあまり纐纈さんのお手を煩わせないように、と。しっかり娘たちには言い聞かせておきますので。ほんとにほんとに、すみませんでした」

　赤いサンタの衣装の上からダッフルコートを着込んだギミーくんに促されて玄関ドアから出てゆく間際まで、珠希さんは何度も頭を下げる。「これからも娘たちのことを、どうぞよろしくお願いいたします」の語尾が屋外の冷気へ吸い込まれてゆく。

「なんの話？　いまの」カウベルが鳴り止むのを待って、刻子はマスクを外した。「野菜とか肉とかって？」

　先月の二十七日の〈Sマート・イン駅なか店〉での出来事を、わたしがなるべく詳しく説明すると。「へーえ。なんと。さっき釘宮さんが言っていたあの話の？　元家庭教師の方の一件の現場に、古都乃たちが居合わせていたとは。なかなかの偶然ですね」

「結局その騒動に取り紛れる恰好で、詳しい事情もうやむやのまま食材は一式、わたしがもらってかえることになった。その後、あの娘たちに、ちゃんと訊く機会がなくて。どういう事情なのかと、もやもやしていたんだけど。いまお母さんに謝られて、よけいに混乱してしまった。なんなんだろいったい？」

「家族間のいざこざというか。いろいろと、めんどうな事態になっているようですね、彼女と実家のご両親とのあいだで。正確を期するならばお兄さんが、ことをややこしくしている元凶っぽい印象だけど」

「お兄さんて、珠希さんの？」

「といっても、高久村の実家で同居しているわけではなくて、どこか県西部のほうで所帯を持っているそうだけど」

刻子もごく大雑把（おおざっぱ）な事情しか把握してはいないようだが。「あたしが聞いた限りでは、このお兄さんと珠希さんて、確執というと大袈裟かもだけど、まあなかなか折り合いが悪いようで。妹の立場としては、結婚前の兄はそれほど気難しい性格じゃなかったのに、妻に変なふうに感化されているんじゃないか、と感ずる部分もあるみたい。それが実家のお母さまが軽度の認知症っぽくなったことがきっかけで、お兄さんからの当たりが最近ますます、きつくなるばかりなんだとか」

「軽度の。というと、生活に支障は？」

「とりあえず家に居て、寝起きする分には問題ないそうなの。少なくとも、いまのところは。でも一歩外へ出ると、他人とやりとりした内容を忘れたり、かんちがいしたりするトラブルがたまに起こるようになった」

そんな老母の現況に、妹の珠希が悪意をもって付け込んでいる。お兄さんはそう批難してくるようになったのだという。「これまで預金や不動産やら家計を一手に引き受けていた母親が急に管理能力が低下してしまったのをいいことに、妹は実家を訪問してはその都度、こっそり貴重品などを持ちかえっているんじゃないか。窃盗行為だ、泥棒だ、と」

「え。えーっ？　なにそれ。マジで？」

「もちろん珠希さんにしてみれば根も葉もない言いがかり。でもお兄さんは大真面目にそう主張し、妹を糾弾してくるらしい。曰く、双子の孫娘に会わせてやるという口実で定期的に実家を訪れては巧妙に、両親の財産を小分けにして掠め奪ろうとしている、と」

兄からの謂われなき誹謗中傷に嫌気がさした珠希さん、それまで実家へは車を運転していっていたが、いまはもう自分が訪問するのはいっさい止めて、娘たちだけを行かせているのだという。なるほど、だから、みをりとしえりだけでJRを利用していたわけか。

「お兄さんもさすがに小学生の姪っこたちを盗人扱いして貶めるほど恥知らずではなかろう、と。むろん、おとなが幼い子どもを唆して悪さをさせる手口も世間ではありがちで、その点を絶対にあげつらわれないという保証もないわけだけど。珠希さんにしてみれば、自分は行かない代わりに娘たちだけ実家を訪問させるのがお兄さんに対するせいいっぱいの当てつけ、かつ無言の抵抗なわけ。だから珠希さんて、ここからはあたしの想像になるんだけど、娘さんたちに厳しく言いつけているんじゃない？　実家へ行った際、お祖父ちゃんとお祖母ちゃんから、うっかりモノをもらってきたりしちゃダメよ、って」

「たとえそれが野菜とか肉とか換金性の無い代物であっても、どさくさに紛れて、なにか貴重品を実家から幼い娘たちに持ち出させているんじゃないか、とかって？　お兄さんに、そう難癖をつけられかねないから。やれやれ。そういうことだったのか。それで……」

しえりが祖父母からもらったお小遣いでアイスを買おうとして、みをりに止められたのも同じ理由だったのか。返してきなさい、ってママに叱られるかもしれないよ、と。もちろん珠希さんだって自分たち兄妹の揉めごとに幼い娘たちを、そこまで巻き込むなんて行き過ぎだとの良識は働かせられるかもしれない。が、問題は、みをりとしえりがそれだけ母親と伯父とのあいだの緊迫感を肌で感じ取っている、ということだろう。

「それであの大量の野菜やお肉も自宅へ持ってかえるわけにはいかなかった。電車に乗っているとき、わたしに引き取ってもらえるかも、と思いついてLINEしてきたのか。いや、それにしても。あんなに？　みをりは発注ミスだった、みたいな意味のことを言っていたけど……あ。ひょっとして？」

「おらそくね。ほんとは頼んでいないのに、あたかも注文されたかのように装う悪徳業者によって、大量に買わされたんでしょう。それこそお祖母さまの現状に付け込まれて」

自宅へ日用品の配達をしてもらっているという個人経営スーパーの担当者が、お祖母さまが自身の言動を正確に記憶できなくなっている状況を悪用し、実際の注文より多めに、ときに頼まれていないものまでを問答無用で届け、押し売りしているのか。

「お祖父さまとしては、うちはこんなに頼んでいない、いや奥さまがたしかに注文されました、の水掛け論が嫌なんだな。押しつけられて仕方なく引き取るものの、老夫婦ふたりだけでは食べ切れず。かといって廃棄するのも忍びない。遊びにきていた孫娘たちに持たせることにした、というわけか」

「珠希さんにしてみれば、たとえそれがただの野菜や肉であろうとも、あらぬ嫌疑をお兄さんからかけられる材料になり得るというリスクはお金とさして変わらない。だから、いちゃもんをつけられる口実になりそうなものは可能な限り排除する。兄に隙を見せないために、李下に冠を正さずの方針を徹底する。そんな母親のぴりついた心情を、みをりちゃんとしえりちゃんは察して、古都乃に全部、引き取ってもらうことにしたんだね」

「どさくさに紛れて……か」

　ふいに脈絡なくわたしは憶い出した。いや、脈絡なら無いこともない、か。四十四年前。高校一年生のとき、桑水流町の孝美の実家へ泊まりにいったあの一件。クラスの演し物の製作スタッフの一員でもなんでもない、まったく無関係の立場だったわたしは、どうしてあんなかたちで孝美の家での合宿カンヅメ作業への押しかけ参加を強行したのか。

　他の大勢の女子生徒たちに紛れ込むことによって己れの存在感を消してしまえる、と。そんな錯覚に囚われていたからだったのだ。改めて思い返してみて、よく判った。

　透明人間になるとまではいかないものの、大人数のなかに紛れ込めば、わたしという存在は孝美の視界のなかでさほど目立つまい。彼女の近くに居ても安心して、のびのび自然体で振る舞える、と。そのついでに、我ながら妄想めいた期待を抱いていたような気もするけれど。結局なにか具体的な行動に移すわけでもなく。単にそれ以降の学校生活に於いて無性に苦く、やるせない気持ちを持て余す羽目に陥っただけ、だったのだが。

「あ。そうか。ギミーくんの元家庭教師の件も、ひょっとして同じことだったのかも。田頭氏を殴ったあいつが店の金を奪おうとしたのは、スカルキャップのストーカー男の蛮行のどさくさに紛れてやろうとしたんだ」

七三分け男があの日、最初から強盗を意図していたかどうかは判らない。全然そんなつもりはなかったのか。あるいは、やろうとはしていたものの、気後れして踏ん切りがつかずに躊躇(ためら)っているところだったのか。そこへストーカー男が金髪娘を待ち伏せして襲いかかるという騒動にたまたま遭遇したことで、いきなりその気になってしまったのではあるまいか。こういうのも「背中を押された」と称していいものか迷うが、いずれにしろ仮にストーカー男が店内で急に暴れ出さなかったとしたら、七三分け男も実際の犯行には至らなかった可能性は高いのではないか。

「なんでもそうだけど、どさくさに紛れる心理って怖いね。赤信号、みんなで渡れば怖くない、じゃないけれど。責任が分散されて、自分の犯した罪を無かったことにしてしまえる。そんな錯覚に陥る分、誘惑も強い」

「ほんと、そう。普段なら絶対にできないような、とんでもなく非常識な真似ですら、あっさりやってしまえたりする」

「田頭さんてひとも不運だった。あのストーカー男が、彼女の待ち伏せ場所に駅なかのコンビニを選んでさえいなければ、どさくさ紛れの強盗犯なんかに理不尽に殴られたりすることもなかっただろうに……って。えッ」

「ん。どうしたの？」

「い、いや……」

もしも七三分け男に殴られなかったとしたら、田頭都志也も死なずに済んでいたかもしれない……そんなふうに考えている自分に気づき、わたしは狼狽した。え。どういうこと？　いったいどういう理屈なのそれ？　未遂だったものの強盗被害に遭った。その後、死ぬことになってしまった。そのふたつのあいだに、どういう因果関係が成立する？

まさか田頭氏は殴られたショックで意気消沈するあまり強烈な虚無感に襲われ、発作的に首を吊ってしまった、なんて。そんな。いや、絶対にあり得ないと断定できるほどわたしは田頭都志也なる人物の性格を把握しているわけではない。けれども。どう考えても、およそ説得力のかけらもそこには無い。

「というか、むしろ……」と、わたしは無意識に独りごつ。「むしろその後、末満到に会おうとしたから、死んだ……いや」

自殺じゃない、殺されたんだ……そんな言葉を思わず呑み下す。田頭氏が殺されたのだとしたら誰に？　そして、どうして？

強盗未遂被害に遭ったその日、彼はどうして末満到に連絡をとったのか。なんのために恩師に会おうとしていたのか。田頭氏が彼に相談しようとしていたとされる内容。それはもしかして末満到にとって、表沙汰になっては困る内容だったのではないか。だから。

だから彼は首吊り自殺を偽装してでも、教え子の口を封じることを厭わなかった……のかもしれない。しかし、そこまでして隠し通さないといけない秘密とは、いったい？　いったい、なんだったのか。

二〇一一年に起きた末満邸での強盗致死事件。犯人である宇佐見昴生の逃走用車輛内で目撃したとされる共犯者とは、実は田頭都志也だったのではないか……十年余りの時を超えて彼は真実に思い当たったのだ。宇佐見に殺されたとされる末満夫人を死に至らしめたのが、ほんとうは誰だったのか、に。

共犯者だった田頭は、ずっと疑念を抱いていたのではないか。末満夫人の死を苦にしたとしても宇佐見が自殺するのは変だ、と。かといって他殺とも思えない。そんな釈然としない、もやっとした構図をぴたっと成形したピースこそ、自ら体験した強盗未遂被害だった。

宇佐見が末満邸に侵入し、夫人に殴る蹴るの暴行を加えたのは事実だ。しかしその段階で夫人はまだ生きていたのではないか。宇佐見が逃走した後、帰宅した末満到は、動機は判らないが、自らの手で彼女の息の根を止めてしまったのだ。自分ではなく強盗犯に殺人の罪を被せられるという状況をこれ幸いとばかりに。そう。どさくさに紛れて。

そのことを知った宇佐見はひそかに末満到に接触し、夫人殺害をネタに脅迫を試み、返り討ちに遭った。投身自殺を偽装されて。ちょうど今回の田頭都志也とまったく同じように。教え子たちに申し開きをしようにもとても、ごまかし切れないと悟った末満到によって……

いや、妄想だ。なんの根拠もない。

単なる妄想。何度も何度も虚しく胸中で自身に、そう言い聞かせているわたし。

第三話　ふたりは愛し合い切れなかった

午後三時二十分。ランチタイムはとっくに過ぎ、かつ夕食の支度にとりかかるには少し早そうな中途半端なこの時刻にわたしが帰宅すると、娘のほたるが家に居た。缶ビールを手にリビングのソファで、くつろぐというより、どんより凹んでいる面持ち。

重く澱んだ空気の圧に、帰ってきたばかりのこちらのほうが思わず「おかえり」と声をかけてしまった。「めずらしいね、こんな時間帯に。体調でも悪い？ それとも懸案が諸々かたづいた？」

「いいえ。それどころか今日未明、新しいヤマがひとつ、飛び込んできちゃったところだったりして。傍若無人にも、この慌ただしい年の瀬の折に」

飲食業界で「ヤマ」といえば食材などの在庫切れを意味するそうだが、ほたるは現職警察官なので、これは巷間TVドラマなどでお馴染みの、刑事事件を指す符丁。そして今日は十二月二十七日、火曜日。二〇二二年も残すところ、あと四日。先日のクリスマスの、高和では記録的な積雪の名残もようやく各道路や敷地からあらかた消えたところだ。

「しかもコロシ。多分どこかのローカル局が今夜辺り、報道するかも」

「殺人か。そりゃあこんなところで、だらけている場合ではないんじゃないの。善良なる市民のみなさまに平穏のうちに新年をお迎えいただけるようにしなきゃ」

「仰せのとおりなんスけど」とビールの残りを飲み干した缶を握り潰し、ソファから立ち上がる。「この数日間、まともに横になって眠れていないもので。はい。主任からお許しを得て。というか、半ば命令される恰好で。こうして一時帰宅をば」

ほんとに激務でお疲れなのだろう。空き缶をゴミ箱に棄て、冷蔵庫の扉を開けるその動作が、普段の健康優良児の見本のような我が娘からは想像できないくらい、へろへろ頼りなく、弱々しい。「お母さんこそ。めずらしくないっスか。夜ならともかく、こんな昼間に。普段は滅多にクローゼットから取り出しもしなさそうな、そのすてきなお召しものからして、ちょいとご近所のクリーニング店かコンビニまで、ってことでもなさそうだけど。どこかへお出かけで？」

「あー、うん。〈ぱれっとシティ〉へ」

「そんな遠出を?」市郊外に在る大型ショッピングモールだ。「あれ。でも車が表にあったけど?」と小首を傾げて新しい缶ビールを取り出すほたるの傍らへ歩み寄ったわたし、店名ロゴ入り包装紙にくるまれたケーキの箱を、横から冷蔵庫のなかへ差し入れた。

「おや。これは〈みんと茶房〉の」

「知ってるの？」

「行ったことはあります。一応。コーヒーをいただいただけで、ケーキは未だ。って、どういう風の吹き回しなんだ。お母さんがわざわざスイーツを、とは」

「いや。自分で買ったわけではなくて。これは、なんていうか。その。本日の同行者から持たされたお土産、みたいな」

「これまた、おめずらしい。どなたとデートだったんですか」

「みをりと、しえり」

「は？」

プルタブを開けようとしていた彼女の手が一瞬止まる。そんなほたるとわたしの眼が合ったタイミングの絶妙さを表す効果音よろしく、ぷしゅッと炭酸が一拍遅れで、無駄に景気よく弾けた。「いや。いやいやいや。ちょっと待ってください。え。なんですって。油布さん姉妹からこれを？　買ってもらった、って言うんですか？」

ほたるはこれまで三回ほど、油布みをりとしえりの双子姉妹と直接会っている。いずれも多忙な彼女たちの母、珠希さんの代行でわたしがふたりに付き添う夜間外食の送り迎えの途上、たまたま帰宅途中のほたると鉢合わせするかたちだったため、最初はその場で簡単にお互いを紹介し合って終わり。二回目以降も、ふたことみこと、短く言葉を交わしただけの、油布姉妹と面識を一応は得ているという程度ではあるが。

ほたるとしては、可愛らしいご近所さんが出来て大歓迎であろう。早期退職以降、陰鬱に自宅で引き籠もり気味の母親と親しく交流を持ってくれる、そんな奇特なひとたちが身近に、しかも自宅のすぐ隣りのマンションに住んでいるとは。なんと、ありがたい。そんな感謝の念でいっぱいにちがいない。

みをりとしえりが小学生であることも、ほたるにとってはポイントが高いのかも。アルコールのご相伴ができない年齢だから、彼女たちふたりと行動をともにする限りわたしの酒量もある程度は抑えられると、ひょっとしたら考えているかもしれない。それが如何に甘く虚しい期待であるかはまあ、これからすぐに判明するわけだが。

「って、逆だそりゃ。どう考えても。彼女たちとお出かけするのは全然いいとして。別れ際にお菓子かなにか、お土産を買って、おふたりに持たせてあげなきゃいけない立場なのはお母さんのほうでしょ」

「まったくもって、おっしゃるとおり。なんだけど。これには話せば長い、ながーい事情が。あ、ほたる。食事は？」

「実は昨夜から、なんにもお腹に入れていないので。体力も気力もけっこう限界」

「詳しい話は後回しにして。とりあえずちゃちゃっと、なにかつくるか。相当お疲れのようだから、がっつりお肉でも」

「うわーん。ありがとうございますう。神ですか、お母さまあ」

　一旦寝室へ引っ込んで部屋着に着替えたわたしは虎の子のステーキ用サーロインを常温に戻しつつ、たっぷりのオリーヴオイルでガーリックチップを大量につくる。「おお、なんと破壊力抜群の。天上の調べの如く、油の弾けし、この妙なる響きよ。ああ。いーい香り」などとミュージカル俳優よろしく陶然と軽やかなステップを踏む我が娘の即興鼻唄をＢＧＭに。焼いたお肉をアルミホイルで巻いて休ませているあいだ、同じフライパンで冷凍ご飯をこれまた大量に炒める。

「いよっしゃあ。これ全部、あたしひとり分ってことで。うはは。いいんですよね。ね。うわはい。いっただきまあっす。んで。その話せば長い事情、ってのは」

大皿ひとつには入り切らず、別の丼にも分けて盛られた推定三人前はありそうな特大ガーリックステーキ・ライスを、まるで盗賊に奪られちゃならじとばかりに両腕で囲い込んで、がつがつ喰らいつく。「いったいぜんたいどういうわけで、ご自身の孫のような小学生の女の子たちに、ケーキなんぞを買ってもらうことになったんです？」

「なったんです？」と発音すべき語尾が「らっはっんれふ？」とくぐもり、めいっぱい頰張ったほたるの口の端っこからお米のかけらが、ぴゅッと豆鉄砲みたく飛び出す。三十も過ぎたおとなが、ものを食べながら喋るな、とは武士の情けで言わないでおく。

「そもそもはガシャガシャ。じゃなくて、えと。なんだっけ。こんな円い容器に入ったグッズを自動販売機で買う、あの玩具」

「カプセルトイのことかな。ならガチャガチャです」よっぽどお肉に夢中になっているのか、彼女と向かい合ってテーブルにつくわたしの手のなかの、ハイボールのグラスに関して普段のように辛辣なコメントなどは特に無し。「ガシャポンとか他の呼び方も、いろいろあるようだけど」

「実はわたしもいま、しえりからプレゼントされて使っている、ＬＩＮＥスタンプの某キャラクター。えと。こういうの」

自分のスマホを取り出すと、油布姉妹とのグループＬＩＮＥの画面を開いた。二頭身くらいに丸っこくデフォルメされたコミカルなペンギンが、にっこり笑って諸手を挙げている『OK』スタンプを指し示す。

「お母さんがこれを？　え。使っているんですか？　ほええ。かつて苗字の纐纈にかけて鋼鉄の女とも恐れられた鬼刑事に、こーんなお茶目な推しキャラがいるとは。いやはや。お母さんの現役時代をご存じの主任や筈尾さんがもしもこれを見たりしたら、どうなっちゃうんだ。膝から崩れ落ちて絶句か。はたまた転げ回って大爆笑か。さぞや隔世の感に打ちのめされることでありましょうぞ」

　なにを大袈裟な、と苦笑したものの、そういえばこのペンギンのスタンプをほたるとのＬＩＮＥで使ったことは未だ一度もない。意識的に避けているわけではない、とは思うのだが。うーん。ひょっとして娘に知られるのはバツが悪い、とか。なにかしら気後れみたいな感情でもあるのか、わたし？

「これも老境の域ってやつかもね。ってな話は措いといて。このキャラクターをフィギュア化したシリーズ玩具がガチャガチャにあって。いやもちろん、わたしはよく知らないんだが。あるんだってさ。シリーズっていうくらいだから、表情はもとより色やサイズちがいで十何種類も。ただその同じキャラのフィギュアでもファンに人気の高いものと、それほどでもないものがあるけど、シリーズのなかからお気に入りタイプをピンポイントではゲットできないようになっている」

「商品は自販機でランダムに出てくるから。実際にハンドルを回して、買って、カプセルを開けてみるまではなにが、なかに入っているのか判らない」

「購買者たちはお目当てのものを引き当てるまで、ときに何千円、何万円とお金を注ぎ込んじゃったりするんだってね」

「しかも新商品が月毎に何百種類も入れ代わる。再販されるアイテムなんて片手の指で数えられるほどしか無いそうなので。特定のグッズのファンはもう、たいへん。基本的に売り切れ御免の世界だから、買い逃しのないよう、際限なくハンドルを回し続けなきゃいけないという、金喰い虫な仕組み」

「お金の問題もあるけど。そういうシステムだと、買う本人がさほど欲しくないタイプのものまで手許にいっぱい溜まってしまったりするわけでしょ。どうするのそれ。いやもちろんひとそれぞれは、ひとそれぞれ。別にこんなのは要らないんだけどなあと思いつつも律儀に全部飾っておくひとも居れば、極端な話、邪魔臭いからと棄てちゃうひとも居るかもしれない。けれど、いちばん無難なのは、贈呈すること。誰か、それを喜んでくれそうな友人なり、知人なりに」

「トレードという方法もある。自分が欲しいアイテムと交換してもらえる相手をうまく見つけられれば、だけど」

「なるほど。でもこの娘は無償で進呈する選択をした。仮にA子さんとしておくね。しえりと同じクラスの小学五年生の女の子で。くだんのペンギンキャラのフィギュアが欲しくて〈ぱれっとシティ〉へ行きました。これまた寡聞にして知らなかったんだが、ガチャガチャの専門店なんてものが在るんだね」

「以前はやはりオタク御用達の趣味というイメージが強かったせいか、ゲームセンター内に設置されるのが主流だった。それが現在アニメキャラだけでなく、猫などのペット系とか商品もヴァラエティ豊かになってきて、おとなの女性の利用者も増えた。そういうひとたちって多彩なガチャガチャはやりたいんだけど、ゲームセンターには行きたくない、という向きも少なくない。なので千台近くもの販売機を一カ所に取り揃える大手が、繁華街や大型モールなどで躍進しているってわけです」

　ずいぶんいろいろ詳しいのは職業柄ゆえ、広く浅くを心がける雑学知識の賜物か。それとも実は、ほたる自身、ガチャガチャに興味があったりするからなのか。

「その専門店でＡ子さんはくだんのペンギンキャラの玩具を五個、買った。でもそのうち一個は色が、別の一個はサイズが、それぞれお気に召さなかった。加えてもう一個は、お気に入りのアイテムではあったけれど、すでに持っているものと重複していた」

「ふむふむ。Ａ子さんの釣果は結局、二個に留まった、と」

「自分は要らない残りの三個を彼女は、しえりにあげた。しえりちゃんならこのキャラ大好きだし。色とかサイズのこだわりもあんまり無さそうだから、きっと喜んでくれるはずと勝手に決めつけただけだったんだけど。これが大正解。しえりはめっちゃ喜んで、おうちへ持ってかえり、自分の勉強机に飾った画像をＡ子さんへ送ったりした。それが今年の五月頃の出来事で、このエピソードは瞬く間に同級生たちのあいだで拡散。その過程で話が微妙に捩じ曲がり、どんどん大袈裟に膨(ふく)らんでいった。曰(いわ)く、しえりちゃんてガチャガチャのフィギュアならいくらダブろうとも気にせず無節操に、なんでもかんでも蒐(あつ)めまくっているらしいよ、とかって」

「ほんとは、そのペンギンのキャラが好きなだけ、なのに」

「んで、ここにもうひとり。まるで呼吸をするかの如くガチャガチャのハンドルを回し続けた挙げ句に某アニメキャラ玩具が重複しまくって持て余しているという、Bくんて子がおりました。その男の子がしえりの噂を聞きつけ、試しにとばかりに彼女に、余分なやつを引き取ってもらえないか、と打診した。しかも十数個ほども。いや、数十個かな。正確なところは不明なれど、通常の感覚ならば大迷惑で断固拒否の一択レベル。しかも自分は本来さして興味のないはずのキャラのものだった、にもかかわらず、しえりはなんとも、あっけらかんと。うん、いいよ、どうもありがとうと快く。一個も余すことなく全部。さて。ここから事態は、いささか信じられないような展開となってゆくんだが」

「そこに新たにC子ちゃんなる同級生が登場した、とか。あ。先走っちゃったかな」

「Cどころか、なんとなんと、ついにはZくんまで行っちまったんだと」

「総数二十六名も?　次から次へと?」

「さすがにその数字はレトリックだけど。それだけ大人数の子たちがこの七ヶ月間、我も我もと、しえり詣(もう)で。彼女が玩具のタイプや重複を問わず、全て無条件で引き取ってくれるという、かなりフレームアップされた風聞に乗っかって。いやまあ、しえりがなんであろうとも分け隔てなく喜んで受け入れる性格だというのは、ほんとのことなんだが」

「来るものは全て拒まず。大物だあ」

「結果しえりのもとには大量の、色もサイズも統一性を欠いた種々雑多なフィギュアが。集まるも集まったり、およそ百個以上。マニアならさほど驚くべき数字じゃないかもしれないけれど、そもそもしえりはガチャガチャなんかやったことのない娘なんだよ。フツーなら辟易して当然なのに、彼女はあくまでも無邪気に喜んで。それらを律儀に、全て自分の勉強机周辺に並べ、飾っていた」

「聞けば聞くほど、なんて良い娘なんだ、しえりちゃん、って思っちゃう。なにか彼女に買ってあげたくなってきた」

「ところがところが。同室の姉、みをりのパーソナルスペースをも浸食せんばかりに増殖していたその一大コレクションを昨夜、母親の珠希さんが、とうとう見つけてしまったものだから、さあたいへん」

「とうとう、って」と、ほたるが小首を傾げたのは珠希さんとは未だ直接会ったことがないためイメージが湧かず、いまひとつぴんとこない、という側面もあるのかも。「昨夜の昨夜まで気づいていなかったんですか。マンションでいっしょに暮らしていて？」

「普段から娘たちにはあまり干渉しないのかな。部屋の掃除やかたづけもみをりのほうが母親より、よっぽど手際よく、ぱぱぱッとやっちゃうらしいし。そこらへんの詳しい経緯はともかく。見渡す限りのカプセルトイの山に珠希さん、びっくり仰天。そして思わず次女を叱りつけたわけだ。しえり、これはいったいなにごと？　ママに隠れてこんな、とんでもない無駄遣いをしたりして、と」

「なるほど。しえりちゃんがそれらを全部、自分で買ったと、かんちがいしたんだ」

「なにしろ一個あたり百円から五百円はかかる玩具が百個以上でしょ。自分が与えた分のみならず、実家のお祖父ちゃんお祖母ちゃんからもらったお小遣いも全て注ぎ込んじゃったんだと。珠希さんがそう思い込んだとしてもむりはない。むりはないけど、しえりにしてみれば、とんだ濡れ衣で。ちがうよ、これ全部、学校のお友だちからもらったものなんだってば、と。自分は一円たりとも遣っていません、と弁明にこれ努めるんだけど。珠希さんはいっこうに信じようとしない」

「まあ、数が数ですからのう。もらったんだと、いくら主張されても、いや、あり得へんやろ、こんな大量に。どこの誰がくれるちうねん、とかって。単独犯では絶対に不可能と断じる先入観を逆手に取って実は複数犯でした、というミステリのトリックみたい」

「いくら無実を訴えても、浅はかな娘だと頑なに決めつけてくる母親に、しえりもついに爆発して大喧嘩。もうママなんて大ッ嫌い、親子の縁を切ってやる、と泣きじゃくりながら姉のみをりに宣言したんだそうな。さて。ここからが、やっと本題なんだけど」

「とはまたずいぶんと長い前振りで」

「家出してやるッと息巻く妹を、みをりは懇々と諭したんだそうな。曰く、あのね、しえり。親子の縁を切ってやるのはいいとして、このまま、ただ家を出てゆくだけじゃ不充分だよ。その前にきっちりと、おとしまえをつけておかなきゃ、って」

「え。思い留まりなさい、じゃなくて？　まさかの煽(あお)りまくり？　しかも、おとしまえをつける、って。なんでしょうか、剣呑(けんのん)な」

「みをりは妹にこう説いた。よーく考えてごらん。ここで冤罪(えんざい)のまま敵前逃亡したところでアンタが自ら非を認めた、ってオチにしかならないんだよ、と。小学生同士の会話だから冤罪とか敵前逃亡とか、そういうチョイスの語彙(ごい)ではなかったかもしれないけど、あくまでも大意で。ともかくみをりは妹を、たしなめるんじゃなくて、焚(た)きつけたわけだ。実際にはやってもいない嫌疑をかけられっぱなしなんて、ただの叱られ損じゃん。喧嘩し損で、怒り損で、ギャン泣き損。そんないっぽう的に自分が負けのかたちで幕引きをさせられて、しえりはそれでいいの？　絶対よくないよね？　なら疑いのかけられ損にならないよう、実行しておかなきゃ、って」

「は。じ、実行？」

「要するに、いま持っているお金、貯金も含めて全部、ぱーっと遣い切っちゃいなさい。そしたら、無駄遣いして悪い娘だとママに責められたことは、少なくとも根も葉もない濡れ衣ってわけではなくなるでしょ？　散財しちゃったっていう厳然たる事実がそこに出来するんだから。ね。しえりだってもっと、すっきり納得できるでしょ？　と」

「なるほど。不当に叱責を受けたわけではなく、相応の懲罰だった、というかたちに変換してしまえる、と。なんとまあ、おとな顔負けな。理屈は理屈ですけどね、たしかに」

三人前のガーリックステーキ・ライスを早々にたいらげ、立ち上がったほたる。流しへ持ってゆくべく手に取った空の大皿と丼は、まるで巨大な熊かなにかが隅々まで舐め取ったかの如くきれい。「なんだっけ。そういう屁理屈、ありますよね、聖書にも」

「セイショ？」

「あ。じゃなくって。誰かに聞いたんだ。聖書の戒めの言葉かなにかを皮肉った、パロディだとか。えと。なんだったっけな」

「ゆっくり憶い出してちょうだい。煽りまくられたしえりだけど、正直ぴんとこなかったらしい。みをちゃんてば長々となんの演説をぶってんのか、むずかしくって。あたしゃよく判んないよ、みたいな。けれど明日、つまり今日のことね。明日の朝イチで〈ぱれっとシティ〉へ突撃だよッと意気軒昂な、みをりの勢いに抗す術も無く。彼女たちから昨夜、わたしへＬＩＮＥが来たんだ。もしも明日お時間があるようでしたら、あたしたちの買物に付き合ってもらえませんか、って」

「なんでそこで、お母さんにお声が？」

「がんがん買いまくるよッと、みをりがあまりにもヒートアップしているものだから、当のしえりは逆にビビッちゃっているんだ。ただでさえママのご機嫌を損ねているのに、この上、幼い姉妹ふたりだけでショッピングモールへ行ったなんて知られたら、また大目玉を喰らうんじゃないかと。普段なら多分なんの問題もないお出かけであろうとも、しえりとしてはとにかく、よけいなリスクを冒したくない。なので保護者代理を要請するべく、わたしに声をかけてきた次第」

「なるほどなるほど。纐纈さんなら普段から〈KUSHIMOTO〉へのアテンドでもお世話になっているから、珠希さんの信頼も篤い。同伴者としては打ってつけだと」

「で。ご指名を受けたわたしは本日、ふたりといっしょに路線バスに乗って」

「さあ、そこだ。お母さんより先に帰ってきたのに、車があったから。あれれ、とは思っていたんだけど。せっかくお母さんが同行するというのになんで、わざわざバスで」

「いや、その。みをりが、ね。運転すると、ことさん、お酒が飲めなくなっちゃいますから、どうぞおかまいなく、と」

「うわ。ダメなおとながここに居る。まあ、そんなことだろうとは思っていましたが。やれやれ。小学生に気を遣わせちゃって」

「いっしょに来てくれるだけでいいんです、とのことだったので。お言葉に甘えまして。はい。いよいよモール内の一大カプセルトイ専門店へと、生まれて初めて足を踏み入れたわけですが。さあ、ここで大問題が発生。しかも、おい、いまさらそこかいな的な」

「そもそも、しえりちゃんが自分で買いたいガシャポンなんて無かった、と」

「あんた、先読み。それともあのとき、あそこに居たんだったりして。なにかヒントになるようなことでも言ったっけ、わたし」

「ヒントもなにも」ちろりと冷蔵庫のほうを意味ありげに一瞥してみせる。「あれを買ってもらった、ってことは。ね？」

「至極当然の帰結ってか。しえりは友だちからもらったものはありがたく、なんでも素直に喜んで楽しめる。けれどガチャガチャを自分ではやらない。それはシンプルに、わざわざ自分でお金を出してまで欲しいと思うようなアイテムなんて無かったから。って。いやいやいや、だったらもっと早くに、だね。少なくとも〈ぱれっとシティ〉へ行く前までには気づけよ、って話なんだけど」

ほたるはくすくす笑って、冷蔵庫の扉を指で突っつく。「お土産のケーキ、いただいちゃってもいいっスか」

「どうぞどうぞ。コーヒー淹れるか」空になったグラスを持って、キッチンへ。「さて、そこで方針転換を迫られた我が一行だが。今回は散財すること自体が目的なんだから。カプセルトイに拘泥する必要は別にない。好きなものを好きなだけ買っちゃえば、それで済む。なのに、これがなかなか決められない。もちろん欲しいものはたくさんある。ぬいぐるみとか、ヘアアクセとか、最新式タブレットとか。だけど、しえりのおめがねに適ったものに限って、どれもこれも微妙に、もしくは格段に予算オーバーなんだな」

「で。お悩みの末に、ここはひとつ無難に、消えもので手打ちしておくか、との結論に落ち着く」ほたるは箱から取り出したモンブランを皿に載せ、テーブルへ戻った。「適当にお食事した後、カフェに寄ってケーキのテイクアウトでも、という王道コースで」

「そんな安易かつ性急にまとめられるのは、こちとら不本意なくらい、揉めたんだよ。あーでもない、こーでもないと延々。あのだだっぴろいモール内を散々、歩き回って。当初わたしは静観するつもりでいたんだけど。いい加減、疲れちゃって。僭越ながら、あれこれ提案してみました。以前しえりが『ミニオンズ』が好きと言っていたのを憶い出して、ＤＶＤなんてどう？　とか。そしたら、みをりからシビアなひとこと。ことさん、いま映画というコンテンツをＤＶＤで観る文化が残っている国は日本だけですよ、って。しれっと言い放たれて、正直びっくりしちゃった。ねえねえ、ほんとなの、それ？」

「それだけ時代の趨勢はネット配信ですよ、ってほどの意味だろうけど。日本だけ、というのは、さすがにね。どうなんでしょ」

「そもそも油布家でテレビという家電の利用頻度がいちばん高いのは、お母さんの珠希さんだそうだから。ＤＶＤなんか買ってもソフトによっては、へたしたらママに利する恰好になりかねない。今回の一件の経緯に鑑みると、しえりとしてそれは癪過ぎる、って。いずれにしろ没。じゃあシネコンで映画でも観ようか、とも提案してみたんだけど。これもあいにく、ふたりの興味を惹くようなタイトルが掛かっていない。なので結局、先刻のご指摘のとおり、ひとつ豪勢なランチを、という手打ちと相成りました」

「ただどうも、豪勢なランチという主旨から〈みんと茶房〉という店名は連想しにくい、と思うのですが。うーん、と。サンドイッチくらいはあったっけ、あそこ」

「食事のほうはイタリアンに入ったの。店名を忘れちゃったけど。ピザが食べたい、とのしえりのリクエストに従って。マルゲリータとか。あとポモドーロとか、生ハムのサラダとか。定番をひととおり。みんなでお腹いっぱい、いただきました」

湯気の立ち昇るコーヒーカップをほたるの前に、そしてハイボールのお代わりを自分の前にそれぞれ置きながら、わたしもテーブルに戻る。「デザートはティラミスとアフォガット。で。お支払いはもちろん、わたしがしました。お財布を出そうとするしえりを押し留めて。これは譲れないでしょ。なにしろ姉妹ふたり分の食事代よりも、わたしがいただいた生ビールやらワインやらの料金のほうが遥かに高価なんだし」

「小学生のお出かけに保護者代理としての同伴という己れの立場もわきまえず痛飲とは、案の定というかなんというか、予定調和的にもほどがある展開なのはさて措き。そりゃもちろんそこで、もしもしえりちゃんに払わせちゃったりしていたらお母さん、あなた、その時点で終わっている、って話です」

「あのね、しえり。ここはわたしにご馳走してくれた、ということにして。その分、自分がほんとに欲しいもののために貯金しておきなさい、と。そう言い聞かせて。でも彼女は彼女で。ことさんには実際にお時間をいただいてしまったんだから、なにか別にお礼をさせてください、って。気を遣わなくていいといくら言っても、そう簡単には引き退がってくれない。ちょっとした膠着状態のちょうどそのとき、ケーキのテイクアウトができるカフェの前を通りかかったから。じゃあわたし本人にじゃなくて娘への手土産でも買っていただこうかな、という折衷案で、なんとか妥協してもらった。生菓子なら、それほどいっぺんに何十個も買うなんてことも普通はないから、無難な金額に収められそうだし」

「あたしがこんな豪華な糖分補給をさせていただけるのも、本日のみなさまのその紆余曲折の果ての恩恵ってわけですか」

「終わり良ければ全て良し。絶対ママとは母娘（おやこ）の縁を切ってやるッ、てあんなに拗（す）ねまくっていたしえりも、すっかり憑（つ）きものが落ちたのか、さっきマンションの前で別れたときは、いつものようにご機嫌、にっこにこ」

「みをりちゃんも策士ですね。普通に妹をなだめても怒りを鎮められない、と悟っているから。逆に焚きつけることで、しえりちゃん自ら冷静になるように持っていったんだ」

「おとな顔負けって、さっき言ってたけど。そのとおり。頭のいい娘だ、ほんとに」

「いやあ、がっつりお肉をいただいた後のケーキとコーヒーはとりわけ最高っス。なんのこっちゃと、わけが判らず、どんより凹んでいたのが一気に生き返れました」

「未明に飛び込んできたっていう事件のこと？　けっこう手こずりそうな感触？」

「いや、あたしは未だその件にさわらせてもらっていないんですが。ちょいと個人的に、なんじゃそりゃ的な出来事があったもんで。ただでさえ他の仕事で疲弊していたのが、よけいに、どッと来た感じ」

　ほたるはなんとも意味ありげな上眼遣い。ここまで長々とお母さんの太平楽なお喋りに付き合ってあげたんだから、さあて今度はこちらの話を、じっくり腰を据（す）えて聞いてもらいますよ、との言外の含みだろう。

　このところの彼女は明らかに、自分が在宅時は意識して母娘の会話を増やそうとしている。わたしが丸四年に及ぶ老父介護から解放された反動で、すっかり虚脱状態に堕（だ）してしまっているからだ。再就職しようともせず、怠惰（たいだ）で酒浸りな日々のいわゆる燃え尽き症候群の母親に少しでも活というか、気合いを入れたいのだろう。彼女が現在かかわっている事件について、差し障りのない範囲内でわたしに話して聞かせることによって、錆（さ）び付きかかっている退職刑事の脳味噌の活性化を試みてくれているわけだ。

が。それにしても。今日のほたるの表情は普段よりも若干、複雑そうに見えるけど。気のせいかな。「昨夜というか、日付としては今日の午前一時頃。男の声で携帯から通報があったそうです。いまさっき、女のひとを刺してしまった。すぐに来て欲しいと」

言われた通り警官たちは、板羽町（いたばちょう）に在る古ぼけた木造アパート〈ことだま荘〉の一階、一〇五号室へ駈けつける。「部屋に居たのはウキス、ケイシン。苗字の漢字はフロートの浮くに、必須の須と書いて、浮須（うきす）」

下の名前は啓発の啓に心と書きます、と続ける。一瞬、ん？　と「啓心（けいしん）」なる字面になにか引っかかりを覚えた。が、このときはまだ深掘りするには至らず。

「年齢は七十一歳。自称無職。ふさふさの白髪に、たっぷりの口髭（くちひげ）。こざっぱりとした服装の中肉中背で。例えば燕尾（えんび）服に蝶ネクタイでも着けさせたりしたらモノクロのドキュメンタリー番組にでも登場していそうな、大正時代の旧財閥の総帥っぽい感じ」

「やたらに具体的な描写のわりには判ったような、いまいちよく判らないような。ぱっと見、やんごとなきイメージってことかな。ほたるも直接、会っているの？」

「それはもう直々のご指名でしたので」

「は？」

「警官たちがアパートの部屋のキッチンへ上がってみると、そこには黒っぽいパンツスーツ姿の女性が倒れていた」

怪訝そうに鼻を鳴らすわたしにかまわず、ほたるは続ける。「女性の胸から、刃物の柄らしきものが突き出ている。上着の前をはだけた部分から覗く白いカッターシャツは真っ赤に染まり、床にも血溜まりが出来ている。女性はすぐに病院へ搬送されたものの、死亡が確認された」

「死因は」

「失血によるショック死。いっぽう自分が女性を刺した、と供述する浮須啓心はその場で逮捕されたんですが。ことの経緯を問い質されても、どうもいろいろ要領を得ない。被害者を刺殺したのが自分であることはまちがいないと言い張るものの、では彼女はいったいどこの誰なのか、と訊かれても答えられないんです。ただただ、彼女は知人だ、とくり返すばかりで。具体的な名前が出てこない。どういう経緯で刃傷沙汰になったのかという肝心の点にしても、些細な感情的いきちがいで諍いになってしまっただけ、の一点張り。さっきも言ったように、あたしは未だこの件の取り調べには直接かかわっていないので。すべて伝聞なんですが」

それにしてはずいぶんと手を焼かされている雰囲気がよく伝わってくるな、とか思っていたら。「そのうち、この浮須啓心というひと、変なことを言い出した。曰く、纐纈という刑事さんは、まだおられますか？　と」

「……へ？」

「女性の刑事さんだが、もしもまだお勤めのようでしたら、彼女とお話をさせていただけるとありがたい、と」

　意表を衝かれる余り、グラスの縁が唇に触れた姿勢で全身が、たっぷり数秒間も停止してしまった。「……で、ほたるにお呼びがかかったの？　取り調べ室のほうへと？」

「こちらはこちらでいろいろ取り紛れているなか、むりして馳せ参じてみた。そしたら当の浮須啓心はあたしの顔を見るなり、きょとーん。かと思うや、苦笑い。いや、せっかくご足労いただいたのにもうしわけないが、この方ではありません。自分の知っている纐纈さんはもっとご年配の女性のはずで云々」

「年配の女で悪うござんした」

「取り調べのお役に立てそうにはなかったので、あたしは早々と中座させていただいたんだけど。ひょっとしたら古都乃さんに近々お話を伺いにいったほうがいいかもしれない、と笘尾さんは言っていました。どうですか、お母さん。なにかお心当たりは？」

「さて。長年、仕事上なんらかのかたちでかかわったことのある名前は、それこそ星の数ほどだし。とっさにはなんとも言えないんだが。うーん。ウキス、か。浮須。どうも聞き覚えは無いような。あ、まてよ。でも下の名前。ケイシンって。啓発の啓に心って書くって、そういえば……」

　優等生の学級委員長タイプの男の子がそのままおとなになったかのような、立派な口髭が微妙にアンバランスな童顔のイメージがふと浮かんでくる。「そういえばあのひとは。そうだ、たしかケイシンとか。いや、でも。苗字のほうが全然ちがっていたような」

「何者です」

「あれは何年前だったっけ。当時、たしか県会議員で。県議会の議長だか副議長だかの役職に就いていたひと、だったような」

「調べてみますか」と、ほたるは自分のスマホを手に取った。「えーと。高和県議会のホームページは、っと」

「昔の議員名簿なんて、載ってるの？」

「さすがに過去全員の分までは無いみたいだけど。県議会の歴代の議長と副議長の一覧はありますね。ん。これかな？」

差し出されたスマホの画面を覗き込む。歴代の副議長一覧のなかに『翁長(おなが)啓心』という名前がある。所属会派は『ネオ県友倶楽部』で、就任年月日は『平成十六年三月』となっている。翌年三月から副議長の項目は別の人物の名前に変わっているので、任期は一年限りだったということのようだ。

「平成十六年だから、二〇〇四年。えッ。十八年も前？　そんな昔の名前、逆によく憶えていたな、わたし」

「なんで苗字がちがうんだろ。いや、もちろん、この翁長啓心氏が問題の浮須啓心と同一人物だとして、ですが」

「そういえば婿養子だとか言ってたっけ。代々地方議員の家なのに、子どもの誰も地盤を継いでくれなくて困っていたら、離婚したての次女だか三女だかの新しい彼氏が政治家志望で。親族一同にも大いに見込まれて婿入りした、とか。そんな話だったような」

「それがくだんの浮須啓心だとしたら、一旦は翁長啓心になっていたのが、現在は旧姓に戻ったってことですかね」

「おそらく。翁長家には居づらくなったんでしょう、きっと。妻が亡くなった上に、その死に方が問題だったから」

「それが十八年前の、現役時代のお母さんが捜査官という立場で、当時の翁長啓心にかかわった件？」

「多分。けっこう人間関係が複雑な事件だった。問題の副議長の妻が殺害されたんだが、犯人はその翁長啓心の後援会の会長で、なおかつ彼の実の息子だった……という」

「ん。あれ？　そのくだり、なんだか聞き覚えがあるような。あ、そうだ。憶い出した。たしか被害者の女性が犯人の歳下の男と道ならぬ関係に陥って。情痴のもつれの果てに、とかって経緯じゃなかったですか」

「ほたるは当時、小学生だっけ。そんな煽情的な事件に興味があったとは早熟な」

「娘の年齢をまちがえないでください。もう中学生になっていました。最初はたしか、くだんの副議長が自首してきたんですよね。自宅で妻を殺めてしまった、と。感情的ないきちがいから諍いになり、衝動的に彼女を殴って、首を絞めた、と言うんだけど。しかし彼のその供述と、実際の現場の状況とには不自然な齟齬（そご）が幾（いく）つも見受けられて。結果的に殺害の第一現場は自宅の翁長邸ではなく、おまけに犯人も別にいたことが判明する」

「供述と現場の齟齬、って。え。そんな細部に至るまで報道されていたっけ」

「なにを異（い）なことを。あたしは全部これ、お母さんから聞いたんですよ」

「うそ」……全然憶えていない、と軽くパニック。え。わたしが？　自分が捜査に携わった事件について、当時中学生だったほたるにそれほど、こと細かに？

「もちろん大筋で。要所ようしょで適当に、ぼかしていたとは思いますけど」

そういえば差し障りのない範囲内でと、帰宅する度に話して聞かせていたような気もする。我ながらどういうつもりだったのか、記憶がすっぽり抜け落ちているけれど。口頭でアウトプットすることによって己れの思考の渋滞を整理しよう、とでも試みたのか。

「妻を殺めたのは自分だと翁長啓心は主張した。しかし遺体が発見された自宅にそんな痕跡はまったく無かった上、被害者を殴打した凶器にしても全然別の場所から持ち込まれたものだ、と判明。実際に翁長木綿子（ゆうこ）を手にかけたのは啓心ではなく、彼の後援会会長である大久（おおく）利威雄（りたけお）だった」

人間の記憶とは奇妙なものだ。がんばって憶い出そうとしていたわけでもないのに、ふいに「翁長木綿子」や「大久利威雄」といったフルネームが、するりと数珠（じゅず）繋ぎの如く揃って浮かんできて、我ながら戸惑（とまど）う。

「つまり翁長啓心はその後援会会長の男を庇（かば）おうとしていた。それは、さっきもちらっと話に出たように、大久利威雄が彼の実の息子だったから、なんですよね」

「うん。啓心は学生時代に同学年の彼女と、いわゆる授かり婚をして。すぐに離婚するんだが、そのときに生まれたのが威雄だった。元妻が親権を持ち、息子は成人するまで実父とは一度も会ったことがなかったとか。そんな人物が、どういう経緯で翁長啓心の後援会を取り仕切ることになったかというと。どうやら大久利威雄自身が、いずれは県政、国政を問わず政界へと打って出たいと切望していたから。その熱意に母親の大久利、えと。下の名前をど忘れしたけど、ともかく元妻が絆されるかたちで、啓心に協力を要請したらしい。仮にもあなたの息子なんだから、なにかできることをしてやってくれ、と」

「政治家になるための修業、というと例えば代議士の秘書を務めるとか。そんな定番コースが真っ先に思い浮かぶけど。特定の議員の後援会に携わるって、それでなにか将来に備えての勉強になったりするのかな。よく知らないけど。まあいろいろ経験しておこう、って心づもりだったのかも」

「その大久利威雄が、いったいどうして実父の後妻である翁長木綿子を手にかけるに至ったのか。その原因が、さっきもちらっと触れた情痴のもつれで、ふたりは不義の関係に陥っていたという。威雄は当時三十そこそこ。翁長木綿子とは年齢がひと廻り以上ちがうにもかかわらず、どういう経緯でそこまで親密になったのか。威雄本人によるとこれが、当初は単なる本命への当てつけのつもりで、とかなんとか。どうもよく判らない禅問答のような答えが返ってきて」

「そっか。憶い出した。さっきの聖書云々の話。あれも、お母さんから聞いたんだ」

「え。セイショ？　って」

「本人曰く。大久利威雄にとって翁長木綿子は単に実父の再婚相手に過ぎず、それ以上でもそれ以下でもなかった。もちろん自分が後援会を運営する議員先生の妻なので相応に丁重に接しなければならないが、私的に交流を持とうとは思わないし、ましてやひとりの女性としての興味なんか無かった。ただ威雄は実は、木綿子の娘のほうには密かに恋心を抱いていた、と。彼女は木綿子が前夫とのあいだにもうけた連れ子で、啓心とは血縁関係がない。たしか当時、まだ高校生で。翁長明穂（あきほ）とかって名前じゃなかったかな」

「あんたも、よく憶えているね。そうだ。たしか、そんな話だった」

「ところが、あろうことかその明穂から、威雄は謂われなき糾弾を受ける。あなた、パパの後援会会長という立場を悪用してママに言い寄り、浮気してるでしょ……って」

「あらぬ嫌疑をかけられた威雄は怒髪天（どはつてん）を衝（つ）いて。木綿子のような年増に欲情する男だと決めつけられるのも不本意なら、自分が心底懸想している娘からそんなひどい誤解を受けるのは堪えられなかった。濡れ衣を晴らそうと躍起（やっき）になったものの、思春期の明穂は思い込みの激しい性格も相俟（あいま）って、聞く耳をまったく持ってくれない。そこで威雄は半ば自棄（やけ）気味に、どうせ疑われてしまうのならばいっそのこと、実行してしまえ、と」

「旧約聖書の箴言（しんげん）でしたっけ。汝（なんじ）、姦淫（かんいん）すべからず、という。当然といえば当然すぎる戒めだけど、これが新約聖書の福音書へ移行すると、実際には手を染めていなかろうとダメですよ、となる。情欲を抱いて女性を見る者はそれだけですでに姦淫を犯したのと同じなんですから、と。実行しても、していなくても結局は同じ罪に問われる。そんな厳し過ぎる戒律を茶化して、それならいっそ、やっといたほうがマシじゃんか、って。そんな自棄っぱちな屁理屈で威雄は木綿子を誘惑した。もちろん本気ではなかったし、ただの遊びどころか、翁長明穂に対する子どもじみた当てつけ以外のなにものでもなかったはず、なのに。逢瀬を重ねているうちに、泥沼に嵌まるように木綿子に夢中になってしまった、と。ざっとそういう話でしたね」

「そこまで微に入り細を穿って、ほたるに話していたのか、わたし。すっかり忘れてた。それにしても、やれやれ、だ。やっていなくてもどうせ叱られるのなら、実際にやっておいたほうがマシ、って。まんま今回の、しえりのガチャガチャと同レベルじゃん」

「でも旧姓翁長啓心の立場としては自分は、妻を寝盗られた上に殺されたという、完全に被害者側の身で。言ってみりゃ、なんの落ち度も無いわけじゃないですか。なのにその事件のせいで翁長家に居づらくなった、ってのはちょっと気の毒かも。犯人の大久利威雄が実の息子だったことで、婿養子としての面目丸潰れだったのかもしれないけれど」

　人間の記憶とは、ほんの些細なきっかけで芋蔓式に、思いもよらぬ根っこまで掘り返されるもののようだ。いまわたしたちはくだんの聖書の箴言とそれに対する皮肉を、あたかも大久利威雄本人が事件に関する供述のなかで披露したかのように語っている。が、好きな娘に対する当てつけという己れの心情を説明するに当たって彼は、そんな変に衒学的なアレゴリーを実際には用いたりしていない。

いまようやく憶い出したのだが、その引用をしたのはわたし自身で、中学生だったほたるの理解をいくらか促し易いかも、との観点からだ。ではそもそも、キリスト教に関する知識なぞほぼ皆無のわたしがどこから、そんな譬（たと）えを引っ張ってきたのか、というと。過去に藤永孝美（ふじながたかみ）から教えてもらったことがあったからだった。それは。

　元号が昭和から平成へ切り換わったばかりの一九八九年。七月某日。すでに一課の新米刑事になっていたわたしは、平日の午後三時過ぎという中途半端な時間帯に無人の自宅へ立ち寄った。ちょうど聞き込みの途中に通りかかったので一服しておこうとしたのか。なにか忘れ物でも取りにかえったのか。具体的なことはもう忘れてしまったが。

　ふとなにげなしに冷蔵庫の扉を見ると、マグネットでメモ用紙が留められていた。父の筆跡で『藤永さんという方からＴＥＬ』とあり、その下に見慣れない電話番号が記されている。この時代なので、もちろん携帯ではなく、固定電話のものだ。

　藤永さん……て、まさか、孝美？　彼女から電話が？　孝美は当時、関西の大学を卒業後、東京で就職。いっぽう地元県立大を出た後、警察学校へ進んだわたしはすっかり彼女とは疎遠（そえん）になっていた。孝美がすでにわたしの実家の電話番号なぞ失くしてしまっていてもおかしくないくらいの長期間。

　そんな彼女のほうからわたしへ電話がかかってきた……と足もとがふわふわ浮遊する錯覚とともに、漠然とした不安もまた同時に暗雲の如く胸に渦巻く。え。それをよりによって、お父さんが受けたの？　もやもやしながらもその番号にかけてみると、市街地に在る某シテイホテルにつながった。

孝美の部屋を呼び出してもらうと、幸い彼女は在室で。聞けば孝美は某知人の結婚式と披露宴に出席するために帰郷し、そのホテルに宿泊しているところだという。翌々日まで滞在する予定だが、時間を都合できるようなら会えないか、と訊かれたわたしはこう答えた。いまからならだいじょうぶだよ、と。

急いでホテルへ赴き、ティールームで孝美と落ち合った。そのとき強烈に印象に残ったのは、高校時代にはわたしなんかよりも遥かにおとなっぽく感じていた彼女が、なんだか幼く見えた、ということ。

いや、正確を期すならばそれは、女っぽく成長していた、と形容すべきかもしれない。二十七歳という年齢相応に。どこかしら儚げで。庇護欲をそそられる、というのは些か男性的な視点に過ぎるような気がして正直、抵抗が無くもないけれど。

肯定的な見方をするならば、お互いの目線が対等になった、そんな側面もあるかもしれない。十代の頃のわたしは精神的に孝美に依存していた。少なくとも、彼女の存在を心の支えにしようとする傾向が強かった。

孝美の印象が幼くなったのではない。むしろ彼女の姿を等身大で捉えられるようになるくらいには、こちらも成長した、と考えるべきかもしれない。それとも、こんな解釈の仕方は的外れだろうか。わたしはいつまで経っても孝美との関係性に於ける適切な距離感を獲得できていない、と。ただ単に、それだけの話なのか。

（そういえばあたし、古都乃のお父さんにご挨拶したこと、なかったっけ？）ふいに孝美がそう言った。（いつだったか、他のクラスメートたちといっしょにお宅へお邪魔したとき。わりと気さくに接してくださったような覚えがあったから、さっきの電話も、ついそのノリで喋っていたら。失礼ですが、どちらの藤永さんですか、古都乃とはどういうご関係ですか？　って改めて訊かれちゃって）

それまでもずっと、もやもや抱いていた嫌な予感がまさに的中し、どっと脱力。（……ごめん）と声が掠れた。（父は多分、娘の同級生たちの顔なんてろくに憶えていないと思う。うちに来たことがあるか否かにかかわらず。ただ特に最近、わたしのことを心配している、というか。つまり、その。わたしの交友関係について憂えていて……）

（ん。なになになに。どういうこと）

（警察ってさ、どこよりも職場結婚が奨励される。ある意味、特殊な世界で。それこそ見合いの話はのべつ幕なしなんだけど。どんな良縁でもわたしが、かたっぱしから断り続けているものだから、父は不安になっているらしい。娘が結婚しようとしないのは、ひょっとして特定の女性と親しくし過ぎているからなんじゃないか……とかって）

しばしの沈黙の後、眼を瞬いた孝美。むうと低く唸った。腕組みして、下唇を突き出すその表情は怒っているのか笑っているのか、とっさには区別がつかない。（そっか。なるほど。つまりあたし、お父さんに疑われていたんだ？　この女、遠路はるばる古都乃を誘惑しにきたんじゃないか、って？）

ほんとにごめん、と頭を垂れようとするわたしを制した孝美は、まるで高校時代へ逆戻りしたかのように悪戯っぽく微笑む。（そうですかそうですか。それはそれは。あたしもそんなあらぬ疑いをかけられたまま、黙って引き退がるわけにはいきませんね）

そう冗談めかしながら孝美が披露した言葉こそ例の聖書の戒律と、それを茶化した、同じ罪に問われるのならいっそ実行しておいたほうがまし、という皮肉だったのだ。

孝美はあのとき、いったいどういうつもりでそんな譬えを持ち出したのか。いまでも謎だし、彼女が鬼籍に入ったため本人に訊くことも叶わない。が、そのときのわたしは、ただただ動揺していた。じっとこちらを凝視してくる孝美の双眸に射竦められて。

部屋へ行きましょ……いまにも孝美が、そう甘く囁いてきそうな妄想にかられているところへ。（あ。タカミン、ここにいたんだ）と、ひとりの女性がテーブルへ歩み寄ってきて、わたしは我に返った。

（どもども。ちょうどよかった、古都乃。紹介するね。こちらは久志本さん）

それが他ならぬ刻子とわたしの初対面だった。孝美と刻子は大学のキャンパスで知り合い、同じ高和出身ということで意気投合したのだという。翌日に控えていた結婚式の主役もこの久志本刻子の兄のものだった。

つらつら過去に思いを巡らせていると、ほたるのスマホに着信があった。「はい。あ、ども。お疲れっス。え、ほんとに？」

眉を一瞬ひそめ、声量はそのまま、わたしのほうを向いた。「筈尾さんです。今夜うちへ来たい、とおっしゃっていますが。だいじょうぶですか。例のアパートでのコロシの被害者の女性、身元が判明したそうです」

　こちらは全然かまわないけど、とわたしが返答するよりも早く、ほたるはさっさと「はい、ＯＫです。んじゃ。お待ちしておりまーす」と快諾し。「筈尾さんにお会いできるのを、母もとても、とっても心待ちにしておりますので」と勝手に付け加えておいてから、通話を切った。

　なんなんだ、とてもとっても、って。まあ別にいいけど。「被害者の身元が判った、ってことは。くだんの浮須啓心も、ようやく重い口を開き始めたか」

「いえ、そちらは女性の持ち物から調べがついたようで。肝心の啓心の取り調べのほうは依然として座礁状態のまま。にっちもさっちも動かない。そこへもってきて、彼の現場不在、すなわち無罪であることを自分が証明いたします、という人物が現れたらしい」

「ほう。啓心は問題の女性を殺害してはいない、と？　いったいどこの誰が、そんな申し立てを？」

「まだそこまでは、なんとも。詳しいことは筈尾さんが来てから、だけど。ただ、もしも浮須啓心が、ほんとうは無実なのにもかかわらず自首したのだとしたら、またしても彼は誰かを庇おうとしている……ってことですかね？　あたかも十八年前の、自分の妻の殺害事件のときの再現が如く？」

　二〇〇四年に妻の翁長木綿子を殺めたと自首した、当時の旧姓翁長啓心。その際に取り調べに当たった女性刑事、すなわちこのわたしがもしもまだ現役ならば話をさせてもらいたい、という意味のことを彼は今回、口にしたらしい。その真意とは……「ひょっとしてなにか、謎かけのつもりなのか」

「え？」

「わたしをご指名あそばした理由は、なんだったんだろ。十八年前の翁長木綿子殺しは旧姓翁長啓心の犯行ではなく、彼はただ真犯人の身代わりになろうとしただけだった、という経緯はみんな知っている。ましてや当時の元担当刑事だった纐纈古都乃が認識していないわけがない。啓心は今回それを百も承知の上で敢えて、わたしと話したい、などと言い出した。わざわざそう願い出るからには、なにか相応の思惑があるはずだ」

「というと」ほたるは首を傾げた。「例えばだけど。今回の件も決して表書き通りの真相じゃないんだ、とか。なにかそんな示唆でもしたいのか。ただし自らはそれをストレートに説明しにくい事情があるので、昔の件にも精通するお母さんになんとか察してもらう、というかたちに持ってゆきたい、とか？」

　さきほど「願い出る」という表現をしたのはまったくの無意識で、なにか深く考えての言葉選びではないつもりだったのだが。自身の科白を反芻しているうちに、その響きが妙な切実さを帯びてくる。すなわち浮須啓心なる男が警察に通報したのは決して自首するためではなく、二〇〇四年の事件を蒸し返すことそのものが目的なのではないか、と。よけいな先入観は禁物と自戒しつつ、だんだんそんな気もしてくる。

「さて、どうだろ。とにかく先ず、今回の事件の詳細を聞いてみないことには」

「ですね。七時までには来られそうとのことなので、のちほどよろしく。あ。しえりちゃんに買ってもらったケーキ、筈尾さんにもお出ししていいですよね？」

＊

「被害者の名前は平櫛英恵（ひらぐしはなえ）、四十二歳。県庁のすぐ近くに在る〈谷地森（やちもり）司法書士事務所〉に勤務する司法書士の方です」

パソコンで即席自作したとおぼしき資料を枚数でも確認するかのようにぱらぱら捲（めく）っていた筈尾くん、ダブルクリップでまとめたその束の上下をおもむろに入れ換えてテーブルの上に置くと、掌（てのひら）を滑（すべ）らせるようにしてわたしのほうへ差し出してくる。髪を結い上げて額（ひたい）をすっきり見せる顔写真の『平櫛英恵』名義の運転免許証や、谷地森の部分に『やちもり』とルビを振った所属事務所の住所と代表電話番号が記された名刺、そして彼女の司法書士会の会員証の写しなどが、まとめて掲載されている箇所を指さした。

「遺体といっしょに発見されている被害者の所持品は、この他にスマートフォン。こちらは現在、ＳＮＳの履歴などを詳しく調べているところです」

筈尾くんとは先々月にも、およそ五年ぶりくらいだったろうか、わたしの早期退職以来ひさしぶりに顔を合わせた。こちらは一般市民の立場として、たまたま遭遇した某轢（ひ）き逃げ事件に関する事情聴取を受けたのだが。そのときも彼の昔とまったく変わらぬ、悠揚（ゆうよう）迫らざる所作になんとも、しみじみ感じ入ったものだった。

「平櫛英恵さんに結婚歴はなく、お子さんもいない。ご高齢の祖父とご両親、そしてシングルマザーの妹さんとの四世代で同居されていたそうです」

初めて会ったのは二十年くらい前か。その頃から筈尾くんというひとの醸し出す雰囲気は、泰然自若のひとことで一貫している。いま「あ。どうもありがと」と、ほたるから湯気の立ち昇るコーヒーカップをソーサーごと押し戴くそのなんの変哲もない仕種すら妙に浮世離れしている、というか。わたしより優にひと廻り以上は歳下の、これといった特徴の無い平々凡々な若輩者のふりをしているけれど、筈尾くん、きみってさ、ほんとは人生を回るのはすでに五周目か、六周目くらいなんじゃないの？　みたいな。

「現場である〈ことだま荘〉の近所のコインパーキングに、一台の軽自動車が停められたままになっていて、これが平櫛英恵さん名義のものだと確認されています」

そういえば筈尾くんが我が家を訪問するのは今夜が初めてのはずだ。なのに、ひょっとして以前わたしが与り知らぬうちに長期間、ここで下宿していたことでもあったんじゃないの、みたいな。そんなけったいな妄想にかられてしまうくらい彼の姿はすでに、この家の風景に溶け込み、馴染んでいる。

通常であれば来客はリビングのソファへご案内して座っていただくはずが、続きの間とはいえ筈尾くんはいまダイニングのほうのテーブルに落ち着き、ほたるとわたしと対面している。こちらが指図したり、向こうが希望したりしたわけでもなんでもなく、ごく自然にすんなりと、そう納まった恰好。

かように家族の一員も同然の振る舞いが阿吽の呼吸で許容されるのは、彼のかつての、そして現在のそれぞれ同僚であるわたしたち母娘との親しい関係性に鑑みればなんの不思議もないではないかと、そう考える向きも当然あるだろう。だが、ちがう。たとえこれが笘尾くんとは初対面の赤の他人たちの家庭だとしても、きっと同じ現象が起こる。

一般的にも相手の胸襟を自覚なしに開かせてしまう術が巧みな者など別にめずらしくないけれど、笘尾くんはもはや異次元の域で、譬えるなら座敷童子的とでも言おうか。彼がその場に居合わせる合理的目的や必然性がまったく不明であろうとも、誰もその存在を不思議とか、不快とか感じたりしない。

これってすごいことだ、とわたしは思う。だって、どれほど親しい間柄であろうとも、生身の他者とは突き詰めると、自分にとって結局のところは異物でしかない。言葉は悪いけれど、基本的に邪魔臭く感じるのが人間の性であり、通有性ってものだ。なのに笘尾くんは、我々が逃れられないはずのその原始的な忌避感覚を無効化してしまう。

なんだか超常能力の説明でもしている気分になってくるけれど。いわゆるメフィストフェレスだってきっと、こういう無味無臭な風貌をして群衆に紛れ込んでいるにちがいないのだ。真の悪魔とは万人に判りやすく恐ろしげなご面相とは無縁で、例えば夜道でなんの脈絡もなく鉢合わせしようとも、相手に警戒心どころか違和感すら抱かせない。

笘尾くんも世が世なら、例えば国家をひとつ丸ごと裏から操るフィクサーとか世界的スケールのラスボスに化けていてもおかしくなさそう。アホな妄想だと割り切っていてもなお恐ろしい。筈尾くんがとりあえずは法の正義を守る側に居てくれる現状を、心から神に感謝するわたしである。いやマジで。

「平櫛英恵とはどういう関係なのか、と啓心に訊いても相変わらず埒が明かない。そんな彼のスマホに、身内だという人物から着信があって。任意で素性を確認してみると、名前は古志スミレ、五十六歳。市内で洋品店を経営する女性ですが。浮須啓心とは現在、内縁関係にあるそうで」

「同居している、ってこと？　現場の〈ことだま荘〉で？」

「いえ。くだんのアパートは実は浮須啓心の住居ではありません。一〇五号室を借りているのは別人です。ただし、部屋の賃貸契約に当たっての保証人は浮須啓心になっている。この事実からお察しかもと存じますが。〈ことだま荘〉の問題の部屋に独りで住んでいたのは、大久利威雄という男です」

　浮須啓心の息子の？　ほたるも驚いたのだろう、眼を瞠っている。口を開きかけた彼女を筈尾くん、さりげなく手で制した。

「我々は古志スミレに事情聴取の協力をお願いした。すると彼女、啓心が平櫛英恵を刺殺したと自首してきていると知って泡を吹かんばかりに仰天。そんな馬鹿げた話はあり得ません、と息巻いた。曰く啓心は昨夜、少なくとも前日の夕方から午前零時頃まで、ずっと自宅であたしといっしょに居ました。ほんとです。なのに、いったいどうやって英恵さんを殺せる道理があるんですか、と」

　その口ぶりからして、どうやら浮須啓心の内縁の妻というのは被害者の女性とも面識があるらしい。我ながら不謹慎な譬えだが、なにか演劇のプログラムでも見せられているような気分に陥る。いよいよ役者たちが揃ってきたな、みたいな。そして演出と監督は浮須啓心。制作陣クレジットのなかで彼の名前だけ苗字と下の名前のあいだに括弧(かっこ)付きで〈翁長〉と入っているところがミソで、彼は過去と現在の二部構成舞台のそれぞれ主要キャストをも兼ねている、という趣向。

「司法解剖はこれからですが、いまのところ平櫛英恵の死亡推定時刻は二十六日、月曜日の午後七時から十時頃までのあいだではないかと見られている。もしも古志スミレの供述が嘘ではないとしたら、彼女の自宅は〈ことだま荘〉から車でも二十分以上はかかりそうな距離なので、たしかに浮須啓心に犯行は不可能だった、ということになる」

「自分がやったと主張している啓心にはアリバイがあり、殺害現場は他ならぬ彼の息子が独り暮らしをしているアパート、ときたか。まるで十八年前、彼が翁長啓心だったときの事件の構図をことごとく、なぞっているかのようだが。さて。これは作為的なのか、それとも単なる偶然なのか」

「当時担当だった古都乃さんとしてはやっぱり、そこがいちばん気になりますよね」

　浮須啓心が書いた台本の末尾に「纐纈古都乃」の名前が勝手に「監修」かなにかとしてクレジットされているような居心地の悪い気分だしな……とは言わないでおく。

「筈尾さんも捜査に携わっていたんですか、その二〇〇四年の事件の？」

筈尾くん、ほたるに頷いてみせる。「古都乃さんにご指導いただくようになって間もない頃で。個人的にはいろいろ勉強させてもらった。ただ率直に言うと捜査を通して、さほど強く記憶に残るような事件ではなかった。わりとすんなり解決したし、変な言い方だけど、とっくの昔に忘れ去っているほうがむしろ自然なくらいの。にもかかわらず我ながら意外なくらい未だに印象的なのは、奇妙な後日談があったせい、かな」

「後日談？　とは、どういう」

「大久利威雄は、実父の再婚相手である翁長木綿子殺害の罪で起訴され、裁判では懲役十二年の実刑判決が下る。威雄側はこれに控訴しなかったため、刑が確定した。ところが話はここで終わらず。その後、しばらくして世間では、この翁長木綿子殺害事件について、ある疑惑が囁かれるようになる」

　酔い醒（さ）ましのブラックコーヒーを普段よりも苦く感じながら、わたしは筈尾くんの後を引き取った。「たしか某暴露系雑誌だったと思うが。事件は大久利威雄の犯行ではなく、真犯人が別にいたのではないかと、かなりスキャンダラスな論調で検証されていた」

「威雄本人が潔く罪を認めて、服役しているのに？　どこからそんな話が？」

「ソースは不明だけれど。どうも関係者のあいだでは最初から、事件の様相そのものが不自然で、絶対に裏がある、という見方が共有されていたらしい。どこがそんなにおかしいのかというと。具体的には先（ま）ず被害者の夫、翁長啓心が明らかに無実なのにもかかわらず自首した、という事実」

「それは彼が、実の息子である大久利威雄を庇おうとしたから、でしょ？　不自然どころか、それが人情だという気がしますが」

「問題だったのは、自首した後で翁長啓心のアリバイが成立した経緯のほうだ。妻を手にかけたと主張する彼を取り調べているところへ、犯行時間帯に啓心は自分といっしょに自宅に居ました、と証言する人物が現れた。しかもこの自宅というのが、なんと、他ならぬ翁長邸。それもそのはず、翁長啓心のアリバイを証言したのは彼の家族で。当時高校生だった義理の娘、翁長明穂」

「翁長木綿子の連れ子という娘ですね」

「翁長明穂が継父のアリバイを証言するのはいいとしても、彼と当該時間帯にいっしょに居たとされるのが自宅、すなわち他ならぬ殺害現場のはずの翁長邸とはいったいどういうことだ、と。結論から言えばそもそも第一現場の申告からしてまるで出鱈目（でたらめ）で、ここから一気に翁長啓心の供述が根底から瓦解（がかい）してゆくわけだが。くだんの後日談の説明をする前に、ざっと翁長木綿子殺害事件の概要を整理し、おさらいしておこう。先ず啓心が警察に通報したのは翁長邸の固定電話からだった。たったいま妻の翁長木綿子を自宅で殺めてしまった、すぐに来て欲しい、と」

「まるで今回のヤマのリハーサルかなにかだったかの如く、段取りが丸写しな。あ。すみません。どうぞ先を」

「警官たちが翁長邸へ駈けつけ、啓心が出迎える。ほたるが言うとおり、この後もまさに今回の事件と相似形の筋書きが進行するんだが。玄関口に翁長木綿子が倒れていて、その場で死亡が確認される。翁長啓心は改めて、自分が妻を手にかけた、と認めたため一旦は逮捕される。取り調べにも素直に応じ、事件はそのまま一件落着か、とも思われた。ところが。現場検証を進めるにつれ、翁長啓心の供述とは明らかに矛盾する、しかもこれでは公判なぞ到底維持できそうにもないほど不審な点が次々と出てくる」

「例えば」と今度は筈尾くんが、わたしの後を引き取った。「被害者の翁長木綿子は外出着姿だったが、その点について啓心はこう説明する。夫婦で外へ食事にいっていました。その帰りの車のなかで、些細なことで口喧嘩になった。自宅へ到着し、車から降りた後も互いに興奮はおさまらない。感情が爆発し、家の玄関口で衝動的に妻の頭を殴り、首を絞めてしまったのです、と」

「一見もっともらしいんだが。被害者を殴打した、というのが……」奇しくもそのタイミングで傾けかけたわたしのコーヒーカップの中味はもう空だった。「マグカップなんだ。殴打の衝撃で把手がもげていて、翁長木綿子のものと一致する血痕も検出されたので、それが凶器であることはまちがいない。が、いやいや。衝動的な犯行のはずなのに、なんでそんなものが、そのとき都合よく手近に在ったんだ？　そう訊かれた啓心曰く、なぜかは知らないが、たまたま玄関の靴箱の上に置きっぱなしになっていたんです、だとさ。そのふざけた答えを仮に百歩くらい譲るとして、では遺体の痕跡からして素手による扼殺でないことは明らかな被害者の首を絞めるのには、なにを使ったのか？　そう訊かれると、自分のベルトです。一旦ズボンから外して、妻を絞殺した後、また締め直したんです、と」

「とっさに取ったのだという行動にしては妙に手慣れ過ぎた印象で、逆に不自然かも」

「それ以前の問題だ。遺体の頸部の索条痕が啓心のベルトの形状とまるで異なっていることは素人目にも歴然としている。おまけに、さらに綿密に調べてみると。そもそも翁長邸の玄関口には、被害者の殴打された際の血痕も含め、犯人と争ったものとおぼしき痕跡がいっさい見当たらない。どうやら犯行の第一現場は自宅ではなく、別のところだと。当たりをつけて啓心のセダンを調べてみると。果たして後部座席から、被害者の遺体を積み込んでいたとおぼしき痕跡が発見された」

「つまり翁長啓心は、どこか他の場所で妻の木綿子を殺害した後、彼女の遺体を自宅まで苦労して運んできておいてから、ようやっと警察に通報した、と。そういう手順になるわけですか。なぜわざわざ、そんな二度手間をかけなければならなかったんだ？」

「それを啓心は説明できない。いくら問い質されても。そもそも妻と食事に行っていたと言うが、それはいったいどこの、なんていう店なのか。それすらも答えられない」

「どこで食事をしたか、なんかではなく。どこで妻を手にかけたのか、が問題で」

「その点について啓心が頑として黙秘を続けているところへ登場したのが彼の義理の娘、翁長明穂だ。母親が殺害されたと考えられる時間帯に、自分は継父といっしょに居た、と彼女は証言。しかもなんと、その場所とは他ならぬ自宅。翁長邸だ、と言うんだ」

「それは明穂が犯行現場に居合わせたという意味ではもちろんなく。その証言によって、翁長木綿子が殺されたのは自宅以外の場所であると、さらに裏付けられたわけですね」

「明穂の供述を、ざっとまとめてみよう。当日の夜、母親の木綿子は旧友と約束があるとかで外出し、不在。自宅の居間で明穂は、たまたま啓心とふたりきりで過ごしていた。そこへ啓心のケータイに電話がかかってくる。二〇〇四年の話なのでまだガラケー。相手が誰なのかや、なんのやりとりをしているのかは判らなかったが、しばらくして通話を切った啓心は明穂に、こう告げる。すまないが、これから急遽（きゅうきょ）、出かけなければならなくなった。ついては明穂が自宅で独りで留守番するのも不用心なので、今夜は誰か信頼できる友だちの家に泊めてもらいなさい、と」

「当時もう高校生だった娘を説得するには余りにも唐突で稚拙、かつ胡散（うさん）臭すぎの妄言ですが、まさか、そのままゴリ押し？」

「問答無用。説明もいっさい抜き。啓心は車で明穂をむりやり某友人宅へ送り届け、そこで一夜を過ごさせる。後で詳しく触れるが、これは明らかに娘を安全圏へ遠ざけておく、すなわち彼女にアリバイを確保させるための措置だったはず。となると問題はその後、啓心が車でどこへ向かったのか、だ。心当たりを訊かれた明穂は、おそらく威雄さんのところではないでしょうか。少なくともあたしは他に思いつきません、と。折しもその証言と前後して、当の大久利威雄が警察へ出頭してきた。翁長木綿子さんを殺したのは父の啓心ではなく、ぼくです……と」

「彼が言うには、木綿子さんとぼくは道ならぬ関係に陥っていたんです、と」未だ手つかずのガトーショコラに視線を据える姿勢で筈尾くん、淡々と。「その日も木綿子さんは古い友人に会うからと家族には嘘をついて、実はぼくが住むワンルームマンションの一室へ来ていました。ところが逢瀬の最中、些細な感情的いきちがいから彼女と激しい諍いになってしまった。度を失った勢いで衝動的に、たまたま手許にあったマグカップで木綿子さんの頭を殴った上、パンストで彼女の首を絞めてしまったんです、と」

「え。パンスト？　って、木綿子の？」

「といっても彼女がその場で脱いだわけではなく、以前の密会の際に部屋に忘れていったものだ、と威雄は言うんだが。実はこの絞殺に使った凶器の問題は後々、くだんの後日談にも絡んで重要になってくる。なので、しっかり頭に留めておいてちょうだい」

大久利威雄の供述に従い、わたしたち捜査班は〈海里ハウス〉というワンルームマンションの彼の部屋を調べる。すると、ベッドの傍らの床から見つかった血痕と毛髪のＤＮＡ型が翁長木綿子のものと一致。凶器のマグカップからも威雄の指紋が検出された。

「ちなみにこのマグカップだが、既製品ではなく、陶芸が趣味だという威雄の母親、大久利数江が造ったもので。息子が独り暮らしをするに当たって他の調理器具や食器などといっしょに持たせたものらしい」

大久利威雄の母親の名前が数江であることを、わたしは今回、筈尾くん持参の資料を見るまですっかり忘れていた。

「うっかり木綿子を死なせてしまった威雄は我に返り、慌てて翁長啓心のケータイに電話をした。実父の再婚相手との不適切な関係を含めたことの次第を洗いざらい白状し、これから警察へ行きます、と告げる。それを啓心が必死で止めた、と言うんだ。待て、わたしもいまからすぐにそこへ行くから、早まるんじゃない、じっとしていろ、と」

「それが翁長邸の居間で明穂が同席している際に、かかってきたという電話ですか」

「明穂を友人宅へ送り届けた啓心は、その足で〈海里ハウス〉へ向かう。そして威雄を説得した。若いおまえの将来をここで潰すわけにはいかない。代わりにわたしが罪を被る、と。威雄も一旦は絆されて父親に手を貸し、ふたりで翁長木綿子の遺体を啓心のセダンの後部座席に積み込んだ」

「凶器もいっしょに？」

「自宅で殺害したと言っているのに、現場のはずの翁長邸のどこにも凶器が無いと不自然に思われる。壊れたマグカップは血痕などの残留物を考慮すると、へたに代用品でごまかそうとしないほうが得策だろうと判断し、遺体といっしょに自宅へ運び込む。しかし首を絞めたパンストのほうは逆に、そのままにしておくのはなにかとまずい。なぜそんなものを凶行に使ったのかと訊かれて、たまたま自宅の玄関口に脱ぎ捨てられていたからです、なんて与太を吹いたところで失笑されるのがオチだろう。結局パンストは遺体の頸部から取り外し、啓心が自分のベルトで絞殺したという設定で妥協した、と」

「本物の凶器のほうは、では結局、どうしたんです？」

「処分しておくようにと啓心から指示され、可燃ゴミに混ぜて遺棄した、というのが大久利威雄の主張だ。が、ここで再度、注意喚起しておこう。ほたるはいま、本物の凶器、という言い方をした。けれど、翁長木綿子が実際にはなにで首を絞められたのか、厳密には特定されていないんだ。現在に至るまで」

「ああ……なるほど」と、ほたるが意味ありげに眼を細めたのは、言うところの後日談へと続く道筋の要点を見極めたからか。「パンストで絞殺したというのはただ威雄が、そして啓心がそう言っているだけ、ってことですね。なるほどなるほど。結局、凶器の現物は見つからずじまいで」

威雄を伴い自宅へ取って返した翁長啓心は再び息子の手を借り、妻の遺体を屋内へ運び込む。「外食から帰路の車中で言い争いになった木綿子を家に到着直後に殺害した、という筋書きにするために、玄関の沓脱ぎのところに横たえる。威雄を立ち去らせた啓心は警察に通報し、自分がやった、と主張するもののそこは急ごしらえの偽装の哀しさ、ボロが出まくる。それでもなんとか踏ん張ろうとしているところへ、翁長明穂が継父のアリバイを証言し、ついには庇おうとしていた大久利威雄までもが自ら出頭してしまったため、啓心も観念せざるを得なかった、と。十八年前の事件の概要は、ざっとそんな感じ」

「裁判が結審し、刑が確定した後で、どこからともなく疑惑が囁かれ始めた」筈尾くん、おもむろにフォークを手に取ると、ガトーショコラを切り分けた。「真犯人は大久利威雄ではなかったんじゃないか、と」

「最初にそう告発したのは威雄の母親の大久利数江だった、というのが定説になっているようだが。彼女本人は、わたしが直接会って話した際、マスコミと接触したことを否定している。ただ気になったのは、数江が息子の無実を信じるのは当然として、その根拠のほうだった。数江曰く、そもそも威雄には翁長木綿子を殺す動機が無いはずです、と」

「それはつまり、翁長木綿子と大久利威雄とのあいだに男女関係なんかほんとうは無かったはずだ、という意味ですか?」

「母親だからこそ、息子の女性の趣味は手に取るように判るんです。威雄がひそかに深い関係に陥っていたのは絶対に翁長木綿子ではない。まちがいありません。彼女の娘の明穂のほうだったんです、と」

「実際、威雄自身が事件後に認めているんですものね。ぼくは明穂に想いを寄せていた。なのにあろうことか、その彼女から母親との関係を疑われて憤慨し、当てつけのために木綿子と不義の関係を結んだんだ、と。しかしこうなってみると、その言い分がそもそも虚偽だったのかもしれない」

「仮に彼女の母親との関係を明穂に疑われたことが実際にあったのだとしても、それを受けて大久利威雄がほんとうに当てつけで翁長木綿子と肉体的交渉に及んだかどうかは判らない。むしろ威雄がそんな口を噤んでさえいれば隠蔽できていたかもしれない歳上女性との醜聞を自ら暴露するのは本命、すなわち娘の明穂との関係をカモフラージュしたかったからじゃないか、と思えてくる。ここで翁長明穂は当時まだ高校生だった、という事実に着目しよう。自分の未成年の娘がひそかに成人男性と深い仲に陥っている、と知ったら母親である翁長木綿子はいったいどう感じ、そして如何なる行動に打って出るか？」

「娘と男との密会場所へ直接乗り込む、くらいのことはしそうだ。つまりこの場合、〈海里ハウス〉の大久利威雄の部屋へ。なにしろ彼は木綿子にとって他人ではない。夫の後援会の会長であり、夫の実の息子とくる。そんな威雄が自分の娘とただならぬ仲に陥っていると木綿子がもしも察知したら、看過するわけがない。実力行使も充分あり、でしょ」

「翁長木綿子が〈海里ハウス〉へ乗り込み、そこで明穂と対峙したのだとしたら、そのとき母娘ふたりのあいだでいったい、なにが起こったか……というのが、くだんの暴露系雑誌が必要以上にスキャンダラスに報じた疑惑のシミュレーションの、おおまかな内容だ。記事での主要登場人物はすべて仮名になっていたが、読むひとが読めばその母娘が翁長木綿子と明穂のことなのは一目瞭然」

「つまり翁長木綿子を殺したのは、ほんとうは娘の明穂だったんじゃないか。そして大久利威雄は彼女の代わりに、無実の罪を自ら被ったんじゃないか、と」

「大前提として殺害現場が〈海里ハウス〉だったことはたしかだろう。が、木綿子を死なせてしまったのは威雄ではなく明穂だった。具体的にどういう経緯で母娘が諍いになったかは判らないが、ここで凶器の問題が重要になる。木綿子を殴ったマグカップは、たまたま威雄の部屋に在ったものだ。これについては明穂の指紋を拭き取り、代わりに威雄が適当に触れておけばそれでいい。しかしいっぽう彼女の首を絞めた凶器を、そのまま遺体といっしょに遺留品として発見されるのは極めてまずかった。なぜなら、それが決定打になって容疑者が特定されてしまうから」

「え。そこまで明確に特徴があるもの？　って、いったいそれは？」

「念のため断っておくが、この説はあくまでもくだんの暴露系雑誌が披露した憶測に過ぎない。が、翁長明穂が当時通っていた学校の女子生徒の制服がセーラー服だったというのは、たしかに興味深い着眼点ではある」

「ひょっとしてリボン、ですか？　翁長木綿子を絞殺するのに使われたのは明穂の制服のリボンだったのではないか、と？」

「これまたどこまで信憑性がある風聞なのかは不明だが、セーラー服姿で大久利威雄の住む〈海里ハウス〉に出入りする翁長明穂の姿が付近の住民にときおり目撃されていた、という。翁長木綿子が部屋へ乗り込んできた際も、明穂は制服の上着を脱いでいる状況だったのではないか、というわけ」

「仮に母娘のあいだで激しい諍いになった拍子に、たまたま明穂が手に取ったのが制服のリボンだったのだとしたら、たしかに即座に容疑者特定につながる。少なくとも明穂の事件への関与が疑われる事態は避けられない。絞殺に使われた凶器のほうは、なんとしても捜査陣の眼から隠すしかなかった、と」

「その代わりに、啓心のベルトだったと言ったかと思えば、いや、被害者本人が以前部屋に脱ぎ忘れていたパンストだったと訂正してみたり。迷走せざるを得なかった」

「そもそも母親の死亡推定時刻には自宅で継父といっしょに居た、という翁長明穂の証言は啓心のためというよりも、明穂自身のアリバイを担保するものだったんですね。威雄が〈海里ハウス〉の自室から啓心のケータイへ電話した、というのは多分事実でしょう。しかしそのとき啓心は独りで、そこに明穂はいっしょに居なかった、ってことか」

「息子からのＳＯＳを受けて啓心は、すぐに車で〈海里ハウス〉へ駈けつける。母親を死なせてしまって動揺している翁長明穂を避難させるべく、とりあえず彼女を友人宅へと送り届ける。そして〈海里ハウス〉へ取って返し、妻の遺体と凶器のマグカップを車に積み込み、自宅の翁長邸を犯行現場に偽装した上で、警察に通報する」

「でも一連の偽装工作にはやっぱり無理というか、おのずから限界がある、と啓心たちは最初から見切っていたんじゃないかな」

「かもしれないし、あまり深く考える余裕がなかったかもしれない。が、いずれにしろ。翁長啓心が先ず自首したことで、それは実の息子を庇うためだったという筋書きが威雄犯人説に信憑性を付与し、連鎖的に明穂の存在をうまく隠匿する機能を果たした。どこまで意図的だったかはともかく、結果的には功(こう)を奏(そう)したかたちになったわけだ」

「大久利威雄が翁長明穂の代わりに罪を被ったんじゃないか、という説の根拠になったとされる逸話が、もうひとつありまして」と筈尾くん、コーヒーの残りを飲み干し、一拍置いた。「威雄が服役中に明穂は、ひとりで刑務所へ面会に訪れているそうです。しかも一度や二度ではなく、かなりの長期間にわたって、頻繁に。これこそがなによりも雄弁に、ふたりの深い絆と互いへの愛情を物語っているではないか、と。一般的にもそう解釈されるのは至極ごもっとも、なのですが」

筈尾くんの表情に特に変化は無かったが、なんとなくわたしは不穏な予感にかられた。そろそろとっておきのカードが切られる頃合いのようだ、と。

「そして純愛ストーリーのその後は？　威雄の出所後、ふたりは晴れて結ばれた、なんて劇的な展開だったりするんですか」

そう訊くほたるも、なにか予兆を感じ取っているのか、心なしか声音が硬め。そんな彼女に筈尾くんは首を横に振ってみせた。

「大久利威雄が服役中に、翁長明穂は別の男性と結婚しているんだ」

頷こうとして途中で思い留まったかのように、ほたるの眼差しが微妙に泳ぐ。

「法律関係の仕事をしているひとで。当初は明穂が、出所後の威雄の身の振り方を相談するために、知人を通じて紹介してもらった男性らしい。それがいつしか親密になり、結婚に至った、と」

「そのことを威雄は？」

「知っている。何度目かの面会の際に、明穂が自ら報告したそうだ。それを聞いた威雄はすごく喜んで。いやもちろん、その複雑極まるであろう胸中を推し量る術は部外者にはないけれど。少なくとも表面的には最大級の祝福をした。そして威雄は明穂に宣言したそうだ。もうこれ以上、ぼくにかかずらうことは止めて、新しい人生を切り拓いていって欲しい、と。

ふたりの合意の下、それが最後の面会になった。そう聞いている」

「ちょっと待ってください」そこで初めてほたるは怪訝そうに顔をしかめた。「仮に明穂へのその言葉が全て威雄の心からの祝意だった……のだとしたら。十八年前の翁長木綿子殺害事件の犯人はほんとうに大久利威雄で、彼は冤罪でもなんでもなかった、という結論になりかねないのでは？　だって、もしも木綿子を死なせたのが明穂で、威雄はただ彼女の身代わりになって服役しただけ、だったのだとしたら。果たして双方がそんなふうに穏便に、丸く納まれるものでしょうか？」

筈尾くんは顎（あご）を引く仕種をするものの、肯定なのか否定なのか、判別がつかない。

「威雄のほうはまだ理解できる。オレは最後まで身を挺（てい）して愛する彼女を守り切ったんだと、ヒロイックな自己陶酔に浸れるかもしれないから。けれど明穂にとっては負い目以上にリスクが大き過ぎる。例えば服役中か出所後になにかのきっかけで威雄が自棄っぱちになり、人生を棄てにかかったりしたら、いつなんどき、木綿子を殺した真犯人は娘の明穂だったんだ、その証拠もあるとか爆弾投下してしまうかもしれない。でしょ？　なのに、そんなキレイごとで別れられるものなのか、少なくともあたしは疑問です。もしも明穂が真犯人で、威雄は無実だという説を採用するのなら、それは絶対あり得ない」

筈尾くんとわたしを交互に見たほたる、慌ててかぶりを振った。「いや。絶対などという安易な表現は撤回させていただきますが。正直、十八年前の事件は結局、威雄の犯行だったような気がしてきた。肝心の彼の現状はどの程度、把握（はあく）できているんですか？」

「数年前に出所して、当初は実家で母親の数江と暮らしていたらしい。が、さきほどもちらっと触れた、息子が独り暮らしを始めるに当たって自作の食器を持たせた、というエピソードが象徴的だけど。数江はなかなか過干渉タイプの母親だったようで母子のあいだで諍い、衝突が絶えなかった。さすがに威雄も辟易し、自立しようと実家を出て、〈ことだま荘〉へ引っ越したのが今年の九月頃」

「その賃貸契約の際に、威雄は実父の浮須啓心を頼り、保証人になってもらったんだ」

「母親とはしばらく距離を置こうとしたその矢先、自転車で走行中の数江が転倒事故を起こす。胸部圧迫が原因で大動脈乖離(かいり)を発症。しかし緊急手術をしようにも執刀が極めて難しい位置に患部があったとかで。降圧剤でなんとか凌(しの)ぎ、血管の破裂を先延ばしするしか為(な)す術がない。このまま入院していても事態が好転しないなら、せめて自宅で死を迎えたいと数江は病院へ駈けつけてきた息子に訴えた。威雄も、判った、なんとかすると約束。その言葉にホッとして力尽きたのか、数江はその日の夜、亡くなったそうだ」

筈尾くん、平櫛英恵の身分証明証のコピーのページを再度、指さした。「新型コロナ禍(か)の折でもあり、葬儀は密葬で執り行った威雄は遺産相続手続にとりかかる。法定相続人がひとり息子の彼しかいなかったので簡単に済ませられると思いきや。まったく未知の古い土地の権利書が複数出てきたりして、登記簿名義変更などかなり煩雑(はんざつ)な作業になりそうだと見切った威雄は実父の浮須啓心を訪ね、相談。そこにたまたま同席していたのが啓心の内縁の妻、古志スミレで、それならば知り合いに女性の司法書士の方がいるから紹介しましょうか？

と提案してきた。それが平櫛英恵のことだったというわけです」

英恵さんなら懇意にしている税理士事務所の知り合いがいて、よくいっしょに仕事をしているし、手続を丸投げしちゃえば、なんの憂いも無くなるわよ。そう請け合う古志スミレに威雄も乗り気になり、彼女に〈谷地森司法書士事務所〉へ連れていってもらうことになったという。彼が平櫛英恵と対面したのが二十六日。すなわち昨日のことで、その際、浮須啓心は同行していない。

「取り調べで被害者の身元を訊かれた啓心が答えられなかったのは、そもそも平櫛英恵とは面識が無く、彼女の名前もちゃんと憶えていなかったから、ということでしょうか」

「もしも啓心が生前の平櫛英恵には会ったこともなかったのが事実なら、その彼がどうして、息子の威雄が住んでいるアパートの部屋なんかで彼女を手にかけるに至ったのか。その点について啓心はどんな弁明を？」

「司法書士を紹介されてどういう首尾だったかを威雄に直接訊いてみよう、と思い〈ことだま荘〉までわざわざ足を運んだんだそうです。電話一本で済ませられそうな用件にもかかわらず。そしてアパートの部屋の前で平櫛英恵と鉢合わせする。威雄は不在のようだったので、預かっている合鍵でドアを開け、英恵を部屋へ招き入れた。そこで些細なことで諍いになってしまって、衝動的にキッチンに有った文化包丁を手に取り、平櫛英恵を刺してしまった。そうせざるを得なかった。なぜならば彼女は、そのときスカーフもなにも着けていなかったからだ……と」

末尾の部分を危うく聞き流しかけたわたしは、はッとした。筈尾くんと眼が合う。視界の隅っこで、ほたるも緊張する気配。スカーフ、すなわち首を絞めるための道具が無かったから刺殺した……それは如何なる意味なのか、が浮須啓心の謎かけか。どうやら筈尾くんはとっくに、その真意を解き明かしているっぽい。わざわざ我が家へやってきたのは、単に答え合わせのためのようだ。

「啓心の言い分はざっとこんな具合。ただしそもそも平櫛英恵がどういう用件でわざわざ〈ことだま荘〉まで威雄を訪ねてきたのか不明なのはもとより、啓心は部屋の合鍵なぞ所持していなかった。彼の供述のなかで唯一事実に即しているのは、凶器の包丁がキッチンに有ったものだ、という点くらい」

「そのとき不在だったとされる威雄は？」

「現在、まったく連絡がつかず、行方の知れない状況です」

「啓心のケータイとのやりとりは？　履歴はどうなっている」

「今日の未明、つまり二十六日から二十七日に日付が変わった直後の午前零時十分頃に、威雄からの着信が残っています。通話の内容は不明ですが、おそらくはその電話で啓心は息子から、ことの次第をありのままに告げられたのではないか、と」

「ありのままにか。自室で平櫛英恵を刺し殺してしまった、と。父親にそう告白したんだろうな、威雄はきっと」

「そしておそらく、自分はこれから行方を晦ますつもりだ、という意味のことを言い残していったのではないでしょうか」

　逃亡か、それとも覚悟の自殺か。誰も具体的な単語を口にしない。「息子から電話を受けた啓心は、すぐに〈ことだま荘〉へ駈けつけた。そして鍵が掛かっていない室内で平櫛英恵の遺体を発見する。警察に通報し、これは自分がやったんだ、と申告した」

「古都乃さんはどう思われます？　果たして啓心は本気で威雄を庇い切れる、と思って自首したのか。それとも」

「平櫛英恵を殺害したのが大久利威雄であることは火を見るよりも明らかだ。自分がやったという浮須啓心の主張が嘘であることもまた一目瞭然だし、彼本人だってそんな妄言を押し通せるなんて本気で考えているはずがない。にもかかわらず敢えて自首した。それはなにか明確な思惑があってのことだ」

「それは啓心が、纐纈という女性刑事と話したいと言ったことからそう類推されるんですよね。お母さんと話したいことというのは、やはり十八年前の事件の再検証？」ほたるは虚空に視線を据える。「妻を殺したのは息子の威雄ではなく、彼は翁長明穂を庇って身代わりになっただけだ、と。なんとか証明したいと躍起になっているのか。しかし、仮に翁長明穂が真犯人だったとしても、それをいまさら、どう立証しようがあると」

「いや、ほたる。立証できるかどうか、の問題じゃないないんだ、これは多分」

「え。というと」

　ほたるから筈尾くんへと視線を移す。「啓心の発言には明らかに警察に、十八年前の事件の再考を促す意図がある。が、その目的は過去ではなくむしろ現在のほうで、啓心が我々に考えて欲しいと願っているのは、今回の平櫛英恵殺害事件についてだろう」

「まさか、彼女を殺したのは大久利威雄ではなく、別の人物だとでも？」

「ちがう。残念ながら威雄が平櫛英恵を手にかけた事実は状況的に見て、疑い得ない。だが問題は彼の動機だ。威雄は英恵にその日、初めて紹介されたはず。なのに、そんな相手をどうして殺したりしたのか。その理由をきちんと考え、解き明かして欲しい。きっとそれが浮須啓心の望みなんだ」

「初対面のはずの女性をなぜ殺害したりしたのか、その理由……排除前提の可能性として一応言及しておきますが、例えば突然正気を失ったから、とかではないですよね」

「急に錯乱したのだとしても、なにか具体的なきっかけがあったはずだ。そもそも威雄がどういう口実で英恵を自分のアパートへ誘い込んだのかは本人に訊いてみないと判らないが、少なくとも拉致監禁とか強行手段の類いではなかっただろう」

筈尾くん、頷いた。「英恵の遺体に着衣の乱れなどは見受けられない。ふたりは一夜をともにするという合意の下、部屋で過ごしていたものと考えられる。少なくとも英恵のほうは仕事抜きで、男性としての威雄に興味を抱き、自らの意思で夜間に〈ことだま荘〉の彼の部屋を訪問したのでしょう」

「そこで問題となるのは、果たして威雄は最初から英恵を殺すつもりで彼女を部屋へ誘い込んだのか。それとも室内でふたりきりで和やかに過ごしているうちにふと、なにかスイッチが入って、英恵を手にかけてしまったのか、だ。筈尾くんはどちらだと思う？」

「後者だとぼくは思います。例えば仮にこれが純然たる動機なき無差別殺人の類いであったとしたら、わざわざ自分の住居で犯行に及ぶメリットは無い。どこか余所で実行するはずです。もちろんたまたま衝動的な犯行に駆り立てられるきっかけが在室のタイミングと重なってしまった、という可能性もあるでしょう。けれどそれを差し引いても、おそらくは英恵が発した言動のなかに運悪く、威雄の理性の箍を外す、致命的なスイッチが紛れ込んでいた。そう考えるのが妥当かと」

「そうだな。わたしもそう思う」

淡々と答える筈尾くんに対してさらにそっけなく返す母親の口調に、かつての同僚を試すかのような含みでも感じ取ったのか、ほたるは少し苛立たしげに。「具体的には？　英恵のどういう科白ないしは行動が、威雄をして衝動的な殺人に駆り立ててしまったと言うんです？」

「それはある意味、相手が平櫛英恵という特定の人物だったからこそ、の側面も」

「え？　だって彼女……じゃあ、もしもそのとき、いっしょに居たのが別の女性だったとしたら、威雄はなにもしなかったかもしれない、とでも？　そんなばかなことが」

「あり得たんだ、それが。筈尾くん。旧姓翁長明穂の結婚相手の名前は？」

眼を瞬くほたるに我知らず呼応するかのように、わたしは嘆息を洩らした。「……法律関係の仕事をしている、という話だったな。その男性、自分の名前で看板を出して事務所を運営しているんじゃない？」

「お母さんが言っているのは、もしかして、〈谷地森司法書士事務所〉のこと？　翁長明穂が現在、谷地森明穂になっていることを、大久利威雄は平櫛英恵から聞いて初めて知った、とでもお考えに。あ。いや」眉根を寄せて考え込む。「でも。でもでも。明穂が結婚していることは服役中の面会で、威雄もとっくに知らされていたはずで」

「刺殺するしかなかったと啓心がそう口走ったという、纐纈古都乃に対する謎かけは」筈尾くんがゆっくり頷くのを確認してから、わたしは続けた。「なぜスカーフという特定の単語を彼は持ち出したのか。それは十八年前に翁長木綿子が絞殺されたときに使用された凶器がほんとうは彼女のパンストでもなければ、明穂のセーラー服のリボンでもなかったから。スカーフだったんだ、真犯人がそのとき身に着けていた」

「え。し、真犯人……って？」

「そのことを啓心も大久利威雄も知らなかったんだ。ふたりともこの十八年間、ずっと。かんちがいしていた。翁長木綿子を殺した犯人は息子の威雄だ、と啓心は思い込み。そしてその威雄は威雄で、犯人は明穂だとばかり思い込んでいたものだから」

じっと筈尾くんを見るほたるの表情を、つい窺うわたし。「紹介してもらったばかりの司法書士の女性をいま自室で刺殺した。そう告白する威雄からの電話で、浮須啓心は初めてそのことを知ったんだ。息子は妻を殺した犯人ではなかったのだ、と。その上、威雄は威雄で、木綿子を手にかけたのは娘の明穂だとばかり思い込んでいた、という。とんでもない誤解の連鎖と錯綜を」

「では、真犯人は……」ほたるは、のろのろとわたしのほうへ視線を移してくる。「十八年前に翁長木綿子を殺害した真犯人とは、いったい誰だったんです？」

「ここからは完全な想像になるが。不幸な偶然が重なったんだろう。木綿子はほんとうに娘の明穂と大久利威雄の仲を疑っていて、逢瀬の現場を押さえるべく、その日〈海里ハウス〉へ乗り込む。そこへやってきたのが、やはり常日頃から息子が実父の義理の娘に入れ揚げているのではないかと疑い、様子を窺いにきていた大久利数江だ。どういう運命の悪戯か、ふたりは肝心の部屋の主が不在のタイミングで鉢合わせしてしまう」

「そこでなにか諍いが起こって。数江は自作のマグカップで木綿子を殴り、自分のスカーフで絞殺してしまった？」

「数江がマグカップに付着したであろう自分の指紋をどうしたかは判らないが、スカーフを遺体から取り外し、持ち去ることは忘れなかった。数江が立ち去った後、明穂と、そして威雄が部屋へやってくる。ふたりは示し合わせたわけではなく、〈海里ハウス〉でたまたま落ち合うかたちになった。その偶然こそが悲劇的な誤解を生んでしまう」

「母親の遺体を見た明穂は、威雄がやった、と思い込む。いっぽうの威雄は威雄で、明穂がやったと思い込んでしまったんですね」

「互いの認識がずれたまま、威雄は翁長啓心に助けを求め、明穂のアリバイを確保するべく彼女を友人宅へ送ってもらう」

「妻の遺体を運ぶのに手を貸した啓心は啓心で、これはほんとうに息子がやった、と思い込んでいたんだ。だから自首した」

「威雄の眼にその行為は、父親が義理の娘を庇おうとしていると映ったんだ。ここでも互いの認識はズレていた。いっぽう明穂は明穂で、犯人は威雄だと思い込んでいるから、継父の冤罪は晴らしてやらないといけないと出頭した。三人が三人とも、さしずめ三竦みの誤解状態で。最終的に威雄が自首して、啓心がそれ以上の行動を起こさなかったのは息子が罪を償う立場だと思い込んでいたから。しかし実際は元妻の大久利数江の犯行だったとは、この十八年間、夢にも思わなかった」

「息子からの電話で啓心は初めて知った。では威雄はそのことを、どうやって?」

「病床の母親から告白されたんだ。十八年前に翁長木綿子を殺害したのは自分だ、と。そのとき着用していたスカーフを犯行後に持ち去ったことも含めて。そしてここがこの錯誤劇中の最大の悲劇だが……数江は数江で、息子の威雄はそのことを承知の上で母親の罪を被ってくれたのだと、ずっと信じ込んでいたにちがいない。この十八年間、ずっと」喋っていて思わず溜息が洩れた。「一連の母親の告白を聞かされた威雄は、すぐにはどう考えたものかと途方に暮れただろう。病床の母親がせん妄状態で死ぬ間際にあらぬことを口走っただけだ、と一蹴しようとしたかもしれない。しかし愛する明穂の身代わりで罪を被ったはずが、彼女は真犯人ではなかった、のだとしたら……自分はいったいなんのために十年以上も服役し、人生を棒に振ってしまったのか、と。そう悶々(もんもん)としていた」

「そこへ紹介され、親密になった女性司法書士を自室へ招き、あれこれ話していたら、彼女の所属する事務所代表の妻が実は……」

「明穂が他の男性と結婚したこと自体は威雄も承知していた。しかしそれを素直に祝福できていたのはある意味、彼女が母親を殺したと思い込んでいたからこそで。明穂が威雄のことを犯人だと思い込んでいた、となると話は全然ちがってくる。威雄の気持ちになってみてくれ。この十八年間、刑務所へ面会へ来てくれるとき、明穂はいったいどういう眼で自分を見ていたんだろう、と。当てつけのために自分の母親なんかと不義の関係を結び、挙げ句に彼女を手にかけてしまった哀れな男だ、とでも？　愛する彼女に、ずっとそういう眼で見られていたのか自分は、と」

「つまり……つまり他人の命を奪ったりしていないのに、愚かな殺人犯だと卑しめられるならば、いっそのこと、ほんとうに……」

「威雄は今度こそ本物のひと殺しになってやろうとした。相手は誰でもよかったかもしれないが。平櫛英恵を殺したのは、ただそのときたまたま眼の前に居たから、ではない。彼女が被害者になれば大久利威雄という犯人の名前は、事務所代表の夫を通じて、明穂の耳まで確実に届くだろうと思ったからだ」

第四話　誰ひとり戻り切れなかった

「よもつへぐい、って言葉があるでしょ。伝承っつうのか。ね。聞いたことない？」

カウンターに頬杖をついている、煉瓦(れんが)色のツーブロックと銀色のピアスの血色の良い童顔の男性。二十代後半くらいか。いつ如何(いか)なるときにも他者の視線を意識するのが癖になっているかのような仕種(しぐさ)で、シャンパングラスを眼の高さに掲げてみせた。

「黄色い泉と書く黄泉(よみ)の国ってのは知ってるでしょ。そう。死者が住んでいるあの世のことね。ヨモツクニとも言って、よもつへぐいはそこから来てんのかな。こう書く」と『黄泉竈喰(よもつへぐ)ひ』の漢字を説明する。「意味は、黄泉の国の竈(かまど)で煮炊きしたものを食べること、なんだってさ。するとそいつはもう、なにをどうしようとも、この世へは二度と戻ってこられなくなっちまう、という」

「古事記でしたっけ。カグツチという火の神を産んだ際に火傷(やけど)を負って死んだイザナミノミコトを、夫のイザナギノミコトが冥界(めいかい)まで赴(おもむ)き、連れ戻そうとする。けれどもイザナミノミコトはすでに死者の国の食べ物を口にしてしまっていて、そのため彼女を連れてかえることは叶わなかった、という？」

久志本刻子(くしもとときこ)は厨房での作業の手を止めず、ストゥールに腰掛けた小太りの男性客に、そつなく微笑(ほほえ)みかけた。「あとギリシャ神話で冥界の王ハデスと冥府の石榴(ざくろ)を食べてしまったペルセポネの話とか。海外にもそういう、死者の国のものを食べてしまったがために現世へ戻ってこられなくなるという物語の類例は、いくつかあるようですね」

「そう。そうそ。それそれ。へーえ。ママさんて意外に教養がありそう」ほぼ確実に自分の母親と同世代のはずの刻子に向かって無邪気なタメ口で、けらけら笑う。「厳密な意味は別としても、なんだか妖しい語感だよね、よもつへぐい、って。そうは思わない？　不穏な空気を醸すっつうか、少なくとも日常生活ではあまり耳馴染みの無い響きで。あくまでも個人の感想でーす、だけど。いずれにしろ、なにを考えていたんだろうなあ、とは思っちゃう。わざわざこんな因果な名前を孫に付けなくても、って。あ。おれのこの名前、祖父ちゃんが考えたんだそうだ」

「でも下のお名前は、たしかヨモツグさん、とおっしゃいましたよね？　だったら、へぐい、とは全然」

たったいま自己紹介したばかりの若い男性客のフルネームは『竹俣与文継』と書くらしい。「うん、ちょっとちがうことはちがうけど。似てるでしょ、すごく。紛らわしい。十人いたらそのうち三人は確実に、おれの名前を聞いて、黄泉竈喰ひを連想するんじゃありませんかね、ってくらい」

「三割ですか。それって多いのかそれとも少ないのか、ちょっとよく判らない」

「当社比。あくまでも当社比の数字。ママさんみたいに教養のある女性ほど実は密かに、おれのことを危険なオトコだわ、って警戒してたりして。うっかり遊びのつもりで摘み喰いなんかした日にはもう二度と元の身体へは戻れなくなっちゃうかもん、なーんて」

あははは、と屈託なく笑う。そんな与文継氏の傍らに、わたしは「失礼します」と歩み寄った。「どうぞ」と刻子が用意したアペリティフの皿を彼の手許に置く。「ホタテとダイコンのマリネでございます」

「どうもありが。ん。おや？」

小首を傾げた与文継氏は怪訝そうに、わたしの顔から、奥のテーブルのほうへと視線を移した。そこには油布みをりと、しえりが互いに向かい合って座っている。姉のみをりはモスグリーンの、妹のしえりはマゼンタの、色ちがいでデザインがお揃いのニットのベスト姿。

そんな双子姉妹、そしてわたしを与文継氏は、きょときょと改めて見比べた。

「あれ。お店のひとなの、おばさん？　てっきりお孫さんたちといっしょにご飯を食べにきてるお客さんか、とばかり」

なにしろ当方、いましがた油布姉妹を連れて、先客の彼を後追いする恰好で入店したばかり。与文継氏ならずとも、そんなふうに思うのがむしろ当然だろう。「いえいえ」と感染防止用マスク越しにもそれと判別できるであろうくらい満面の愛想笑いを、わたしは浮かべてみせた。「ご家族の方に頼まれて、はい。お嬢さんたちの送り迎えをさせていただいておりまして。こんな時間帯ですから。はい。小さなお子さまたちだけで外出するというのはなにかと不用心なので。はい」

もっともらしく言い繕うが実情は、ついさきほど刻子から『この前、みをりちゃんが気にしていたあの若い男のお客さん、いま来ているよ。今回は、ひとりで』と、こっそりLINEで教えてもらったからである。その時点ですでに午後八時を回っていたため、小学生である油布姉妹を事前の約束も無しに呼び出したりしてだいじょうぶなのか微妙だったが。わたしから電話を受けたみをりは速攻、妹のしえりを引きずらんばかりにして、自宅マンション〈メゾン・ド・ハイド〉から我が家へやってきた。

位置的にはすぐお隣りの敷地とはいえ、まだ十一歳の少女たちが、はたしてどんな巧妙な口実をもって、まんまと夜間外出に漕ぎ着けたのか。あるいはたまたま母親の珠希さんが不在とかで、わりとすんなり出てこられたのか、その辺の詳細はさて措き。こうして三人揃って急遽〈KUSHIMOTO〉へと駈けつけてきた次第。

「保護者の代わりに？　へーえ。そんなサービスもやってんの、このお店って」

「はい。あのう、それで。つきましては、ですね。ときおり店内を撮影させていただいても、だいじょうぶでしょうか？」

「はいぃ？」と眉をひそめた与文継氏、再びわたしの顔と、その背後に居る油布姉妹とを露骨に胡散臭げに見比べた。そんな彼に向かってみをりがすかさず自分のスマートフォンを掲げてみせたものだから、ますます戸惑ったようだ。「店内を撮影。えと。それはつまり、その際、おれもいっしょに写り込んじゃうかもしれないのでご了承いただけますでしょうか、とか。そういう意味？　コンプラ的にOKかい？　みたいな」

「おっしゃるとおりです。はい。つきましては、ですね。一度だけではなく、何回かに分けて撮ることになりそうなので。いろいろお眼障り、お耳障りかもしれませんが、なにとぞご寛恕(かんじょ)いただけると。はい」

「でもなんで？　こんな、なんの変哲もない店内をわざわざ撮って、それをあの娘(こ)、どうしたいの。インスタかなにか？　それともティックトック？」

「いえいえ、そういうＳＮＳ関連とかでは、まったくなくて。はい。学校の自由研究なんだそうです。いまつけている日記に、食事風景の画像を添えたいのだとか」

　ふうん、と一応頷きはしたものの与文継氏は胡乱(うろん)な眼つきのまま。ま、そりゃそうでしょ。今日は二〇二三年一月七日、土曜日。翌々日の成人の日を過ぎれば三学期が始まろうという、冬休み終盤である。そんな時期に小学生が自由研究？　普通はそれ、夏休みの風物詩でしょ？　と、わたしでもここは、そうツッコミを入れたくなるところだ。

　とはいえ自由研究という課題を冬休みに出す小学校なぞこの世に絶対存在しない、とまでは誰にも断じ切れないこともたしかなわけで。はたして己れの常識と一般社会通念との齟齬(そご)とは如何ほどのものなのやら、とか思案しているふうの与文継氏だったが。

　ふいに、みをりが立ち上がった。外していたマスクを付けなおしながらとことこ、こちらへ歩み寄ってくるや、ぺこりと神妙にお辞儀。少女のその礼儀正しさに与文継氏、いたく自尊心をくすぐられたご様子。「あ、いいよ。いいよもちろん。うん。別に気にしなくても。どうぞご自由に」

　彼は、もうあれから二ヶ月ほど経っているので当然かもしれないけれど、自分がすでに一度この店でわたしと双子姉妹とに遭遇済みであると、どうやらまったく思い当たっていないらしい。ついでにその際、こちらを「ばあば」呼ばわりしたことも含めて。「何枚でも、お嬢ちゃんの気の済むまで。ただし、おれが写り込む構図のやつはちゃんと、これこのとおり、本物と同じく、かっこよく撮ってね。後で、しっかりチェックさせてもらうからさ。なーんちゃって。あははは」

お箸でホタテのマリネを口へ放り込み、スパークリングワインを呷る。そんなご機嫌な与文継氏だが、よもや夢にも思うまい。彼がみをりに撮影を許諾したのは自分の外見ではなく、内面のほうである、などとは。

＊

ここで一旦、時計を少し過去へ巻き戻させていただこう。あれは昨年、二〇二二年。といっても、十一月六日の日曜日だったので、年を跨いではいるものの、ほんの二ヶ月ほど前の出来事なのだが。

この六日前のハロウィン・ディナーへのアテンドが縁で知り合ったばかりの油布みをりとしえり姉妹を連れてわたしは、友人の久志本刻子が経営する洋風居酒屋〈ＫＵＳＨＩＭＯＴＯ〉へ赴いた。前回に引き続き双子の多忙な母親、珠希さんに代わって、彼女たちの夕食に付き添うためである。

午後六時。営業開始したばかりの店内に、まだ他の客の姿は無い。透明アクリルのパーティションで仕切られ、〈予約席〉のプレートが置かれた四人掛けのテーブルの傍らでコートを脱いでいると、厨房から出てきた刻子が、そっと手招きしてくる。その表情が、いつになく複雑そうなのが、感染防止用マスク越しにも見て取れた。

「……食事が終わってからにしたほうがいいかな、とも迷ったんだけど」と刻子はB5判サイズの封筒を、そっと手渡してきた。切手に消印が捺された表書きの住所は〈KUSHIMOTO〉気付だが、宛名がわたし、すなわち『纐纈古都乃様』となっている。封筒を引っくり返してみるとそこには、神奈川県川崎市の住所とともに、差出人の名前が記されていた……『舟渡宗也』と。

「中味がなんなのかは、もちろん知らないけど」どう反応したものやら困惑し切っているわたしをフォローするかのように、刻子は努めて軽い趣きで肩を竦めてみせた。「さわってみた感じ、ワンサイズ小さめの別の封筒が入っている、っぽい」

「別の……って。え。ひょっとして、孝美からの？　私信かなにか、ってこと？」

刻子が頷いて寄越すまでもない。舟渡宗也がわざわざわたし宛てに送付してくる以上、それは藤永孝美に関連するもの以外、考えられないわけだが。しかし。

「孝美から、わたしへの手紙？　え。でも、そんなことって……」

あり得るの？　思わずそう続けそうになった声を呑み下した。刻子とわたしの共通の旧友である藤永孝美の訃報が届いたのはこの前々月のこと。彼女はたしか心不全による急死で、特になにか闘病中だったという話は聞いていない。なのに、通常の遺言状ならばまだしも、あらかじめ特定の知人に宛てて遺書の類いをしたためておかなければならない理由でもあったのか。例えば己れの死の予兆を感じ取っていたとか？　などと、つい無駄にドラマティックな深読みをしがちな心情が「そんなことって、あり得るの？」という科白（せりふ）として吐露（とろ）されかけたわけだが。

実情は多分、もっとシンプルなはず。単にわたしへの私信を準備していた孝美が投函直前に不慮の死を遂げた。それを彼女と同居していた舟渡宗也が遺品整理の際に見つけて、こうしてわたしへ送ってきてくれた。そういう経緯なのだろう。おかしなことはなにも無い。なにも無い……のだが。

「ま。開けてみないことにはなんとも、ね。ほんとに孝美から古都乃への手紙なのかどうかも。あ。いらっしゃいませ」

カウベルが鳴って、男女ふたり連れの客が入ってきた。女性のほうは「こんばんは、久志本さん」と刻子とは顔馴染みのようで、マスクを外すついでに伏し拝むようなポーズをくり返す。「急にごめんなさい。今日はふたり、なんだよね。だいじょうぶかしら。カウンターでもかまわないけど」

「いえいえ、だいじょうぶですよ。どうぞ、カホさん、そちらのお席へ」

にこやかに掌（てのひら）を上向けてみせる刻子が言い終えぬうちに、推定年齢三十前後のカホ嬢を差し置く恰好で、連れの若い男性客のほうが先に、さっさと空いているテーブルへとおさまった。かと思うや隣りの席の、みをりとしえりに「おやおや、これはこれは。お嬢ちゃんたち」と馴れなれしく声をかける。「だめだよお。んー、だめだめん。そんな、小さなお子さまたちだけで夜遊びなんて」

その刹那(せつな)。それぞれモスグリーンとマゼンタのマスクを装着したまま互いのおでこを触れ合わんばかりにひそひそ、なにやら楽しげなお喋りに夢中だったとおぼしき双子姉妹は動画のストップモーションさながら、ふたり同時かつ鏡像もかくやなほぼ同姿勢で停止モードに入った。そして四つのつぶらな瞳の部分のみ、無音の切り抜きショットさながら、まるで連動しているかの如(ごと)く、ぐるりんと機械的に横へスライドしてくる。

マスクによる威圧感も多少は加味されていただろうとはいえ、彼女たちのその場ちがいなほど高硬度鋼的な反応が、あるいは自分の想像と懸け離れていたせいだろうか。煉瓦色のツーブロックに銀色のピアスの若い男性客は、にやけた表情こそ保っていたものの、がっつり己れにロックオンされた双子姉妹の曇(くも)りの無い眼光に少々のけぞり気味。

仮に彼女たちがマスクを外していればあるいは、その表情が年齢相応にあどけなく、ただ単に、きょとんとしているだけであると、ちゃんと見て取れていたかもしれない。が、先刻の自分の軽口をどう回収すればスマートにこの場を収められるか、その打開策にひたすら腐心しているとおぼしき眼の動きは挙動不審なばかりにせわしなく、そこまでの心の余裕は到底望めそうにない。

そんな彼にとって、双方のあいだに割って入るかたちで歩み寄ってきたわたしの姿は救世主も同然に映ったようで。「おっと。な、なあんだ。ばあばがちゃんと、いっしょに来てくれているんじゃん。うんうん。そりゃそうか。よかったよかった」

　まあたしかに。みをりとしえりが当方にとって孫の世代なのはまちがいないんだから。たとえ見ず知らずの赤の他人からの放言であろうと「ばあば」呼ばわりには敢えて異議の唱えようもない。そう重々わきまえつつも、普段ならば一応しっかり、カチンと引っかかって然るべきはずのわたしはいま、そんな気力は全然湧いてこなかった。

「……どうしたの、ことさん」

　そう問いかけられて我に返るまで、さて、わたしはいったい何度、舟渡宗也からの郵便封筒を矯めつ眇めつ、引っくり返しては眺め回していたのだろうか。俯き加減の姿勢のまま、そっと眼線を上げると向かいの席から、みをりの双眸が穏やかで温かな色を帯びて、こちらを覗き込んでくる。

「そんな、しんどそうなお手紙なら、むりに開けなくても、いいんじゃないですか？」

　虚を衝かれ、言葉に詰まっていると、しえりも横から腕にぶら下がらんばかりにして、わたしの手許を覗き込んできた。「フネワタリ、ムネナリさん？　って誰？　ことさんの元カレ？」

　フナドソウヤだと訂正すべきか否か、そこそこ真剣に検討している己れに気づき、思わず噴き出しそうになった。加えて「元カレ」というのもまったくの的外れではあるんだけれども、なんだか変に鋭いような気もして、可笑しくなってくる。

曰く言い難い慈愛の念に包まれた頭の片隅で、ふと唐突に、柳緑花紅という四文字熟語が浮かんだ。多分みをりの緑と、しえりの赤の、それぞれのパーソナルカラーゆえの連想だったのだろうが、このときはその意味をきちんと憶い出せぬまま。

「じゃなくて。これは、わたしの友だちの旦那さんだったひと」

ふと「だった」と無意識に過去形を使う己れに後ろめたさを覚えた。孝美が故人である以上さほど不適切だとも言えないのに、なんだか無駄に他意を感じ、自己嫌悪に陥る。それを瞬時に払拭してしまいたい、との衝動にでも駆られてか、わたしは封筒を、びりりと些か不作法に開けた。

なかから、もう一通、別の白い封筒が現れた。クリップで『前略　纐纈古都乃様』と記された短冊のメモが留められている。

『先日は藤永孝美へのご高配、まことにありがとうございました。藤永のエンディングノートに、同封の私信が挟まれていることに気がつくのが遅くなり、たいへん申し訳ありません。彼女の死後、纐纈様へ送付して欲しい由、自筆で記されておりましたので、どうかよろしくご査収ください。取り急ぎの用件のみにて失礼致します。舟渡宗也拝』

打ちひしがれるあまり、というと我ながら大袈裟かもしれない。が、『古都乃へ』と見覚えのある孝美の筆跡で宛名書きされた白い封筒を手に取ったわたしはかなり惨めったらしいご面相を曝し、硬直していたようだ。

「ことさん。ね。それ、どこかに仕舞っておけばいいんじゃないかな」みをりはテーブルに肘をついた両掌に顎を載せ、こちらへ身を乗り出してくる。「普段は眼につかないところに、しばらくのあいだ」

「しばらくのあいだ、って。どれくらいのあいだ？」しえりがわたしの代わりに、真面目くさって姉に訊く。「だいいち、眼につかないところって、どこ」

「どこでもいいの。とにかく普段は滅多に開けない引き出しのなか、とかに。当分のあいだ。そこに仕舞ったものが、なんだったのかを憶い出せなくなるまで」

「みをちゃんたら、なに言ってんのか、よく判んない。もしもそのままうっかり、たいせつなお手紙を仕舞っていることを忘れちゃったりしたら、どうすんの」

「それならそれで、別に。忘れられるものならば忘れてしまえばいい」

「いや。やっぱり意味、判んないし」

　双子姉妹のかけ合いを聞いているうちに、ふと自分はなにを想い患っているんだっけ、と失念しそうになるくらい心が和らぐ。むろんふたりとも舟渡宗也とわたしの関係性やそれにまつわる個人的事情を把握、理解した上で喋っているわけでもなんでもない。文字に起こすとおとなびた印象が先立つけれども、実際の彼女たちの口吻は諫言や進言というより野放図な言葉遊びの域を出ない。

　にもかかわらず。みをりとしえりのやりとりはどんな賢者の慰撫にも勝って、わたしの心に響いた。「……うん。そうだね」

　二通の封筒をまとめ、床の手荷物籠のなかへ、そっと落とし込む。「そろそろ開けてもいいかな、と素直に思えるようになるまで、じっくり待つことにする」と宣言しつつもこの後、食事を済ませて帰宅したら即座に開封するであろうことも重々判っていたが。

「あれ。ここって、そういうご飯ものもあるの?」と、ふいに子どもっぽい歓声が上がった。カホ嬢の連れの若い男性客だ。

生まれたばかりの赤ちゃん並みに血色良く破顔し、こちらのテーブルを無遠慮に覗き込んでくる。みをりとしえりの前に刻子が運んできた特製夕食セットに眼が釘付け。素揚げの根菜類や塩豚のソテーをトッピングした甘口カレーとフルーツトマトのサラダという、まかない料理のような組み合わせなのだが。それがよっぽどこのいわゆるチャラ男くんの琴線に触れたようで、こちらが不躾を不快に感じる以前に笑ってしまうくらい、心底羨ましそうである。

「こらこら、よもっち。お行儀お行儀。いくら血眼で探したって、メニューには載っていないわよ」そうたしなめるカホ嬢も「ごめんなさいね」とこちらにぺこぺこ謝ってきながら、くすくす。「事前に予約して久志本さんに頼んでおけば、ちゃあんとつくってくれるから。ね。また今度のお楽しみ」

愛称が「よもっち」ってことは例えば四方田さんとかそんな名前かなと、どうでもいいことを考えていると。しえりが「んふ」と嬉しそうにカレーをひとくち頬張った。

そして一旦スプーンを皿の縁に置いたしえり、なにを思ったのか、両掌を胸の辺りに掲げ、首を前後左右にくねくね。そのリズミカルな動きに合わせて空気を撫で回すかのようなムーヴをひとしきり。そのさまはフラダンスのようでもあり、ディスクジョッキーのパフォーマンスのようでもあり。

「ど。どうしたの?」と思わずわたしが訊くと、しえりはくしゃくしゃに皺(しわ)寄せた眼と小鼻が顔面に埋まってしまいそうな勢いの弾ける笑顔で、カクテルシェイカーよろしく手を上下させ、お皿を指さしてみせた。

「えと、つまり。これ美味(おい)しいよお、と心の底から叫びたいのかな?」と確認すると、うんうん、とツインテールの髪を羽ばたかせんばかりに頷く。いまにもヒップホップダンサー気どりで踊り出すんじゃないかと危ぶむノリで、なんとも愛らしいんだけれど、いや、カレーをたったひとくちでそこまで?　と、こちらはちょっと、ぽかーん。

「この前、しえりは別のお店で食事中に、ママに叱られたんです」やれやれ、と溜息(ためいき)混じりに、みをりが解説してくれた。「ぱくっと食べるなり、おおお美味しいッなにこれッ、とかって。大声で叫んで、他のお客さんやお店のひとたちを、びっくりさせちゃった」

「だからあ、今日はちゃんと、こうして静かに、しずかーに」当のしえりはのほほんとスプーンを持ちなおし、素揚げされた南瓜(かぼちゃ)のスライスを半分に割って、にっこり。「ね」

「えと、つまり」こちらは気を執りなおして生ビールを、ごっくり。「言葉ではなくてダンスというか、そのジェスチャーで喜びを表現するぞ、と。こういう意図なのね」

「本人は、これで反省しているつもりなんです。いやそもそも、美味しい、とただ小声で感想を述べれば済む話だぞ、って」

いつもの妹への他愛のない弄りかと思いきや、みをりの口調は意外に、きつめで苦々しげだ。「あのね、しえり。言っておくよ。調子に乗って、はしゃいでいるうちに、うっかりお洩らし、なんて笑えない失敗だけは、やらかさないように注。あ」と、そこで慌てて自分の唇を掌で覆った。「ごめんなさい、お食事中に。絶対アウトな譬えを」

小声で首を竦めるみをりに「……なんのこと？」と小声で囁き返したわたしだが「あ。なるほど」と、すぐに自己解決した。「そうか。そういう……」

みをりは改めて共犯者意識を滲ませ、そっと頷いて寄越した。彼女がここで懸念しているのは要するに、しえりの特殊能力が周囲に及ぼす影響の問題だ。サイキックなんて、いい歳したおとなが公共の場で口にするのはいろいろ支障や心理的抵抗が無くもないSF的テクニカルタームだけど、事実は事実なのだから、しょうがない。みをりとしえりは揃って、いわゆる超常能力者なのである。

その能力は双子でもそれぞれタイプが異なっていて、みをりについては後述するが、しえりは直接手を触れずに物を動かせるテレキネシスの類い。ファンタジー映画などによく登場するオーソドックスな念動力とはまた、ひと味ちがうのは、その遠隔操作対象物が他者の身体に限定されているらしい点だ。

不勉強で正式名称を知らないのだが、装甲型ロボットのように装着者の動作にシンクロして稼働する義手デバイス。あれを想像していただくと理解しやすいかと思う。例えばしえりがガッツポーズを決めると、離れたところに居る対象者もまったく同じようにガッツポーズを。しえりがラジオ体操をすれば対象者もラジオ体操を、という具合に。対象者は己れの意思に関係なく、文字通り操り人形も同然に四肢を強制的に動かされてしまう。さしずめパペット・マニュピレーションとでも称すべき念動能力なのだ。が。

たしかに、実際に発動現場でその威力を目の当たり(ま)にした経験のある身として、ちょっと気にはなっていた。すなわち、しえりのこの念力が本人の自覚の及ばぬところで、うっかり駄々洩れしてしまう、なんて不測の事故が起こったりはしないのだろうか？　と。

そんなこちらの胸中を読み取ったかのように「実際、あったんです。以前にも」と、みをりは妹を眇(すがめ)で一瞥(いちべつ)。「寝惚けたしえりが、どばばーッと。ベッドの周りに例の赤い光を飛び散らせてしまったことが、何度か」

この赤い光とはざっくり言うと、しえりの能力が発揮された際のシグナルのようなものだが、通常は不可視で、これを認識できるのは姉のみをりと、そしてわたしだけ。彼女たちの母親の珠希さんですらこの超常現象を把握していないらしいのに、なぜ赤の他人である当方がこの姉妹の秘密を認識し、共有できるのかは未だ謎だが、それはともかく。

しえりが夢のなかで例えば俄(にわ)かボクサーに扮(ふん)したとしよう。さあ、どっかん。相手をノックアウトしました。それはぐっすり眠り込んでいる本人にとってはただのエア・ボクシングに過ぎない。けれどたまたまその能力発動シグナルである赤い透過光の射程内に、べたべたいちゃついている最中のカップルが居たりしたら、はたしてどうなりますやら。しえりの念力に遠隔操作された女性が、まさにいまキスしようとしていた相手の男性を己れの意に反して、ぼっこぼこにしてしまう、なんて悲喜劇的な大惨事が生じかねない。

かように、ときと場合によってはサイキック本人にも制御し切れない能力が発動してしまうリスクは、就寝中など特に要注意であろうことは想像に難くない。みをりはそれを、おねしょに譬えて「お洩らし」と表現したわけだ。なるほど。なかなか的を射ている。

「やめろよ、もー、みをちゃんたら。どうでもいいし。そんな大昔の話なんか」

「ちがうだろ、大昔とは全然。わたしたち、もう小学生になってたし」

「だいじょうぶだよお。だって、それでなにか困ったり、どこかに迷惑をかけたりしたわけでもないじゃん」

「ほんとは大事故なのに誰も気がついていないだけ、なんてオチでなけりゃいいけど」

侃々諤々のすぐ隣りのテーブルでも、カホ嬢が「え。よもっちって〈トワイライト・コンドル〉に勤めてたの？」と素っ頓狂な声を上げた。よもっちなる男性の名前が竹俣与文継であることはこの段階ではまだ明らかになっていないが、彼は以前、同ホストクラブの従業員だったらしく、ふたりはいまその話題でいろいろ盛り上がっている。

「そだよん。もちろん、も、ぶっちぎりのナンバーワンで。来る日も来る日も同伴、アフターが引きも切らず」本気なのかツッコミ待ちの芸風なのか判別がつきにくい、大袈裟かつナルシシスティックな抑揚で、ふんぞり返った。「月に最低でも三人くらいから、逆プロポーズされちゃったりなんかして」

「いつ頃？」とカホ嬢はカホ嬢で、うざい自慢トークを華麗にスルー。

「えと。新型コロナで世間がそろそろ騒ぎ始める直前くらい、までは勤めてた」

「二〇一九年頃？　なら、アンリのことを知ってるんじゃない？　ナメガヤ、アンリ」

漢字は『行谷杏里』と書くらしい。そう聞いて、なにか引っかかりを覚えたわたしだったが、このときはまだ具体的に記憶を掘り起こすには至らない。

「足しげく〈トワイライト・コンドル〉へ通う上客として、かなり有名だったみたい」

「あーはいはい、あの。はい、あの杏里さんね。え。カホさん、知り合い？」

「それほど親しかったわけじゃないけど、一応。中学校の同級生。卒業してからは全然だったけど、まあまあ親しい共通の知人から噂はよく耳にしてた。高校中退して専門学校へ入りなおしたけど、そこの講師とも喧嘩して辞めて。地元を出て大阪とか福岡とか、都会でバイトを転々とした後、名古屋の栄のキャバクラでナンバーワンになったとか」

「全然、とか言うわりには詳しいじゃん。女同士の情報ネットワークってやつ？」

「そんな大したもんじゃない。全国津々浦々を転々としていた彼女がいつの間にか高和へ舞い戻ってきていたり、財力のある男をつかまえて悠々自適のいっぽうでホストクラブに嵌まっていたり、なんてことも、ほんのついこのあいだまで知らなかったし」

「よくドンペリ、開けてもらったなあ。そりゃあもう豪快なお大尽っぷりで。あっは、なつかしいねえ。いまも変わらず、派手に遊んでいるんだろうなあ、彼女」

「あ。じゃあ、よもっちは知らないんだ」

「なんの話」

「杏里は死んだよ」

「へ？　うそッ」

「しかも殺されて。今年の三月。ホワイトデイに。ローカルニュースで大きく取り上げられてたじゃん。見てないの？」

「えー。マジ？　マジで杏里さん、殺されたん？　じゃあ犯人はやっぱ、あの旦那？」

「旦那？　いや。逮捕されたのは以前〈トワイライト・コンドル〉に勤めてた、元ホストの子だって。その段階で、もうお店を辞めて久しかったそうだけど。杏里がめっちゃ入れ揚げていたとかで。旦那が留守の隙に、その子を自宅へ連れ込んだ。そこでふたりのあいだで、なにか取り返しのつかない揉めごとになっちゃった……らしいんだよね」

「情痴のもつれってやつ？　やれやれ。そりゃあなんともはや。自業自得っつうか。相変わらずだったんだねえ、杏里さんてば」

「んん？　どゆこと、それ？」

「だからそんなふうに杏里さん、しょっちゅう旦那の留守を狙ってはお楽しみに耽ってい（ふけ）た。旦那っつってても籍は入れていなくて、内縁関係だったようだけど。いっしょに暮らしてたんだからまあ、旦那だよね。その眼を盗んでそんなに度々、ラヴホとかでならともかく、わざわざ自宅へオトコを連れ込んだりしてたら、そりゃまあ、いつかは取り返しのつかない修羅場になっちゃいますわな」

「なーんだか、ずいぶん事情通ぶっておられるけど、よもっちったら。ほんとの話なのそれ。杏里ってほんとにそんなにお盛んだったの？　ちゃんとソースはあるんでしょうね。知り合いのそのまた知り合いからの又聞き、なんて無責任な与太じゃなくて」

「もちろん。例えば、とっくに店は辞めているやつなんで、ここだけの話っつうことで具体名を出すと、コイヌイって男が」

「え。なんて？　鯉の胃？」

「ソースのひとりである元ホスト。たしか小さいに乾く、と書いて、小乾って名前。店ではおれよりもちょい先輩で。これ、そいつから直接聞いたんだけど、お持ちかえりされちゃったんだってさ、杏里さんに。ところが、さあ、いざってときに。留守のはずだった旦那が、いきなり帰ってきちゃったらしい」

「ほほう。それでそれで？」

「間一髪。床に脱ぎ散らかしていた服や下着を必死こいて掻き集め、寝室のクローゼットのなかに跳び込んだ。まるでコントだけど、そいつが隠れているあいだ、杏里さんがその場をなんとか取り繕って。結果的に気づかれることなくやり過ごせた。極めて嫉妬深く凶暴と悪評高い旦那に首根っこを摑まれるという最悪の事態は免れたんだってさ。ちぇッ。ラッキーなやつだぜ。ちくしょうめ」

「なんでそこであなたが不満げなのよ。まるで、それにひきかえこのオレは、みたいに。ん。あれれ。まさか？」

「まあその。もう時効だから、ぶっちゃけるとね。おれもしっかりお持ちかえりされちゃったことがあるんだ。まいったまいった。杏里さんのお盛んぶりは小乾の件以外にもあれこれ聞いていて、なんとなくその夜は、そういう流れになりそうな予感はあったから、飲むのは極力控えて体調は、ばっちり。万全の態勢だったのにさ。いざ往(ゆ)かんと、すっぽんぽんでベッドに潜り込んだ途端、留守のはずの旦那が帰宅してきやがって」

「ちょい待ち」

　唐突に邪険な、ほとんど叱責口調で、カホ嬢は与文継氏を遮(さえぎ)った。センシティヴな類いの話題ゆえ、もっと声量を落としなさい、少しは店内の未成年同席者たちの耳もはばかりなさいとの注意喚起か、と思いきや。「なにそれ。おかしくない？　よもっちのときも、その小乾なにがしのと、まったく同じシチュエーションが反復される、だなんて」

「は？　いや、だから。これはさ、杏里さんがそれだけ乱れてた、ってお話で」

「そういう問題じゃなくて。彼女はそれ以前にも旦那の留守を狙って失敗しているんでしょ？　なのに懲りずに、また自宅へオトコを連れ込む？　同じ浮気をくり返すにしても、ラヴホでもなんでもいいわけじゃん。なんでわざわざ自宅？　杏里ってそんな無防備な、学習能力の無い娘だっけ。たしかに教師たちとは肌が合わず、高校や専門学校は途中で辞めちゃったようだけど。基本クレバーで、地頭はすごくよさそうだったよ」

「やっぱり前回の成功体験が災いして」

「いやいや。成功していないじゃん。寸前で旦那が帰ってきちゃったんでしょ」

「旦那の隙を衝いて、どうにか無事に間男をクローゼットから脱出させたそうだから。発覚していない。少なくとも失敗じゃねえっしょ。実際エッチはできなかったから成功とも言えんけど。って、ここでお約束な親父ギャグは禁止ね。まあ杏里さんにしてみれば小乾とのことは未遂だったうえに、旦那にもバレずに済んだんだから。つい油断しちゃったんだろうね、おれのときも。今度もきっとだいじょうぶ、なんとかなるわ、ってノリで」

「いつのこと？　それって具体的には」

「小乾については、はっきりとは判らないけど、おれのほうは店を辞める直前くらい。だからコロナ禍前。二〇一九年頃だね」

「で、話を戻すと。よもっちの場合は、杏里の旦那にバレちゃったんだ？」

「しっとり抱き合ってキスしようとしたところへ、玄関のほうから音がして。あ、ヤバい旦那だッと杏里さんが慌ててベッドから跳び起きた。早く隠れてちょうだいッと彼女に急きたてられるまま、おれはクローゼットのなかへ押し込まれて。そこまではよかったんだけど。杏里さん、信じられないような暴挙をやらかしちまったんだよね。せっかく閉めてたクローゼットの扉を彼女、なんと自分で、どばーんッと開けちまいやがってさあ」

「は。え？　なにそれ。どうして？」

「知らねえっす。本人もわけが判らないままパニックになっちゃったんだろうね。寝室へ押し入ってきた旦那と、クローゼットのなかで縮こまっているおれを交互に見ながら、眼ン玉、ひんいて。ちがーう、そうじゃないッ、なにやってんのよおッ、とかってセルフ突っ込みで絶叫しては地団駄、踏んで」

そのときだった。みをりが眉根を寄せ、そっと横眼で隣りのテーブルを窺ったのは。

「へーえ……あの杏里が？　そんなに取り乱すなんて意外。十代の頃の彼女しか知らないあたしには、とにかく肝が据わってるタイプって印象しかないけど。で、どうしたの」

「後はもう、しっちゃかめっちゃか、っつうのか。ぽかーん、と突っ立っている旦那の背中を、いきなり突き飛ばしたかと思うや、クローゼットのなかへ押し込んできたり」

「杏里が？　なにを血迷って、そんな」

「だから判らねえっす。おまけに速攻で扉を閉められちゃったもんだから、狭い空間で旦那と密着という、おれにしてみれば最悪の地獄絵図っつうか。世にもおぞましい窮地に。あっちも喚き散らしてたけど、こちらもたいへん。阿鼻叫喚、大混乱の最中、頭の隅っこはなんだか冷めてんの。あーこれが杏里さんの旦那かあ、なんて。呑気に考えたりしてんだから、人間っちゃ妙なもんだね」

「杏里の旦那のこと、知ってたの？」

「名前はね。マツモラとか。あ。下の名前じゃなくて、苗字」漢字は『松茂良』と書くらしい。「ほら。さっきも話に出てた、彼女の名古屋時代に知り合ったらしくて。この松茂良って実は全国のキャバクラ巡りが趣味の御仁だそうでさ。たまたま訪れた栄の店で働いていた杏里さんが同じ高和出身だと知って、意気投合したんだって。で、そのまま地元へ連れてかえってきちゃった。そういう馴れ初めらしいというのは知ってたけど。実際にその旦那本人にお目にかかったのはそれが初めて。しかも狭いクローゼットのなかで互いに抱き合わんばかりの恰好ときたもんだ」

「うわー、想像したくねえわ。よもっちってそのとき、すっぽんぽんだったんでしょ。杏里はどうしてたの、そのとき」

「すぐに扉を開けてくれた。なんなのよもうッとかって喚きながら。開けてはくれたんだけど次の瞬間、だーッと今度は自分自身がクローゼットのなかへダイブしてきてさ」

「はあ？　杏里が？　え。なにそれ。ダイブしてきた、って。どういうこと？　ねえ」

「知らねえっす。杏里さんだってわけが判らなくなってたんじゃない？　パニックの上に自分の支離滅裂な行動が重なって、さらにパニックの上塗りという負のスパイラルで。とにかくクローゼットのなかで三人はくんずほぐれつの団子状態。杏里さんとおれは素っ裸だから、まるでＡＶの撮影現場でさ。みんな我先にクローゼットから出ようとするもんだから互いに小突き合い、蹴飛ばし合いの糞詰まり状態。ようやくおれが這い出れた。と思ったら、羽交い締めにされちまって」

「逃げようとして旦那に捕まったんだ」

「それが杏里さんに。いや、どうしてと訊かれても答えようがねえっす。世にも奇妙なひと幕だった、としか言いようがない。おれをがっつり羽交い締めにした杏里さん、そのままベッドに倒れ込み。クローゼットからようやく出てきた旦那がそんなおれたちふたりを茫然と見下ろしているという、もはや、なんと形容したものやらなカオス状態で」

「そうやって、ずっとベッドの上で杏里に押さえつけられてたの？」

「放してくれって頼んでも杏里さん、あたしだって放したいのにッって。でもどうにもならないのよお、と半泣きで叫ぶばかり。しかも力がまったく緩まない。しばしベッドの上で肉弾戦を余儀なくされ。っつっても全然エロくねえんすけど。旦那もまた為す術もなく、ただ傍で茫然と見てるだけ。どれだけ時間が経ったかなあ。ようやく杏里さんの力が緩んで、ほうほうの態でベッドから降りた」

「他に質問のしようもないから訊くけどさ、それからどうしたの」

「三人とも憑き物が落ちたかのように無言。ああいうときって、ほんと、見事に知能が働かなくなるね。おれもあそこ丸出しの自分の姿が間抜けに思えるようになるまでけっこう時間がかかったけど、ようやく服を着て」

「杏里と旦那は？」

「さすがに彼女も服を着たけど、旦那はただ傍観している感じ。なにかひとことでもフォローしておくべきかと迷ったけど、なんと言ったもんか、ぜーんぜん判らんし。なので、そそくさと家を出て、歩いて帰った」

「止められもせずに？　まあ状況が状況だから、止めたところで、なにをどうしたらいいか、杏里も旦那も判らないだろうけど」

「大通りへ出てから、あ。しまった、ぼんやりしていて普通に玄関から出てきちまった、と思い当たって悔やんだけど、後の祭り」

「ん。なに、普通に玄関から？　って」

「杏里さんの家へ連れてゆかれたとき、おれ一瞬、入るのを躊躇したんだ。なんせ旦那は嫉妬深いことで有名じゃん。後で防犯カメラをチェックされたりしないの？　って。そしたら杏里さん、いま思い返してみれば、だけど。連れ込む男がそう不安がるのに慣れっこな感じで。門扉から玄関ドアへかけて飛び石を微妙に避けて通れば、少なくとも顔は映らないからだいじょうぶ、と教えてもらった。だから帰り際も、ちゃんとそうしよう、と決めてたのに。すっかり忘れちまってて」

「すでに旦那にはしっかり顔を見られてるんだから。いまさらそんなこと、気に病んだって意味ないじゃん。そういえば、どこなの。杏里が住んでたその松茂良家って？」

「あれは、えと。名月町だっけ」

そこでみをりは息を呑んだ。そっと盗み見る余裕もないようで、あからさまに隣りのテーブルの男女のほうへ眼を向ける。そんな彼女の両耳の辺りから淡いエメラルドグリーンの光が立ち昇った。みをりの特殊能力の発動を示す透過光で、しえりのそれと同様、わたしと双子の相方以外、通常は不可視だ。これによりみをりは精神感応力の一種を発揮し、他者が心のなかで思い浮かべているものを文字通り、視ることができる。だが。

このとき出現した緑色の光は、無造作に息を吹きかけられた蠟燭の火のように細く、頼りなげに、たなびくばかり。失速した飛行機もかくやな錐揉み状態で、あっという間に消え去った。一旦つながりかけていたテレパシー回路が途絶されてしまったのだ。

みをりの精神感応力は、その対象者の心象風景をすべて常時モニターできるわけではない。当該人物が五感への刺戟に反応して心に浮かべる断片的イメージをその都度、拾い上げるかたちで彼女は読み取る。そういう能力であるため、感応対象者の興味関心が薄れたり、余所へ移行したりした時点で、みをりといえども感知はできなくなってしまう。

みをりは、そっと自分のスマートフォンを手に取った。科学的な構造原理の説明などはひらにご勘弁願いたいのだが、彼女は他者の心の裡をただ読み取るだけではなく、それを画像として撮影、保存ができるのだ。ただしそれも肝心の具象が対象者の心に浮かんできてくれないことには始まらない。

ちらちら横眼でスマホをスタンバイし、シャッターチャンスを窺うみをりだが、先刻の緑色の光が現出する気配は無い。やがて、よもっち氏とカホ嬢は、どうやら完全に他の話題へ移行してしまったようで、わたしたちには皆目見当のつかない固有名詞ばかりが飛び交うやりとりに終始する。

そしてふたりはひととおり食事を終え、入店して未だ一時間も経っていないうちに、さっさと立ち上がった。そしてカホ嬢が支払いをして、仲好く店から出てゆく。

「……あの、いまの」と、みをりにしてはめずらしく落ち着かない、せわしない口調で刻子に訊いた。「いまのおふたり、よくここへ来られるんですか?」

「カホさんのほうは、ね。たまに」

なんでも彼女、市の中心街でヘッドスパやフェイシャルトリートメントを行うヒーリングサロンを経営している方だとか。「たいていは、おひとりでいらっしゃるんだけど。今日はめずらしくお連れさまといっしょに」

「じゃあ男性客のほうが、どこのどなたなのかは？　判りませんか？」

「うん、初めての方だから。よもっち、ってカホさんは呼んでいたけど。ヨモダさん、とかかな、もしかして。どうして？」

「いえ別に。どうもすみません」

「……どうしたの」刻子が厨房の作業へ戻るのを確認してから、わたしは小声で、みをりに訊いた。「なにか気になることでも？」

「名月町……って言ってましたよね」

「ん？　ああ、男女カップルが間男を挟んでの、ひと騒動という例の。それが？」

「ひょっとしてうちの、というか、父の実家のお隣りさんなんじゃないか、と思って」

珠希さんの元夫で、みをりとしえりの父親である草間勝義の実家が名月町に在るのだ、と言うが。「でも、ひとくちに名月町と言っても広いでしょ。なんでピンポイントで、お父さんの家がお隣りなんじゃないかと？」

「わたしたちが二年生だったから、二〇一九年の出来事なんだけど。その頃、ママとお父さんはまだ離婚していなくて。親子四人で名月町の家に住んでいたんです」

春休み直前の三月のとある日の夕食後。寝室へ引っ込んだしえりは疲れていたのか、着替えもせずにベッドに倒れ込み、ぐうぐう鼾をかき出したという。「こら、ちゃんと寝間着に着替えて。歯も磨かなきゃダメだよ、と声をかけたんです。そしたらしえりは、ふわーい、とかなんとかボヤけた声ではあったけれど一応は返事をして。起き上がった。でも足もとがよたよた危なっかしい。だいじょうぶかな、と見守っていたら、クローゼットのほうへ歩いてゆくんです。パジャマはそこに置いていないのに、やっぱり寝惚けてる、やれやれ、と思っていたら……」

しえりの髪が、ふわりと浮遊したかと思うや、ピジョンブラッドの透過光を発し始めたのだという。「あッと慌てて。目を覚まさせなきゃ、と小走りに近寄った。そのときしえりは、もうクローゼットの扉を開いていて。こちらが伸ばそうとした手を避けながら、わたしの身体を投げ飛ばしたんです」

予想もしなかった妹の奇襲によってクローゼットのなかへ放り込まれたみをりは体勢を立てなおし、「こらあ、なにすんのッ」と内側から扉を叩いた。すると、すぐに扉を開けてくれたはいいのだが。「みをりったら明らかに寝惚けまなこのまま前のめりに、ぐらあッと。わたしめがけて倒れ込んできて。ふたりでもつれ合い。出ようとしていたこちらはクローゼットのなかへと逆戻り」

そのあいだにも、しえりの頭部からは念力発動サインの赤い透過光が、ずっと放射されっぱなしだったという。「……それは、どちらのほうを向いて？」

「そのときはじっくり見極めている余裕がなかったんだけど。いま思うと寝室の窓側へ向かっていたような。つまり壁を通り抜けて、お隣りさんの家のなかまで届いていたんじゃないか……と。そんな気がして」

「まって待って、みをちゃん。それって、ほんと？」しえりは笑い飛ばそうか、それとも拗(す)ねようか迷っているかのような、なんとも複雑な顰(しか)めっ面で。「そんなこと、ほんとにあった？　覚えがないよお、あたしには」

「そんなハプニングが起こっていたのだとしたら、たしかに。さっきの、よもっち氏の世にも奇妙な武勇伝にも説明がつくね」

頷きながらわたしは、甘えるように抱きついてくるしえりの頭を軽く撫でてやる。「杏里さんなる女性と浮気しようとしていた現場へ、彼女の旦那さんが突然帰宅した。よもっち氏は慌ててクローゼットに隠れる。そのままやり過ごせるはずが、なんと。その場をうまくごまかさなきゃいけない立場である杏里さんに偶然、しえりの念力が憑依(ひょうい)して。クローゼットの扉を開けてしまった」

「そうですそうです。そしてたまたますぐ横に立っていた旦那さんは、わたしとまったく同じように、彼女に投げ飛ばされた」

寝惚けているしえりの動きに合わせて、というか、引きずられて杏里さんは、旦那をクローゼットのなかへ放り込んでしまった、というわけだ。「しえりにシンクロするかたちで、自らも続けてクローゼットのなかへと潜り込んだ杏里さん。入れ替わりに外へ出たよもっち氏を羽交い締めにして、いっしょにベッドに倒れ込む。これもしえりが、クローゼットから出たみをりに仕掛けたのと同じ行動をなぞっていたからなんだね？」

みをりは頷いた。「これだけお互いに重なり合っているんです。とても偶然ではあり得ない。そうは思いませんか」

「まあね。よもっち氏がテキトーな駄法螺でカホさんの受けを狙おうとしたのだとしてもシユールというか、奇想天外に過ぎる。煙に巻こうとするならするでもう少し、もっともらしい筋立てをでっち上げるだろうし」

「そうです。よもっちさんは自分でも馬鹿ばかしいとわきまえつつも体験したとおりの出来事を、ありのままに話していたはず。けれども、だとしたら、おかしなことがある」

「ん。おかしな？　とは、なにが」

「奇妙なドタバタ劇に巻き込まれた、杏里さんの旦那さんの反応です。あれを聞いて、ことさんは、どう思いました？」

「あまりの奇天烈さに茫然としていた、って言うんでしょ。さもありなん、て感じ」

「たしかに途中までは。妻とそのマオトコもろとも」覚え立てのせいか『間男』のイントネーションが少し、たどたどしい。「彼女にクローゼットのなかへ放り込まれる、そこまではいいんです。ただただもうナニがなにやらワケが判らんと。木偶の坊状態になっても無理はない。けれども、その後が……」

「よもっち氏は杏里さんに羽交い締めにされて、いっしょにベッドへ倒れ込んで……」喋っているうちに、みをりがなにを指摘しようとしているのか察しがついた。「そうか、なるほど。旦那の立場にしてみればそのときの状況は、不審な住居侵入者を内縁の妻が見事に取り押さえた、という構図なわけだ。いくら混乱していたとはいえ、普通ならその好機を逃さず、警察に通報しているはず」

「人間の性格は十人十色だから。同じショック状態でもすぐに回復できるひともいれば、多少は時間がかかるひともいるでしょう。けれど自宅のなかで、すぐ眼の前のベッドの上でパートナーが不審者を取り押さえて奮闘しているっていうのに自分は、ただ手をこまねいて見ているだけ、だなんて。いくらなんでも不自然に過ぎると思いませんか？」

理路整然としたみをりの説明にいたく感心し、わたしは「なにか……」と思わず独りごちた。「松茂良氏にはなにか事情でもあったのかな。つまり、いくら自宅に不法侵入者が居ようと警察には通報できない、という」

たしかに不自然ではある。とはいえ松茂良氏なる御仁はそのとき、自分たちが未知の超常現象に翻弄されているとの認識の有無はさて措き、不可解極まる突発的事態にただ為す術もなく、ある種の極限状況下に置かれていたわけだ。そんな折に、道理に適う行動をとっさにとらなかったからといって、それだけで彼がなにか後ろ暗い個人的事情をかかえていた、とまでは断定できまい。

みをりの立場としては、言うところの妹の「お洩らし」が、くだんのドタバタ劇の黒幕元凶であると明らかな以上、黙って見過ごせないのだろう。その気持ちはよく判る。

ただ、しえりの念力がもたらした茶番が当事者たちにとって忘れ難い珍事であることはまちがいないものの、いち体験としてはある意味、そこで完結しており、なにか外部や別件への波及効果などがあったようにも思えない。少なくとも先刻の、よもっち氏の談話を聞く限りにおいては。

　みをりだってそれは、よく判っているはずで、さきほど精神感応力によってよもっち氏の心象風景の透視を試みたのも、彼女自身、なにか具体的な当てがあったわけではなかろう。むしろ的外れな反応であるとは明らかながらも、とりあえず闇雲にそうしてみないではいられなかった、というだけの話だ。

　にもかかわらず、「すまないけど」と、わたしは立ち上がってレジへ歩み寄り、刻子に声をかけた。「さっきのよもっちって、あのお客さん。もしもまた、ここへ来るようなことがあったら連絡してくれる？」

　そう頼んだのは、みをりと喋っているうちに、行谷杏里の名前を耳にした経緯を、ふと憶い出したからだ。現職刑事であるわたしの娘、纐纈ほたるがいつだったか、ぼやいていた。曰くホストクラブ通いに嵌まっていた女性の殺害事件で逮捕された元ホストの男が、被害者の生前の動向についてなにやら理解に苦しむ供述をしていて、いったいどういうつもりなのか皆目（かいもく）見当がつかない云々（うんぬん）。

　つまり、よもっち氏が刻子の料理をお気に召して再来店する可能性も充分あるかもしれないと期待したのは、みをりへのフォローというよりわたし自身の好奇心が主な理由だったわけだ。が、仮に運よく彼をつかまえられたとして、なにか追加情報を得られるとか新事実を解明できるとか、この時点では本気で考えていなかったし、ましてや、みをりの精神感応能力が役に立つ展開になるとは正直、まったく思っていなかった。

*

「ところで、お客さまは」わたしは空になったアペリティフの皿を下げ、刻子に手渡しておいてから、竹俣与文継の傍らへ戻り、そう話しかけた。「先日、とってもおもしろいお話をされていましたよね。まるで不条理映画かなにかのように斬新奇抜な」

「ん。え?」ナプキンで口許を拭った彼は怪訝そうに視線を上げた。「先日、って。この店で? ふうん。なんだろ。どの話のことかな。いや、おれってさ、いつでもどこでも、おもしろい話しかしていないもんで」

「なんでも、他人さまの奥さまとよろしくやろうとしているところへ彼女の旦那さまが帰ってきちゃって、あらま大騒ぎ、という」

　内容が内容だけに直截にぶつけ過ぎかとも思ったが、杞憂だった。「だから。どの人妻との件?」と蛙の面になんとやら。「おれって艶聞だけは年じゅう絶えない男で、その手の武勇伝のストックはもう、腐るほどあるもんだから。なんちゃって。あはは」

「たしか行谷杏里さんという方の」

「あーはいはい、あれね。え。あのこと、おばさんにも話していたんだっけ、おれ。すっかり忘れてる」別に直接お披露目してもらったわけではなく、こちらが勝手に小耳に挟んだだけなのだが、そこら辺りは鷹揚にスルーしてくださる。「たしかに安直なギャグ映画はだしだったよ。いやもう、ね。あのとき彼女がワケ判らん悪手で自爆さえしなけりゃ、おれだって、あんなふうに無駄に旦那と鉢合わせしたりせずに済んでいただろうにさ」

「行谷杏里の旦那、つまり内縁の夫だったひと、とは松茂良国雄のことですね」

「あーはい。マツモ。えと。下の名前ってクニオ？　だっけ。そうなん？　ふうん。なんでもいいけど、うん。あの男ね」

わたしの背後で、ぱしゃぱしゃスマホを使って、みをりが念写している音が響くが、与文継は我関せず、といった態。「すんげえ腕っぷしが強くてヤべえやつだ、みたいに聞いてたんだが。実物は意外に、ひ弱な優男ふうだった。ひょっとして、ああいうタイプに限って、なにかあったときにはガチで、サイコな豹変をしたりするんかな」

「ありがちかも、ですね」と適当に相槌を打つ背後で、みをりが立ち上がり、カウンターのほうへと歩み寄ってくる気配。そしてわたしの肘を、ちょんちょんと突っついた。そっとスマホの画面を差し出してくる。

見てみると、歯を覗かせて屈託なく笑っている与文継の画像だ。その肩の辺りに、いまこの瞬間、店内のどこにも居ない、別の男の顔がぼんやり映っている。

みをりは手際よく編集機能を使い、与文継の顔と彼に向かい合うわたしの背中の部分をうまく消去した。この場に存在していないはずの問題の男の顔アップのみの構図に仕立てて、スマホをわたしに手渡してくる。こちらからいちいち指示する手間はまったく不要。気が利く娘だ。世が世なら本気で仕事上のパートナーになってもらいたいくらい。

「竹俣さん」内心でみをりへのご褒美をあれこれ楽しく検討しつつ、わたしはそのスマホを「ちょっとこれ、ご覧になってみてください」とカウンターのほうへ差し出した。

「ん。誰これ。なんだか冴えな……あッ」

よっぽど驚いたのか、与文継はストゥールから腰を浮かせた。「こいつ、あのッ。あれじゃん。あの男。杏里さんの旦那の」

「松茂良国雄？　ほんとですか、それ。あなたが行谷杏里との浮気未遂を起こしたのは、二〇一九年の三月十四日。つまり、いまから四年近くも前なんでしょ。記憶ちがいってことはないんですか？」

「いや、こいつだってば。これ。この顔、何年経とうと忘れられるもんじゃねえっす」

先日のカホ嬢との会話ではそこまで詳しく触れられなかったはずの「二〇一九年、三月十四日」というディテールにここでわたしが唐突に言及した事実の重要性に、どうやら与文継はまったく思い当たっていないようだ。おそらく問題の日付そのものを、てんから意識していないのだろう。「一度しか会っちゃいないけど、なんせもう、ね。あのときの、すべてがあまりにもッ。あまりにも、わちゃわちゃ過ぎてもう。おバカ過ぎてもう」

「なるほど」わたしは頷いた。もとより与文継は嘘をついていないし、そんな必要が無いことも承知している。要は彼が「松茂良国雄であると認識していた人物」の顔を、こうして画像で確認できたのがポイントなのだ。

わたしはスマホをみをりへ返し、小声で彼女に「そろそろおうちへ帰る？　もうこんな時間だし」と、これから予想される展開への教育的配慮に鑑み、そう訊いた。が、みをりはゆっくり、しかし決然と首を横に振った。自分の能力がどう役に立ったのかをきっちり見届けたい、と瞳が語っている。「判った。その代わりお母さんには改めて、ちゃんと連絡しておいてね。わたしといっしょにここに居るので心配しないように、って」

みをりが頷き、しえりのところへ戻るのを待って、わたしは「竹俣さん」と与文継のほうへ再度向きなおった。「今度はこちらを、見ていただけますか」

「まだなにかあんの。どれどれ。ん」

彼に手渡したのは先刻とは別の、五十前後とおぼしき男の顔写真だ。どちらかといえば強面で、いかつい風貌の。「こりゃまた不景気な、っつうか。競馬で大負けした直後もかくやな仏頂面だのう。どちらさん？」

「見覚えはありませんか」

「あいにく。じゃなくて、さいわいにも、と言うべきだね。ぜーんぜん。これまでの人生において、なんの縁もゆかりも」

「ほんとに？　でも竹俣さんはたしか、この方のお蔭でずいぶんと、ドン・ペリニヨンなどのお相伴にもあずかれたはずでは」

「へ？」

「もちろん当時〈トワイライト・コンドル〉で散財していたのは行谷杏里だけど、その彼女のお金の出どころはまちがいなく、この方のポケットだったでしょうし」

「ちょ、ちょっと、なに言ってんの、おばさん。お金の出どころ……って。え」ぽかん、と口を半開きにして再度、写真をじっと覗き込む。「え？　え？　このおっさんのポケット、って、どういう……まさか」

「こちらの人物こそが実は、行谷杏里の内縁の夫だった松茂良国雄なんです」

「いやいや。ちょいちょいちょい。まって待って。あのさ、そもそも」ようやく薄ら笑いを浮かべ、眼を瞬く。「ひょっとして、だけど。おばさんて警察のひとかなにか？」

わたしは黙って、じっと彼の眼を見つめ返した。こんなふうに否定も肯定もせず放置すると先方で勝手に独り合点してくれるから、人間心理とは妙なものだ。まあなんにせよ、わたしが元警察官なのは事実だが。この段階で与文継がすでに「警察」という発想に至ったのは、彼が見た目ほど脇の甘い人物ではないことの証左だろう。

「なんなん、いったい。よう知らんけど、ひとつ、はっきりさせとく。おれ、嘘は言っちゃいねえっすから。ほんとに。こいつはちがう。全然、別の男。杏里さんの旦那ってこんな、唯一の趣味は殴り合い、みたいな凶暴な面がまえのおっさんじゃねえもん。さっきのやつのほう。あっちだよ。さっき見せてもらったスマホの画像の、あいつだってば」

「こちらの方ですか」

別の顔写真をわたしは取り出してみせた。これも本物の松茂良国雄のものと同様わざわざ、ほたるから借りてきたプリントだ。

「そう。そうそう。こいつこいつ」我が意を得たりとばかりに勢い込んでくる。「こっちのほうだよ、杏里さんの旦那は」

「この男は松茂良国雄ではありません」

「なに言ってんの？　じゃあ誰よ。だれ」

「名前は園城英治。三十三歳。〈トワイライト・コンドル〉の元従業員です」

「って。元ホスト？　見覚えねえわ、おれ。オンジョウなんて名前、聞き覚えもない」

「かなり以前に、ちょうど竹俣さんが勤め始めるのとは入れ替わりくらいに、もう店は辞めていたようです。そしてこの園城英治なる男こそ、昨年の三月、行谷杏里を殺害した容疑で逮捕された人物でもある」

「た」さすがに驚いたのか眼を瞠り、ごくりと喉が上下する。「こ、こい……つが？」

「園城は未だに容疑を否認していますが。自分は杏里を殺したりしていない、犯人は他にいるんだ、と主張して」

「そりゃそんなときは誰だって、オレとちゃうわい、って否定するっしょ。ほんとにやったか、やっていないかは別として。殺人なんてそう簡単に認められるもんじゃ……」

「同じ否認するにしてもその言い分が、ちょっとおかしい。では真犯人の素性に心当たりでもあるのか、と問われた園城は、もちろんあるとも、と至って威勢がいい。ところが、その後が腰砕けで。曰く、名前までは知らないけれど、ともかく〈トワイライト・コンドル〉のホストだ。少なくとも杏里が殺害された時点で現役だったやつであることはまちがいない、かたっぱしから調べてみてくれ、そうすれば真犯人が判明するはずだ、云々」

「おいおい、名前も判らんのに、なぜホストが犯人だと限定できるんだ、って？　なるほど。警察としては、なんじゃそら、と胡散臭く訝るのが当然だよ。でもさ、杏里さんはなにしろ三日とあけず店へ通っていたお方ですぜ。彼女の周囲に石を投げりゃホストに当たる、っつうくらい。いや、真面目な話。そいつの、園城だっけ？　言い分はそれほど的外れじゃない。むしろ鋭い。例えば杏里さんが殺された後で急に店を辞めたやつとかに条件を絞って、調べてみるのもアリかもよ」

「あまりにも断定するので、どうしてそこまで確信があるのかと園城に訊いてみた。すると、さらに理解に苦しむ答えが返ってきたそうです」うっかり「きたそうです」などと、わたしが厳密には部外者である楽屋裏を匂わせかねない言い方をしてしまったが、与文継はまったく意に介していない様子。「行谷杏里が松茂良邸で殺害されたのは昨年、二〇二二年の三月十四日。ホワイトデイ。ちなみにこの日付に、なにかピンとくるものは？」

　一応確認してみたが案の定、与文継は特に反応を示さないので先を続ける。「園城が言うには、その日の夜、行谷杏里は〈トワイライト・コンドル〉へ赴き、そこで適当なホストをみつくろう。そしてその男性を自宅へ連れてかえるという手筈になっていた、と」

「どうせその夜、旦那は留守だったたって言うんだろ。いつもの杏里さんじゃん。ただの平常運転じゃん。手筈になっていた、だなんて称するほど大層なもんでも……」さすがに違和感を覚えでもしたのか、途中から与文継の声が失速した。「えと。手筈になっていた、って。それはその園城ってやつが言……」

「園城によると彼は行谷杏里と結託し、こういう段取りを組んでいたそうです。先ず杏里が適当に選んだ男を自宅へ連れ込む。もちろん松茂良国雄は不在で、さあ家のなかは、ふたりっきり。なんの邪魔も入らずにお楽しみに耽れると、そう思わせておいて実は、園城が屋外のどこかで待機していた。ホストの男性と杏里がベッドに潜り込むタイミングを見計らい、園城は彼女から預かっている鍵で、わざと大きな音を立てて玄関から家のなかへ入ってゆく。如何にも突然、松茂良国雄が帰宅したふうを装って、ね」

顔を引き攣らせ気味になにか口を挟もうとした与文継を、わたしは遮った。「いっぽう杏里はもちろん、廊下をずんずん寝室へ向かって突き進んでくる気配が松茂良国雄ではなく、そのふりをしている園城であると承知している。そのうえで彼女は、浮気が旦那にバレたらまずいと慌てふためくお芝居をして、連れ込んだ間男をむりやりクローゼットのなかに隠れさせる。ポイントはその際、寝室へ入ってきた人物、すなわち園城英治の素顔を目撃するような隙を絶対に、間男には与えないこと。杏里はクローゼットの扉越しに、さりげなく園城とのやりとりを間男に聞かせ、そこに居るのはたしかに松茂良国雄であるとのアピールでその場を取り繕った後、偽者の旦那をうまく追い払えたふりをして、クローゼットに閉じ込められていた間男をこっそり家から脱出させる、と。ざっとそういう手順になっていたんだ、と園城は言う」

茫然とした面持ちで、なにか言いかける与文継を再度わたしは遮った。「ところが。打ち合わせ通りの時刻に鍵を使って松茂良家に入ろうとした園城だったが、なぜか玄関の扉がロックされていない。ちょっと不審に思ったものの、さほど手順に差し障りがあるわけでもないので、寝室に踏み込んだ。すると、そこには誰も居ない。松茂良国雄のふりをしつつ杏里の名前を何度か呼ばわってみたが、屋内のどこからも、なんの反応も返ってこない。ひょっとして彼女、店で適当な男をピックアップするのに手間どっているのか？　それならそれで、なにか連絡がありそうなものだが、と園城は漠然と不安を覚えながら、なにげなしに寝室へ戻った。そしてクローゼットを開けてみたんだそうです」

「なんで唐突に？　どういう脈絡？」

「どうしてそんなことをしたのかは自分でもよく判らない。なにか虫の知らせでもあったのかもしれないと言う園城が扉を開けると、クローゼットのなかで杏里が倒れていた。胸部から刃物とおぼしき柄が生えており、死んでいるのは明らかだった、と。園城の供述はだいたいこんな感じ。ちなみに事件が明るみに出たのは翌日の夕方、帰宅して遺体を発見した松茂良国雄の通報によって、です」

「優男のほうはどうしたの、その後？」

「園城ですか。警察に通報もせず、逃げ出した。そのままだんまりを決め込むつもりが、それまでにも何度か松茂良邸に出入りしていたため、近所の住民に顔を憶えられていた。目撃情報を基に、現場周辺の民家に設置されている複数の防犯カメラの映像をつないだ結果、あっさり足どりを突き止められ、逮捕に至った。ざっと、そういう経緯です」

「しかし、ではこれで一件落着だよ、とはならんわね。そもそも、いったいなんなん、それ？　適当に引っかけたホストを自宅に連れ込んだうえ、わざと旦那をそこに踏み込ませる、って。しかもそれはほんとの旦那じゃなくて偽者、って。わけ判らん。マジ、なんなん。だとしたら……だ、だとしたら、だよ、まさか。まさか、四年近く前の、おれのあのときも、その、ひょっとして……？」

「まさに。行谷杏里と園城英治はグルで、あなたを騙そうとしていた。それはいま、ご自身の眼で確認されたとおり。園城を松茂良国雄だと誤認させようと彼らが企んでいたことがこの写真や画像の照合で、はっきり証明されたわけです。ただ竹俣さんのケースのみ、とんだハプニング勃発のせいで、せっかくのお膳立ては不発に終わりましたが」

「ますますワケ判らん。杏里さん、いったいなに考えてたん？　そんなアホな茶番を、いったいなんのために？　しかも一度ならず、何度も……って」ぎょッと眼を瞠るや、泣き笑いのような表情になった。「あ、あのさ。まさかとは思うけど、ひょっとして、おれが聞いた、あの小乾ってやつの話も？　あれもほんとは、そうだった……と？　杏里さんと園城ってやつのお芝居だったのか？」

「そのとおり。小乾流人が彼らのカモにされたのは、竹俣さんのケースのちょうど一年前の二〇一八年、三月十四日のことだった」

「またホワイトデイ？　どゆことよ、いったい？　なんでいちいち、その日なん？　なにか特別な意味でもあんの」

「正確なところは本人たちに訊いてみるしかないが、おそらく験担ぎの類いだったんでしょう。つまり二〇一八年、彼らがいちばん最初に犯行に手を染めたのが、たまたま三月十四日で、思いの外うまくいったものだから、その成功体験に呪縛されてしまった、というわけです。従って、それ以降もホワイトデイに拘泥したのは特に合理的必然性があっての進行ではない。事実こうして、三度目の犯行時には不測の事態が起こり、行谷杏里自身が命を落とすという結果に終わってしまったのだから。験は全然、担げていなかった」

「別におれが言う筋合いでもねえっすけど。その園城ってやつが杏里さんを殺した犯人だというのは、まちがいないことなわけ？　だってフツーはさ、こういう事件が起こったとき、真っ先に疑われそうなのって被害者と同居していた旦那じゃん、やっぱ」

「防犯カメラの映像に加えて、凶器のナイフの柄からは園城の指紋が検出されている。この点に関して本人は、被害者の遺体を見つけた際に動揺して、思わず触れてしまっただけだ、と主張しているが。園城は部外者にもかかわらず、松茂良邸の正規の鍵を所持していた。この事実がなにより大きい」

「まあそもそも杏里とグルになって、なにやらワケ判らん、怪しげな真似をしてたやつだもんね」行谷杏里という人間に対する与文継の見方が決定的に変容でもしたのか、彼女への「さん」付けが唐突に止まった。「でも松茂良のほうだって被害者の身内なうえに、通報した第一発見者なわけじゃん。フツーなら筆頭容疑者に挙げられる条件が揃ってるじゃん。なのになんだか、あっさり嫌疑を免れている印象なのが、ちょっと解せない」

「もちろん松茂良国雄の事件当日の動向も、ちゃんと調べられた。その結果、彼にはアリバイが成立している。少なくとも行谷杏里殺害事件に関しては、ね」

こちらが如何にも意味ありげに付け加えてやったのに与文継は、いまいちピンとこないようだ。「でもアリバイって、あれっしょ。テレビで刑事ドラマとか観てたらたいてい、実は犯人による偽装でした、みたいな。最初っから怪しく当てにはならない前提の」

「松茂良国雄は当日、すなわち昨年の三月十四日に高知には居なかった。愛知県の某ホテルに滞在していたことが確認されている。より正確に言うと名古屋市栄に」

「さかえ……」その地名になにか特に意味があるらしいと察してか、与文継の眼が微妙に泳ぐ。が、具体的にはなにも思いつかないようだ。「栄、って。なんで栄？」

「こちらをご覧いただきましょうか」わたしはA４サイズのコピー用紙を三枚、カウンターに並べてみせた。いずれも某全国紙の、それぞれ地方版の新聞記事の複写だ。「たまたま三紙とも、事件の第一報の段階ではそれぞれの被害者たちの実名が記載されていない。なのでわたしも、その方々の生命や尊厳を軽んじる意図は決して無いことをお断りして、全員を匿名で説明させていただきます」

ひとつ目の記事は二〇一八年、三月十五日付け。大阪市難波の路上で五十前後の女性の変死体が見つかったと報じられている。頭部を殴打され、絞殺されていたのは保険外交員のA子さん。「報道は十五日だが、遺体が繁華街の路地の暗がりで発見されたのは前日、つまりホワイトデイの午後十時頃だった。A子さんは主に風俗やサービス業に従事する独身女性を対象に各種商品を推奨勧誘していて、その日は顧客サポートを兼ねたカジュアルな心付けを配るため、市内の複数の風俗店や飲食店を回っていたことが確認されている。どうやらその途上で襲われたらしい」

「二〇一八年のホワイトデイ……」与文継の耳にもようやくその日付が禍々（まがまが）しい響きを帯びてきたようだ。「さっき、あの。変なことを言ってたよね。最初の犯行をこの日にしてみたら、たまたまうまくいったものだから、そのまま同じ日付が験担ぎになった、とかなんとか……そ、それって、つまり」

「当時ホストだった小乾流人が高和市名月町の松茂良邸へ誘い込まれ、杏里と園城のお芝居による茶番劇のカモにされていたのとまったく同じ日に、大阪市難波の路上ではA子さんが殺害された。そういう構図です」

「だとして、いや。だ、だからさ、それにいったい、どういう意味があんの？」

「ふたつ目の記事がこちら」そんな彼の問いかけには、かまわず続ける。「二〇一九年、三月。報道はやはり十五日付けだが、被害者の男性Bさん、四十一歳の死亡推定時刻は前日のホワイトデイ。午後五時頃。現場は福岡市中洲（なかす）に在る某マンションの一室」

　刺殺体を発見したのはBさんと同居していた二十代の女性で、出勤するために一旦自宅を出た後で忘れ物に気づいたのだという。彼女が自室へ引き返してくるまでの、ほんの短い時間内での犯行だったわけだ。「報道はされていないが、Bさんはキャバクラ嬢からまた別のキャバクラ嬢へ転々と、渡り鳥さながら、数珠つなぎに寄生生活を謳歌（おうか）する筋金入りの、いわゆるヒモだったようです」

「ちょ。ちょっと。自分では正確な日付なんか、はっきり憶えちゃいないんだけど。おばさん、さっき言ってたよね。おれが杏里にお持ちかえりされたのは四年近く前の二〇一九年、三月十四日で。それが、こ、この中洲の事件と同じ日……ってことは、まさか」

「そして最後のホワイトデイに起こった事件が、こちらの三つ目の記事。昨年、二〇二二年の三月十四日に名古屋市の栄で、サービス業の女性C子さん、当時三十三歳が自宅で絞殺された。そう。行谷杏里が高和市名月町の松茂良邸で変死体で発見されたのと、同じ日に。さて。これでお判りでしょ」

「いや、な、なんにも判らねえっす」

「二〇一九年のホワイトデイにあなたを手筈通り松茂良邸へ連れ込んだ杏里だったが、せっかくセッティングしておいたお芝居を自らの不手際で台無しにしてしまう。そのときの彼女の胸中や如何ばかりか。これで自分たちの手は後ろに回り身の破滅だ、と覚悟したかもしれない。ところがラッキーなことにはその日、高和から遠く離れた福岡市中洲で起きたBさん殺害事件の捜査で、松茂良国雄はもとより、行谷杏里という名前も重要参考人リストにはまったく浮上してこなかった。つまり彼らのアリバイ工作はひと知れず頓挫(とんざ)していたんだけれど、裏で運よく、すべて帳消しになるかたちに落ち着いていたのです」

「ありばい、こうさく、って。なんつうマンガちっくな響き。ま、マジで、か」

「彼女や松茂良国雄が中洲の事件の容疑者として捜査線上に浮かんでこなかったのは、Bさんが杏里のヒモだった時期があるという接点を所轄署や福岡県警が把握していなかったからに他ならない。少なくとも事件発生の時点では、たまたま、ね。ラッキーだったとはそういう意味で、四年近く前の杏里たちは、ほんとに運がよかった。だから、そこで止めておけばよかったんです」

「な……止めておけば、って、なにを？」

「折しも世間は新型コロナ禍という未曾有の事態に突入する前後で、公私問わず県外への移動も制限されつつある社会状況だった。そう。自粛するにはちょうどいいタイミングだった、と言えましょう。特に彼らのような越境広域タイプの犯罪者たちにとってはまさに天の配剤にも等しいと謙虚に、そうわきまえて行谷杏里も松茂良国雄も、そこで潔く止めておくべきだった。もうそれ以上、犯行を重ねるという愚を犯しさえしなければ少なくとも、すでに実行済みのA子さんとBさん殺害事件については、かなりの高確率で迷宮入りに終わっていたかもしれないのに」

「つまり、三番目のC子さんのことは、もう諦めておけば、それで済。って。い、いや、諦める、なんて言い方はあれかもだが」

「いえ。まさにおっしゃるとおり。彼らは諦められなかった。それはあるいはC子さんこそが杏里にとってはいちばん殺したい、言わば大本命だったからかもしれない。三年間の自粛期間を経て、彼女は我慢の限界に来ていた。もう待ちきれなくなっていた」

「仮にもひと殺しの話で、待ちきれない、って。どんだけ壊れてたんだよ、理性が」

「もはや引き返せない精神状態だったのかもしれない。譬えて言えば、黄泉の国のものを口にしてしまったが最後、もう二度と現世へは戻ってこられない。それと同じです。彼らは殺人という行為の快楽を覚えてしまった。なお悪いことに、杏里はただ男たちに、ああしろこうしろと指示を出すだけで、自らの手を決して汚さなかった。それが、なおいっそう心の深い闇に拍車をかける結果になったのではないか。すなわち問答無用で他者の生殺与奪権を握るという立場がもたらす、歪(ゆが)んだ全知全能感。その愉悦(ゆえつ)に目覚めた杏里は、もはや理性を具(そな)えた人間に戻ることは二度と、できなくなっていたのです」

*

古都乃へ。

あなたがいま、これを読んでいる。それはつまり、あたしが宗也よりも先に死んだ、ということ。

宗也が先立った（もしくは彼とあたしの関係が解消された）場合、この手紙をどうするか、それはそのときになってみないと判らない。宗也の代わりに他の誰かに託せば、いずれは古都乃のもとへ届くだろうけれど。途中であたしの気が変わって、この懺悔(ざんげ)そのものを破棄してしまうかもしれない。

そんな迷いをかかえつつ、この手紙をしたためているのは、あなたが早期退職され、お父さまの慎太郎(しんたろう)さんの介護に専念することになった、と風の便りに聞き及んでから二年ほど後の、二〇一九年。

ちょこっと高和へ帰省した折に刻子の〈ＫＵＳＨＩＭＯＴＯ〉に寄って、あなたに会えるかな、と思ったんだけれど、どうやらいろいろ取り込み中だったようで。結局、刻子といまさらＬＩＮＥ交換なんかしたりして。それで、おいとま。

正直に言うと、ひょっとしてあたし、古都乃に避けられてる？　と感じた。あるいはそれが、こうして一筆、遺しておこうと思い立つ、きっかけになったのかも。

唐突で恐縮ですが、あたしの人生をひとことで表すなら、さながら水が低きに流れるが如く、かな。もちろん良い意味で、ね。あくまでも。自分にとっていちばん自然、かつ最良と思える選択を、その都度、積み上げてきたつもり、なので。

ていうか、良い意味でのつもりだったし。実はその自己評価はいまも変わっていない。だからこそこうして、せめて手紙のなかでだけでも懺悔して、なにがしかの埋め合わせをしておこうとしている、のかも。なんて言うと、あれれ。我ながら、ちょっと矛盾している？　ような気もするけれど。まあ、それはそれとして。

おそらく慎太郎さんも未だ、あなたに打ち明けてはいないであろうことを、ここで告白しておきます。

あれは一九九二年、十月。あなたもよくご存じのとおり、あたしは帰省していた。いまにして思えば、どの面を下げて、良仁（よしひと）くんの葬儀に出られたのか、と我ながら冷や汗ものではあるけれど。

そのとき、宇都野町の纐纈邸に立ち寄っていたことまでは、古都乃も知らないんじゃない？　実は東京へ戻る直前、あたしは慎太郎さんに会いました。ふたりだけで。古都乃が居ないところで話したいと、わざわざそう口に出して頼まれたわけでもなく、要するに、そういう阿吽の呼吸で。

あたしはてっきり、良仁くんの闘病中の様子でも話したいのか、と思っていたんだけれど。そうじゃなかった。

慎太郎さんは、あたしに言いました。もしも藤永さんがこの先、古都乃とともに人生を歩んでくれるつもりがあるのならば、自分は決して反対をしない。力の限り協力をさせてもらうつもりだ。そのことをどうか心に留めておいて欲しい、と。

あたしは、なんにも答えられなかった。どうしてか、というと多分、そのときのあたしの耳に慎太郎さんの言葉は、なんていうか、単なるその場凌ぎな罪滅ぼし、のように聞こえてしまったから、だと思う。

たとえ実の母親であろうと孫娘を藤永さんに任せることはできない、と断固拒絶された怨みをあたしがずっと引きずっている、と。慎太郎さんはとどのつまり、そんなふうにしか藤永孝美という人間を捉えてくれてはいないんだ。そう決めつけて、失望してしまったから、じゃないか。そんな気がする。

こちらの人間性にきちんと向き合ってくれない、と反発していたあたしはあたしで、慎太郎さんのことも一面的にしか見ていなかったというお粗末だけど。そのときはとても、そこまで思慮が足りていなかった。

結果的に、あたしは慎太郎さんの誠実な理解も真摯（しんし）な提言もいっさい受け入れられず、終わった。のみならず、もの心もつかないうちに父親を失ったばかりの、ほたるを顧みることもしなかった。古都乃と生涯のパートナーになることもなかった。

その後、ほたるが正式に養子縁組をして、あなたの娘になったという知らせをもらっても、あたしの心が郷里へ還ることは、ついになかった。なぜなのか。

宗也に対する遠慮？　それはちがう。彼のことは、いっさい関係ない。単にあたしは、もう戻れなくなっていた。それだけの話。

そう言うと、いや、それって根っこは同じことじゃないか、と。少なくとも宗也の存在がこの問題にまったく無関係って理屈はあり得ないだろう、と反論されて当然なんだけれど。

さて。どう説明したものか。

あなたは憶えているかな。たしか昭和から平成になったばかりの一九八九年。刻子の親戚の結婚披露宴に出席するために、里帰りしていたときのこと。刻子を初めて、あなたに紹介したあの日。

刻子と合流する直前、ホテルのティールームで、ふたりでお喋りしていたでしょ。慎太郎さんがあたしと古都乃との仲を疑っているんじゃないか、というデリケートな話題になった。いまとなってはあなたにも、どれだけあたしがあのとき、複雑な心持ちだったかが容易に想像がつくことでしょう。

慎太郎さんが藤永孝美から遠ざけておかなければと警戒すべき対象は娘じゃなくて、実は息子のほうだった、という。まるで悪い冗談のような。その後の、あたしの出産から新生児の親権、養育を巡る話し合いなど一連の大揉めの過程に鑑みるに、とても笑いごとでは済まないオチだったんだけれど。

この歳になって、あたしはときどき、埒（らち）もない夢想をするんです。もしもあの段階で、ティールームでのお喋りの途中で、良仁くんとのことを率直に、洗いざらい古都乃に打ち明けていたとしたら？　はたして、どうなっていたんだろう、と。

別にこれといって、なにも変わらなかったんじゃない？　と思ういっぽう、ひょっとしたら、ちがう未来があったかもしれない、なんて気持ちが無くもない。だって古都乃の性格からして、もしもあの時点で、あたしが妊娠していると知ったとしたら、絶対、黙ってはいなかったでしょ？

まだ大学院生で世間知らずな弟を誑（たぶら）かした以上、きっちり責任をとれ、と。その確約を取るまでは意地でも、あたしを東京へは戻らせなかったはず。そんな古都乃の勢いに圧されて、さすがのあたしも、もしかして、うっかり良仁くんと籍を入れちゃったり、なんて可能性も決してゼロではなかった。

もちろん運命の枝分かれって、それほど単純なものでもないわけで。例えばいくら古都乃から責められようともあたしは、良仁くんと夫婦になることはあくまでも拒絶したうえで、ほたるも纐纈家には渡さない、自分が引き取って育てる、という選択に固執していたかもしれない。そこは神のみぞ知る。

ただ、ひとつだけ、たしかなことがある。それは前述したように、あたしはこれまでの人生で常に自分にとっていちばん自然、かつ最良の選択を積み重ねてきた。その自己評価を訂正、撤回するつもりは毛頭ないけれど、やっぱり心のどこかで、いつでも元の場所へ戻れるんだ、いざとなれば自分はすべてをリセットできるんだ、と。そんな安易な考えを抱いていた節がある。

ほんとはもう、どこへも戻れない、リセットなんか利きようのない選択を自分自身の手で下していたにもかかわらず。

でも、これだけは誤解して欲しくない。これだけは古都乃に判ってもらわないといけないのは、あたしは決して、自由で身軽でいたいがために宗也との関係を事実婚に留めていたわけではない、ということ。

宗也との関係性はそれがベストだと見極めていたからこそ、そうしていた。それだけ。そのことだけは正しく理解していただけるよう、切に願います。結局この手紙も、その一点こそを強調、弁明したかったのかも。

あたりまえというか、いまさらなことばかり、虚(むな)しい言葉を連ねてごめんなさい。あたしは古都乃といっしょに、ほたるを育ててゆくという人生を歩む選択肢がちゃんとあったんだ、と。そう気づいたときには、もう元へは戻れないところへ来ていたんです。

あなたがこの懺悔を読むことになる日が、いつか来るのか。それとも来ないのか。想像すると怖いような、でも、ちょっとホッとするような。複雑な心地を持て余しつつ。

　さようなら。孝美より。

（付記。以下の文章は、二〇二二年の年明けに書き足したもので、蛇足です。

　慎太郎さんが昨年末に、お亡くなりになった由。新型コロナ禍の折ゆえ、家族葬に駈けつけることができなかったのは、あたしにとって悔いの残る巡り合わせでした。

　三十年前とは少しちがう自分の顔で、きちんとお父さまとお別れをしておきたかった。そう思うのは単なる自己満足の欺瞞であることは重々、わきまえつつも。

　どこまでも自分本位な、こんなあたしを愛してくれたこと、心から感謝しています。今度こそほんとに、さようなら）

*

「大阪市難波のA子さん、福岡市中洲のBさん、そして名古屋市栄のC子さん。三人の被害者たちの共通項については、もはや改めて解説するまでもない。さよう。いずれも犯行現場が以前、行谷杏里が住んでいたことのある土地であり、彼や彼女たちは一時期、それぞれ仕事上、もしくは私生活上で、杏里とは浅からぬ関係があった」

「難波のA子は、えと。保険外交員だっけ。杏里もその顧客のひとりだった、とか？」

「正解。ふたり目のBさんは男女関係。彼は中洲で杏里と同居していた時期がある。恋愛感情の有無は別として、おそらく態のいいヒモだったと思われ、杏里が福岡から離れるのと前後してその関係は解消された。そして三人目のC子さんは、杏里が当時、栄で勤めていたキャバクラの同僚だった」

「その三人と杏里とのあいだで、なにかがあった、ってことなのか。しかも殺人事件にまで発展してしまうほど、深刻な？」

「具体的にどのような確執や因縁があったのか、もはや当事者たちの誰にも直接確認することはできない。そもそも大阪、福岡、名古屋の三つの事件は、これまで互いに関連づけて考えられてはいなかった。行谷杏里という人物こそが実は全被害者たち共通の接点であると、こうして明らかになるまでは」

　そう発覚したきっかけこそ他ならぬ与文継が先日、武勇伝めかしてカホ嬢に披露していた松茂良邸に於ける奇妙奇天烈な体験談を、わたしがこの店で小耳に挟んだことだった。そのミッシングリンクの辻褄を埋め合わせる大胆な仮説をわたしが警察に情報提供したからこそ、これまでは個別にしか捜査されなかった三つの事件を複眼的視点で再検証できたわけで、換言すれば、すべて与文継の饒舌のお蔭なのである。が、その点に関して、ここでは敢えて言及しないでおく。

「新たな情報を受けて大阪府警に改めて調べてもらったところ、当時の杏里と親交のあった元同僚に話を聞くことができた。それによると杏里は、難波の店を辞めて大阪から転居する直前、その元同僚にA子さんに対する不平不満をぶち撒けていたらしい。曰く、不慣れな土地での余所者の心細さに、まんまと付け込まれてしまった。個人的な悩みにも親身に相談に乗ってくれるふりをして、分不相応に高額な契約をさせられた、云々」

「だからって、殺す？　その程度のことで、って切り捨てるのも、それはそれで、なんつうか、不適切なのかもしれんけど」

「たしかに。殺人の動機となり得るほどの因縁なのか否か、見解は分かれるでしょう」

「中洲のBとは男女トラブルで。C子とは例えば上客の獲り合いとか、なにか仕事上の対立でもあったんかな。仮にそれらが殺人の動機になり得るほどの問題だったとしても、実際に三人を手にかけたのは杏里自身ではなかった、という点がミソなわけだよね。いずれの犯行日にも彼女は高和に居たんだから」

「三つ目の栄のケースに至っては、名月町のほうで杏里自身が殺されてしまった」

「実行犯は旦那の松茂良だった。彼は言わば杏里の代理で三件もの殺人を……いっぽう彼女は園城に手伝わせ、いずれの犯行日にも松茂良は高和の自宅に居たかのように偽装してやっていた。アリバイ工作って、そういうことね。って、いや。理屈としては判るんだけど。現実にあり得ることなの、それ？　松茂良と杏里とのあいだの力関係がどれほど極端だったか、って話なのだとしても、だよ。彼女に命じられるまま唯々諾々（いいだくだく）と殺人を実行してしまう、だなんて。いくらなんでも」

「主従関係がグロテスクの域にまで達していた。松茂良国雄はよっぽど杏里の虜（とりこ）になっていた、ということでしょうか。身も心も彼女に捧げる、代理殺人マシンと化していた。それまで一度も会ったことのない、見ず知らずの他人たちの生命を立て続けに奪って厭わぬほど、理性も倫理観も麻痺していた」

「杏里も杏里だ。いくら不快な思いをさせられた相手かもしれないとはいえ、ことは殺人だぞ。むかつくから殺しちまおう、ってフツー、なるかよ。短絡的にもほどがある」

「陳腐で類型的なまとめ方をご容赦いただけるなら、怨みや憎しみの深さは決して外からは窺い知れない、ということでしょうか」

「ガチで正気を失っていたんだ。まちがいなく。けれど同時に逮捕は免れようともしているわけで。なんだか姑息というか、中途半端に破滅的な感じなんだよね。小乾やおれを勝手にキャスティングしてのお芝居にしても、本人たちは大真面目だったんだろうけどさ。改めて考えてみると、ずいぶん間抜けというか……」与文継はそこで一旦口籠もる。「園城ってやつは自分が、殺人のアリバイ工作に加担しているんだ、って事実を、ちゃんと承知のうえで杏里に協力してたの？」

「なにか善からぬ算段に基づく行為だ、くらいは理解していたでしょう。はたしてそれが殺人という重大犯罪であるとまで把握していたか否かは判断が難しい。少なくとも園城本人は、具体的な意図や目的はなにも聞かされていなかった、と未だに主張している。が、杏里の指示には逆らえなかった、というよりも逆らうつもりが彼にはいっさい無かったことは、たしかでしょう。松茂良国雄と同様、園城英治もまた彼女の精神的俘囚だった」

「いちばん間抜けなのが、蓋を開けてみれば最初から、すべては無駄骨だったっていう。変なコントまがいのお芝居のアリバイ工作なんか、そもそも全然必要なかった、ってオチだよね。まあ結果論だけどさ。実行役の松茂良はもちろん、主犯の杏里にも疑惑の目が向けられる恐れなんて無かったんだから」

「これまで警察はあなたのところへ、例えば行谷杏里の件で話を訊きたい、とか。事情聴取にきたりしなかった？」

「うん。一度も」与文継は首を傾げた。「そういや、なんでだろ？　あ。園城の供述に、おれの名前が出てこなかったから、かな」

「杏里が適当なホストを〈トワイライト・コンドル〉から調達してくるという段取りさえ押さえておけばこと足りていた園城のほうからわざわざ、具体的に誰を連れてくるつもりなのか、とか彼女に訊いたりはしなかったのでしょう。事実、最初の小乾流人のケースではクローゼットの扉を隔（へだ）てて、彼と園城は一度も互いに顔を合わせてはいない」

「おれのときは鉢合わせしたものの、店の在籍期間が重なっていなかったため、初対面。だからおれの名前を知らなかったし、改めて杏里に訊いたりもしなかったわけか」

「杏里が松茂良邸に連れ込んだとされるホストたちとは、どこの誰なのか、園城はいっさい彼らの名前を把握していない。いきおい園城の供述の全体的な信憑性についても、警察は慎重にならざるを得なかった」

　むろん〈トワイライト・コンドル〉の従業員たちにもひととおり事情聴取したものの、昨年の杏里殺害事件の時点で店を辞めて久しかった小乾流人の存在にまで警察は辿（たど）り着けなかった。ただし、仮に彼の話を聞けていたとしても、アリバイ偽装工作に利用されたという自覚が当の本人には欠けていた蓋然性が高い以上、どのみち有益な証言を小乾から引き出すのは難しかっただろうが。

「杏里が家に誰を連れてくるつもりなのか、ちゃんと事前に名前や素性を把握するようにしておけば、彼女を殺したのが誰なのかを、園城も即座に告発できていただろうに、なんて、ひょっとしたら、お考えかもしれませんが。さて。それはどんなものでしょう」

「は？　なんで。杏里を殺した犯人は園城なんだから、そんなこと関。って。いや、園城なんでしょ？　そうだよね。おばさん、さっき、そう言ったじゃん」

園城が逮捕されたとは言ったが、彼が真犯人であると断定まではしていない。などと重箱の隅をつついても仕方がない。「園城がいくら必死で訴えようとも、〈トワイライト・コンドル〉の従業員のなかに不審な人物はまったく見当たらなかった。少なくとも、昨年のホワイトデイの時点で現役だった者たちのなかには、ね。さて。それはいったい、なぜなのか。判りますか？」

「なぜもなにも。その夜、現場には園城ってやつしか居なかったから、でしょ。つまりそもそも、杏里が自宅へお持ちかえりしたホストなんて存在していない、と……」

「すばらしい、そのとおり。大正解」

「へ」

「杏里は一旦外出し、帰宅した後で殺害された、という前提の時系列で園城はすべてを語っている。しかしそれは彼の、単なる思い込みに過ぎない。実際に杏里は〈トワイライト・コンドル〉へは行っていない。出かけようとしていた、ちょうどそのとき、犯人が家へやってきたからです。その人物はおそらく、松茂良邸は留守だとかんちがいしていた。窃盗目的で侵入したところ、そこで杏里と鉢合わせ。予想外の展開に動揺した犯人は護身用に所持していたナイフで思わず、杏里を刺してしまった。つまり杏里を殺した犯人とは、居直り強盗だったのです。想定外の殺人を犯してしまったことに慌てて、結果的にはなにも盗らずに逃走しましたが」

「えと。でも、じゃあなんで、杏里の死体をわざわざクローゼットのなかへ隠したりしたの？　そんな必要なんか無さそうなのに」

「まさに、おっしゃるとおり。もしも居直り強盗が犯人だったのなら、被害者の遺体を隠すなんて手間をかける必然性は無い。現場は杏里が住んでいた家なのだから、そのまま放置してゆけばいい。それをわざわざクローゼットのなかに押し込む、だなんて。一刻も早く現場から遠ざかりたいはずの犯人にとっては、むしろ時間の無駄でしかないはず」

「だよね。うん。そうだよね」

「にもかかわらず、実際には杏里の遺体を隠しておいてから立ち去った。それには相応の理由があった、と考えられる」

「いやいやいや。だからそれはね、犯人が強盗だと決めつけちゃうから、矛盾するわけであって。前提となる根拠がそもそもおかしいんだよ、って話でしょ、これは」

「そもそも論といえば。居直り強盗だとしたら、なぜ松茂良邸に眼をつけたのか」

「そりゃテキトーに選んだんでしょ。もしも強盗なら、の話だけど。あくまでも、ね。この家なら金目のものがありそうだ、と当たりをつけて……」

「その人物がそう当たりをつけられたのは、以前にも松茂良邸のなかに入ったことがあったから、ではないでしょうか。例えば杏里に誘い込まれるかたちで、ね」

　ここで与文継の眼が微妙に据わった。わたしが捜査官としての現役時代、何度か手応えとして体験したその感触。「これはさほど突飛な想像でもない。そしてその際に、その人物は他ならぬ杏里の口から、松茂良邸に関する、ちょっとした裏技を伝授されていたのです。すなわち、門扉から玄関ドアへかけて飛び石を微妙に避けて通ればあなたの顔は防犯カメラに映らなくて済むわよ、という」

　ちなみにこの点については、小乾も含めて、杏里にお持ちかえりされたことのあるホストたちの誰も、いっさい知らなかった。そもそもそういう助言を彼女に仰ぐという発想自体が無かったようで、なんのことはない、杏里の旦那の影に怯えていた小心者は与文継ひとりだけだったのだ。

「ママさん、お勘定」些か硬めの笑みとともに与文継は唐突に立ち上がった。「あ。お釣りは要らねえっすから」

　小心者ゆえ、松茂良邸に忍び込むに当たっては事前に、杏里たちの動向を調べていただろう。おそらく彼女の来店予約の有無などを昔の同僚から聞き出すかどうかして。

杏里は当然、旦那の不在に託(かこ)つけて適当なホストを自宅へ連れ込むだろうから、彼女が戻ってくるまでに屋内の物色を済ませておかなければならない。そう前のめりに用心するあまり、杏里が出かけるよりも早くに侵入してしまい、要らぬ殺生をする羽目になる。

「その人物は昨年の犯行以前に、ただ杏里に松茂良邸へ誘い込まれたことがあるだけではない。くだんのアリバイ工作のためにクローゼットのなかに押し込まれた。一度そういう体験を経ていたからこそ彼は、杏里を手にかけてしまった後で、強い不安にかられた」

コートを羽織って〈ＫＵＳＨＩＭＯＴＯ〉から出てゆく与文継の背中へわたしはそう声をかけ続けた。「その不安とは、このままぐずぐずしていたら杏里の旦那がすぐにここへ現れるんじゃないか？　という。そう、妄想です。これは理屈ではない。たったいまひとを殺めてしまってパニックに陥り、とにかく杏里の遺体を、ひと目につかないところに隠しておかなければ、という、なんの意味も無い衝動と強迫観念に彼は駆り立てられてしまった。そういう経緯だったんでしょ？」

最後まで言い終えないうちに、カウベルが二度に分けて鳴る。戸外の冷気を一瞬、店内へ運び込んできておいてからドアが閉じられた。わたしは与文継を追いかけようとはしなかったし、その必要も無い。今夜〈ＫＵＳＨＩＭＯＴＯ〉へ来る前に予(あらかじ)め、ほたるたちに店外での待機を要請しておいたからだ。加えて松茂良国雄の身柄も確保済み。

むろん与文継が取り調べに応じるか否かは任意だし、現段階ではこれといった物的証拠が揃っているわけでもない。しかし、もはやそれで彼が逃げ切れるほど甘い状況でもないのだ。与文継はたったいま、自らの行動で言外にその罪を認めてしまった。

　これまでは運よく誰の視線にも曝されず、舞台裏にずっと潜伏していた竹俣与文継という存在は、もうクローズアップを免れない。仮にここで中座せず、わたしの説明に最後まで軽く調子を合わせていれば、あるいはまた別の展開が望めたかもしれないが。

　与文継は、こらえ切れなかった。黄泉の国のものを口にしてしまった者は、もう二度と現世へは戻ってこられない。

第五話　それは彼女が逃げ切れなかったから

「見覚え、あったりする？　こういうの」とカウンター越しに、わたしは自分のスマホ画面を指し示した。

　ネット検索で拾った、ファッション関係のサンプル画像だ。金髪碧眼の北欧系とおぼしき若い女性が、パフスリーブのTシャツにデニムのサロペットスカート、そしてカラータイツに全身を包み込んでいる。

「モデルの娘じゃなくて、この服のほうのこと、なんだけど」

　久志本刻子は、冷やしたゴブレットをビールサーバーの注ぎ口にあてがった姿勢のまま首を傾け、顎を少し突き出し気味に、こちらの手もとを覗き込んだ。「んん？　ああ、そういえば、たしか」

　みっしり白く張り詰めた泡が縁からこぼれ落ちそうなゴブレットをわたしに手渡しておいてから、刻子は改めて首を傾げた。「いち時期、孝美が、よくこういう恰好をしていなかったっけ。そうだ。ほら。トップスが白、タイツがグレイっていう色の取り合わせも、若い頃の彼女の趣味っぽい」

　やっぱり刻子にとっても印象深かったんだな、と感に堪えぬいっぽうで、ひょっとしてそれ、決め打ちで答えたりしていない？　との疑念もうっすら、わたしとしては払拭し切れない。普段はおよそ服飾関係のトピックに無頓着なはずの古都乃がこんな画像をわざわざネットで検索するのは、多分なにか藤永孝美がらみの事情ゆえであろう、と刻子ならば造作もなく、そう見当をつけられよう。

　などと少し密かに斜に構えかけているところへ、刻子はあっさり、こう続けた。「そうそう。昔、彼女が初めて、古都乃をあたしに引き合わせてくれたときに着ていたのも、こういう服だったよね」

「えッ。ええッ？」予想を遥かに超越するピンポイントな指摘に仰天してしまった。「嘘ッ。まさか。お、憶えているの、そんなことを？　もう三十年以上も前なのに」

　あれは平成元年。一九八九年の七月某日。当時県警一課の新米刑事だったわたしは仕事の合間を縫い、市街地の某シティホテルへと向かった。館内のティールームで、帰省していた藤永孝美と会うために。

　そしてその席で、孝美が関西の大学在籍中に知己を得たという、同じ高和出身の久志本刻子にわたしは初めて紹介されたのだ。三人が三人とも、芳紀まさに二十七歳。八月生まれのわたしは厳密には一ヶ月ほど、十一月生まれの孝美は四ヶ月ほど、その時点では足りなかったものの、現在の年齢の半分にも満たぬ若さだった。改めてそう思いを馳せると、ふと気が遠くなる。

「縁は異なもの、味なもの、なんて言うけれど。ほんと。ひととひととの出逢い、巡り合わせって数奇なものだよね。想像してみて。もしもあのとき、孝美のお父さんが娘を騙くらかして彼女を帰省させていなかったとしたら、あたしは生涯、古都乃と知り合うことなく終わっていたかもしれない。こうして三十余年にも及ぶ長い付き合いも、いっさい無い人生だったかもしれないわけだから」

「うん。って、え?」一旦うっかり頷きかけたわたしは思わず、カウンターに頰杖をついていた顔を上げた。「どういうことそれ。孝美のお父さんが彼女を騙くらかして、って、なに。なんの話」

「あれ。もしかして知らなかった?」

「だから、なにを」

「あのとき、孝美が高和へ帰ってきていたのは、お父さんが緊急入院して危篤状態との連絡を受けて、だったんだ」

ハイボールのグラスを口もとへ運びながら刻子は肩を竦めてみせた。「ところが、それは実は真っ赤な大嘘。いや、旅先で食中りに遭ったお父さんが地元へ戻ってきてすぐに桑水流町の病院へ担ぎ込まれたこと自体は、紛れもなく事実だったそうだけど」

「旅先、って。旅行中に食中毒?」

「修学旅行の下見だったとか」

「憶い出した。孝美のお父さんて当時、県立高校の教頭先生だったっけ」

「どこだったかは知らないけど、宿泊先で体調を崩したので予定を早めて帰ってきて、病院へ直行し、検査したら食中毒が判明。即入院したものの、生命にはまったく別状なし。なのにお父さんたら、これは東京へ行きっぱなしでろくに実家に顔を見せにこようともしない孝美を呼び寄せられる、恰好の口実になるぞ。症状を多少誇張してもかまわんから、父親が緊急入院しておおごとなので、とにかく一刻も早く帰ってくるよう娘に伝えろ、と妻に指示したらしい」

「わたし、てっきり孝美は、刻子のお兄さんの結婚披露宴に出席するために帰ってきていたんだ、と。ずっとそう思ってた」

「おっとり刀で飛行機のチケットを手配し、高和空港から直接タクシーで桑水流町へ駈けつけた孝美だったんだけど。実はその時点で父親は危篤どころか、病院へ運び込まれた直後で、検査も終わっていなかったというんだから策略バレバレで呆れるでしょ？　おまけに、いざ娘と顔を合わせたと思ったら、おお孝美よ、オマエにぴったりの縁談が来ておるぞ、などと太平楽な放言に及ぶありさま」

　わたしは思わずカウンターに突っ伏し、頭をかかえた。如何にも昭和のオトコ的な、とのひとことで済ませるには痛過ぎる。

「怒髪天を衝いた孝美。なんだと、ワシが死にかけているなぞと誰がそんな出鱈目をと、すっとぼける父親をベッドから蹴り転がしたその足で。いや、ほんとにそんな乱暴狼藉を働いたわけではなく、あくまでもレトリックとしての激しい怒り。その勢いに任せて空港へ取って返してはみたものの、羽田行のフライトがすぐには確保できない。そこで彼女、ふと思いついて、あたしに電話してきた」

　スマートフォンなどはまだ全然普及していない時代、孝美は言わば駄目もとで空港の公衆電話から久志本家へかけてみたわけだが、たまたま刻子は実家に居て、つかまえることができた。わたしは初めて知る経緯で、聞けば聞くほどたしかに、これは人生の隠れた重要分岐点だったのかも、と思えてくる。

「じゃあ孝美は、そもそも刻子のお兄さんの結婚披露宴には招待されていなかった？」

「あたしに兄がいるなんて彼女、そのとき初めて知ったくらいだったんじゃないかな。電話をもらったとき、たまたまこちらは、県外からの招待客の都合で押さえていたホテルの部屋をひとつ、キャンセルする寸前のタイミングで。それをちょうどいいから、と孝美に回してあげることになった。で。宿泊ついでに披露宴にも賑やかしで出てくれない？　なんて、その場の軽いノリというか、冗談半分に提案したんだ。孝美は当然フォーマルウエアなんか持ってきていないけれど、せっかくだからお言葉に甘えて二次会か三次会にはお兄さんたちに顔見せがてら、お邪魔させていただきます、って流れに落ち着いた」

「そうだったんだ。いまのいままで、すっかりかんちがいしていた。でも、うーん。なんだか孝美がそういう思い込みを誘発する口ぶりだった、ような気がしないでもない」

　それどころか先日、舟渡宗也から送ってもらった彼女の最後の手紙には「刻子の親戚の結婚披露宴に出席するために」と書いてあったし。

「成り行きでこちらに滞在することになったので古都乃にも連絡し、ホテルのティールームで落ち合ったものの、実はお父さんの虚言に釣られて帰省したんだとかって、いちいち正確な経緯を説明するのが孝美もめんどくさかったんでしょ。態よく、あたしの兄の結婚披露宴への出席名目でお茶を濁した」

　そこへたまたま用事があって孝美を探しにティールームへやってきた刻子と、わたしは初の顔合わせを果たした次第で、これはまさしく縁は異なもの、と彼女が評するとおり。振り返ってみればこの三十余年、わたしに関して言えば孝美とよりも、むしろ刻子のほうと長く、深い交流を築いてきている。

　そしてそれはとりもなおさず、孝美とわたしとのあいだにはいつも刻子という得難い橋渡し役が存在し、見守ってくれていた、という意味でもある。もしも刻子との親交が無かったとしたら、わたしはとっくの昔に孝美とは疎遠になり、彼女の死すらも未だに認知せぬまま、だったかもしれないのだから。

「それにしても、やれやれ、だ。ただでさえ折り合いの微妙だった父親からそんなふざけた真似をされたら孝美も、ますます実家からは気持ちが離れ、足が遠のくいっぽうに陥るだけだと、容易に想像がついただろうに」

「それどころか。どうやら結局、この一件が今生の別れになってしまったみたい。二〇一九年に耕造さんが特養ホームで亡くなられるまで、実に三十年もの長きにわたっての父娘断絶という。ただ孝美が端から、そこまで意地を張り通すつもりだったかどうかは判らない。あくまでも結果的に、そうなってしまったんじゃないか、という意味だけど」

「耕造」が孝美の父親の名前であると、ぴんとくるまで我ながら呆れるほどたっぷり間が空いた。どうやらわたしは自覚する以上に、彼女の家族の存在を意識の外へ追いやっていたんだということが、この後のやりとりの過程でも次々と明らかになってゆく。

「二〇一九年……ひょっとして孝美が、あの年に高和へ帰省していたのは？」

刻子が、久方ぶりに会えた彼女と遅ればせながらＬＩＮＥ交換したと言っていた、あのとき。わたしにも合流のお声がかかっていたが、老父の介護疲れを理由に、孝美とは会わずじまい。そのわずか三年後に彼女が急死してしまう、などとは神ならぬこの身、思いもよらなかったからとはいえ、もはや悔恨の極みという言葉では語り尽くせない。

「その時点でお父さんのご兄弟とか、存命の縁者は、もう他に誰も残っていなかったそうだから。ひとり娘の孝美以外は」

「お継母（かあ）さんは？　たしか耕造さんには後妻さんが居たはず。それと、孝美にとっては義理の弟に当たる、その息子さんも」

「とっくの昔に離婚。彼女の連れ子ともども逃げられていた。糸子（いとこ）さんて、家父長制にはわりと抵抗なく馴染（なじ）めて、封建主義的な夫をうまく立てられるタイプだったようだけど。そんな彼女も、義理の娘である孝美と耕造さんとのあいだを取り持つ板挟みだけは、どうにもこうにも精神的に堪え切れず、嫌気がさした、という事情だったみたい」

糸子という名前が記憶を刺戟（しげき）し、鰓（えら）が張って切れ長な吊り眼のいわゆるオリエンタルビューティ系の相貌（そうぼう）がレトロな色調と質感を伴い、浮かんでくる。「孝美のお継母さんて、そんなに追い詰められるほどいつも、夫と義理の娘の仲立ちに明け暮れてたの？」

「旦那の我儘(わがまま)やたいていの無理難題は柳(やなぎ)に風と受け流せる性格だったようだけど。そんな糸子さんも、さすがに耕造さんの無責任さにはほとほと呆れ、夫や父親という以前にその言動はそもそも人間としてどうなのよ、と見限らざるを得なかった。ほら。家庭争議という枠には到底収まり切らないほど深刻で、決定的な出来事が藤永家で勃発したでしょ。ちょうどあたしの兄の結婚式の直後に」

「その頃の、いち大事、と言えば」他にあり得ない。「孝美の妊娠が発覚したことか」

「そういえば、いまさらだけど。あれって、どういう経緯で、だったの？」刻子はカウンター越しにひょいと手を伸ばし、空になったわたしのゴブレットを引っ込めた。「あのタイミングで、孝美本人がわざわざ周囲に暴露した、とも思えなかったんだけど」

「さる筋から藤永家に密告があったんだ。無駄にドラマティックな言い方で恐縮だけど、ほんとに安手の恋愛ドラマはだしの展開で。背後で暗躍していた黒幕というのが、良仁(よしひと)の一学年後輩だった、イナガケって娘」

苗字の「稲」と「掛」を指で宙になぞってみせる。「これがもう、純愛一途というと聞こえはいいけど、恋に溺(おぼ)れて周囲がなんにも見えなくなる、絵に描いたように妄想系で傍(はた)迷惑な、夢見る乙女の典型。この稲掛(いながけ)嬢が、よりによって我が弟にぞっこんで。のぼせ上がるあまり、本来は偏差値が全然足りなかったのもなんのその、猛勉強して、一年遅れで良仁と同じ大学へ入ってきたそうな」

「はるばる東京まで追いかけていったんだ、良仁くんを懸想するあまり」

その名前の呼び方がごく自然なため、うっかりかんちがいしそうになるが、よくよく考えてみると刻子は実際にわたしの弟に会う機会は一度も無かったはず。そもそも良仁は当時、生まれたばかりの我が子の成長すら、ろくに見届けられずじまいだったわけで。

「彼女が良仁くんへの想いを支えにして、苦手だった勉学に励んで勝ち得た進路だというなら、ちょいといい話に聞こえなくもないけど。一歩まちがえたらストーカーだ」

「稲掛嬢は大学を卒業後もバイトで東京に留まり、修士へ進んだ良仁のことを、こっそり付け回していた。どうも彼女、そこまで熱烈に入れ込むわりには、表立って良仁に接触を試みたりはしなかったようなんだ。実際、良仁本人も、たしかに高校時代の後輩の女の子が同じ大学へ来ているな、くらいは認識していたけれど、実際に彼女と言葉を交わしたりした覚えはほぼ皆無、だったとか」

「物陰から愛しの君の姿を、こっそり見守るだけで満足、ってタイプだったのかな」

「ただ見守るだけじゃなくて彼女は、本職の興信所ばりに想いびとの身辺調査に血道を上げ、良仁と孝美の親密な関係を突きとめた。そしてここで、運命的と称してもあながち大袈裟(おおげさ)ではないほどの偶然の悪戯(いたずら)が炸裂する。なんと、この稲掛って娘の父親が実は、たまたま糸子さんとは従兄妹(いとこ)同士だった」

「ほう。それで彼女、言い上げたのか、従叔母(いとこおば)に？　聞いてください、糸子さん、アナタの義理の娘である藤永孝美という女があろうことか、アタシのたいせつな王子さまの子どもを身籠(みご)もっているんですよ、と？」

そう訴えれば自らの手を汚さずとも孝美と良仁の仲を裂くことができる、と稲掛嬢は期待したのだろうか。しかし一般論として、妊娠が発覚すれば先ず当事者たちに正式な婚姻を促す方向へ動くのが、周囲の普通の反応なのではないか。男女どちらかが既婚者とかならまた話は別だが、なにしろ昭和から平成へ移行したばかりの時代である。少なくとも地域社会に於いてはまだまだそういう保守的な価値観が支配的だったわけで、藤永家へのご注進が稲掛嬢にとって、さほどのメリットがあったとは思えない。まあ嫉妬にかられるあまり、なにか闇雲に手を打たずにはいられなかった、というのが実情なのだろうが。

「妻を通じて娘の妊娠の事実を知った耕造さん、どうしたか。浅はかにも自分では、なにもしなかった。その代わり、相手の男に責任をとらせるよう、オマエがきっちり先方の家族と交渉しておけよと、なにもかも糸子さんに丸投げ。耕造さんにしてみれば、自分がヘタに口を挟むと孝美がアレルギー反応を起こしてよけいに収拾がつかなくなる、と配慮したつもりだったのかもしれない。けれど本人の認識はどうあれ、誰の眼にもそれは投げ遣りで無責任な態度に映る。結果、妻の糸子さんのみならず、古都乃のお父さんを始め関係者全員の不興、不信を買ってしまった」

ここで驚くべきは、一連のいざこざの次第をわたしが知るのは、なんと、孝美が出産した後だったということだ。それは父、慎太郎が明らかに意図的に良仁と孝美との案件の過程を娘から隠し通したからに他ならない。

孝美とわたしとの距離感を生前の慎太郎がどのように捉えていたかは定かではないが、複雑で微妙な問題含み程度の認識はあっただろう。その彼女がよりにもよって自分の弟と男女関係を結んでいた、という事実はいくらなんでも古都乃にとって精神的負荷が重過ぎる、くらいの危惧（きぐ）は抱いたかもしれない。

　完全な後知恵の推測になるけれど、この情報遮断によって関係者たちのあいだで決定的な、すれちがいが生じたのではあるまいか。つまり孝美の立場からすれば、彼女の良仁との関係や懐胎の件を、このわたしがいっさい与（あずか）り知らなかった、なんておよそあり得ない話なわけである。当然知っているはずなのに斯（か）くも重大な弟と友人の局面に古都乃はなんの介入も試みようとはせず、傍観を決め込んだ……孝美がそう誤解したのだとすれば、それは彼女のわたしに対するイメージと、そして自らの将来の意思決定とに致命的な影響を及ぼしてしまったのかもしれない。

　もとより孝美は良仁に限らず、誰と結婚する気も無かった。けれど、子どもを産む以上は自分で育てるつもりだったはず。それがいともあっさり、ほたるの親権を放棄した。娘の婚姻外妊娠にもまるで他人ごとな不誠実極まる保護者の家族にたいせつな孫を任せるわけにはいかない、と必要以上に強硬姿勢を打ち出す慎太郎との攻防、その売り言葉に買い言葉も事態を修復不能な域まで拗（こじ）らせた。

　自分の父親を過度に擁護するつもりはないが、慎太郎だっていくら自分の娘の心情を慮（おもんぱか）ろうとも良仁と孝美の騒動を永遠には隠し通せないことくらい自明の理だ。わたしを揉めごとから一時的に遠ざけたところでなんの意味も無いし、むしろ将来的になんらかの禍（か）

根(こん)を残しかねない、と冷静な判断を下して然るべきだった。なのに父が結果的にそうできなかったのは、やはり耕造さんに対する不信と反感も要因として決して小さくないのではあるまいか。いまさらながらわたしとしては、そんな恨めしい思いを禁じ得ない。

「耕造さん、ひょっとして危篤云々の嘘の一件を意外に引きずっていたのかな……」わたしにしても当時もしも新米刑事としての仕事に極端に忙殺されていなければ、たとえ父が姑息(こそく)に隠蔽(いんぺい)しようとも弟たちのいち大事を察知できなかったはずはないのに、と思うと、ついこんな愚痴(ぐち)が洩(も)れてしまう。「後ろめたくて娘に合わせる顔がない。だから話し合いの席にも出てこようとしなかった、とか」

「それも無くはないかもしれないけど、あんまり大した問題じゃないと思う。やっぱり長年の確執の積み重ねでしょ。特に孝美としては実の母親の佳恵(よしえ)さんの闘病中に、耕造さんがすでに糸子さんと深い仲になっていたという事実を一生、赦(ゆる)せなかっただろうし」

「たらればの話をしても虚(むな)しいだけだけど。もしも耕造さんがもう少し誠実な態度を示してくれていれば、うちの父だって、もっと柔軟な対応をしていたかもしれない……」

そして、もっと異なる未来があったかもしれない。すなわち孝美がシングルマザーとして、あるいは良仁が若年性狭心症を免れる世界軸ならば事実婚カップルとして、ほたるを育ててゆく、という。いずれにしろ、わたしが養母を務める必要なぞ無かった未来が。

「もちろん慎太郎さんに、糸子さん個人を責め立てる意図なんか無かったでしょう。でも彼女は夫からなにもかも丸投げされていた。全面解決できなきゃオマエの責任だ、と圧力をかけられる苦しい立場の糸子さんに、孝美が特に配慮をしたとは思えない。もしも孝美が自分の実の娘だったのなら、糸子さんの気概も全然ちがっていたんでしょうけど。無責任な夫と血のつながっていない義理の娘のため、纐纈（こうけつ）家側との交渉の矢面に独り立たされる、なんて不条理以外のなにものでもない。精神的に追い詰められ、消耗するばかりだったのだろうと想像に難くない。結局、堪えられなくなって耕造さんとは離婚。ちょうどその前後、当時浪人生だった息子さんが海外留学を決めたことも追い風になったようで、さっさと藤永家から逃げ出した、ってわけ」

「なるほど。長年もやもやしつつも、つい放置していた霧が、いろいろ晴れました」

　刻子がつくってくれたハイボールのグラスを手に取り、ひとくち。「問題の服の件に話を戻すね。テレビや新聞では報道されなかったようだけど、昨年の十一月。桑水流町で、とある空き家が全焼する火事があった」

　アボカドとマグロのタルタルの皿をこちらへ差し出そうとしていた刻子の手が一瞬、宙で止まった。「桑水流町」と「空き家」の部分に反応したのだろう。「お察しのとおり、それは藤永邸。孝美の実家だった」

「ほんとなのそれ。全然知らなかった」

「わたしも。ほんの先月たまたま耳に」

「まって待って。全焼？　って。昨年の十一月といえば、孝美はもう死去していて。桑水流町の実家にも身内は誰も残っていない。だから彼女の遺骨は、孝美の実母方の従弟が引き取った、という話だったよね。その空き家になっていた藤永邸が火事で全焼した、っていうのは、どういう？　まさか……」

「どうやら放火だったらしい。灯油を撒いた痕跡が確認された。それも衝撃的だけど、もっと驚いたのは、火が出たのが十一月二十七日の午後九時半頃だった、ってこと」

町名に反応した刻子だが、その日付には全然ぴんと来ないらしい。「わたし、実はまさにその日の昼間に、桑水流町へ行っていたんだ。孝美の実家へ、ＪＲで。いや、別になにか用事があったわけでもなんでもなくて。ただ急に朝、その日が孝美の誕生日だったことを、ふと憶い出したらもう、なんだか……矢も楯もたまらなくなって」

頷いてグラスを傾ける刻子につられて、こちらもハイボールをがぶりと呷る。「藤永邸が空き家になっていることは知らなかった。ご両親は居なくても誰か親族のひとが住んでいたりするかも、とか漠然と想像してたら、実家は見る影もなく荒れ果てていて。なにをどうしようもなく、そのまま駅へ取って返した。ただそれだけ、だったんだけど」

厳密には高和市へ戻る電車に乗る前に藤永家の近所の酒店でいじましく角打ちしたのだが、そこまで言及する必要もあるまい。「まさか自分が立ち去ったその日の夜に火災が発生していた、だなんて。ほんとに驚いた。しかも、それだけじゃなかったんだ。鎮火後の現場検証で、なんと、無人だったはずの焼け跡から若い男性の遺体が発見された」

「放火が原因で亡くなったのだとしたら大事件じゃん。なんで報道されなかったんだろ。他に重要なニュースが重なってたとか？」

「メディア側の事情はさて措き。焼死体で発見されたのは高和市板羽町在住で無職の仁賀奈結太、当時二十三歳。これまでに調べられた限りでは藤永家の縁者でもなければ、桑水流町界隈に知己なども確認されていない人物で。それが自宅から遠く離れた空き家なんかでいったい、なにをしていたのか」

「例えば単なる焼死ではなく、他殺の疑いがあるとか、そういう可能性は？」

「ほぼ皆無。遺体に不自然な外傷は認められないし、一酸化炭素中毒死であることもまちがいない。お断りしておくと、遺体からアルコールや薬物の類いも検出されていない」

「となると、ひょっとして自殺？　灯油が撒かれていた、ということは。そこが空き家であると承知の上で、その仁賀奈氏が自分で持ち込んで、火をつけた？」

「一見そんなふうにも思える。ところが、道路を挟んで藤永邸の斜め向かいの空き地にセダンが一台、放置されていたんだけど。調べてみると、これが仁賀奈結太のものと判明。彼が自分でその車を運転して、高和市から桑水流町へ来ていたことが、搭載のドライヴレコーダーの記録により裏づけられた。と同時に、問題の出火前後の記録には極めて興味深い映像が残されていた」

　それは走行中ではなくドライヴレコーダーの駐車監視機能によって当該空き地に停車した後で録画されたもので、モーションセンサーが捉えていたのは家屋から出火する、およそ十数分前に、ひとりで歩いて藤永邸へと入ってゆく人物の姿だ。「セミロングでスカート姿の、ぱっと見、女性とおぼしき」

「十数分前、ということは、その女が家へ入っていった直後に火が出た？」

「だいたい十五分後くらい。道路側の窓からいきなり炎が噴き上がった。車内に居た人物が反応し。やばいッ、と焦（あせ）ったように声を上げ、運転席から跳び出していった。セダンのほうに背中を向けて藤永邸へと走ってゆく後ろ姿は、角度的に顔が明確に捉えられてはいないけど、その背格好からして、まずまちがいなく仁賀奈結太だと考えられる」

「えと、つまり。それまでずっと空き地に停めた車のなかで待機していた仁賀奈氏は火事に気づき、慌てて藤永邸へ駈けていった。それは、先に家のなかへ入っていった女性を救出しようとして、とか。そういうこと？」

「どうやらそんなふうに思える。ところが問題の女のほうは、というと。映像を見る限り荷物はなにも持たずに藤永邸へ入っている彼女だが、どうも灯油をあらかじめ屋内のどこかに準備していたんじゃないかと。すでにあちこちに撒いてあったりしたかもしれない。最初から放火するつもりだったので裏口かどこか、実行後は即座に自分が脱出できるルートも確保していた。いっぽう、そうとは知らぬ仁賀奈結太は必死で女の姿を探し、かなり広大な屋内を駈けずり回っているうちに煙に巻き込まれ、逃げ後れてしまった」

「ちょっと整理させてくれるかな。えと。そもそも仁賀奈氏が斜め向かいの空き地に停めた車のなかで息をひそめていたのは、女の行動を監視していた、ってこと？　身辺調査に当たる探偵かなにかみたいに？」

「生前の彼に探偵事務所の調査員などの職歴は確認されていないものの、一見そんなふうに思える状況ではある。これだけでも充分に奇妙で謎めいているんだが、さらに驚くべきことがあったんだ。ちなみに刻子は、桑水流町の孝美の実家へ行ったことはある？」

「ううん。あたしが知り合った頃の孝美は、とっくに実家とは距離を置くようになっていたから。お招きいただく機会は無かった」

「藤永邸は木造の平屋で、住居部分と納屋、そして土蔵が四方から中庭を取り囲む配置になっている。なんでも昭和四十年頃までは冠婚葬祭を自宅の広間で執り行っていたというくらい広い、如何にも田舎(いなか)の旧家って趣き。全焼という言い方を便宜上(べんぎじょう)しているけど、厳密には丈夫な土蔵は焼け残っていて、隣接する納屋も半焼程度。その納屋の内部の土間の焼け跡の隅っこが妙に不自然に抉(えぐ)れているので、詳しく調べてみた。すると明らかに何者かがその地面を掘った後、古い家具の廃材かなにかで穴を覆い隠していた痕跡が認められたため、その箇所を掘り返してみたところ、なんと、人骨らしきものが出てきた」

　グラスを傾けかけていた手を止め、刻子は眼を瞠(みは)った。「……人骨。ほんとに？」

「状態が古く風化しかかっていたものの、鑑定の結果、たしかに人骨であると判明した。しかしどうして、そんな場所に埋められていたのか。その経緯はもとより、死因や性別などもいっさい不明。かろうじて、女性なのではないか、と推測されているだけで」

「そういえば骨盤だっけ？　その検視で性別の判定が可能だ、とか聞いた覚えが」

「白骨化して間もない遺体ならばね。でも今回はその崩壊の度合いからして死後、どう少なく見積もっても三十年は優に経過していると思われ、判定は困難というか、ほぼ不可能っぽい。ただ、遺体に巻きついていた下着を含む着衣一式の残骸については、女ものと断定しても差し支えなさそうだから、と」

「それだけでは断定できないんじゃないの。女装していた男性なのかもしれないし」

「まあね。ただ興味深いことには、その着衣というのが地中に推定三十年も埋まっていたんだから当然ボロボロなんだけど、よくよく調べてみるとどうも、そっくりのようなんだって。彼女が着ていたものと」

「彼女、って。どの？」

「ドラレコに映っていた女。出火直前の藤永邸へ入っていった後、行方（ゆくえ）知れずの」

からん、と氷を鳴らせながら、ゆっくりハイボールを口に含んだ刻子は、しばし視線を宙に彷徨（さまよ）わせた。「一応、念のために確認だけど。焼け跡から発見された遺体は、その古い人骨を除けば、仁賀奈結太という男性のものだけなんだよね？」わたしが頷くのを待って、続ける。「まさか、とは思うんだけど。先に空き家へ入っていった女はひょっとしたら火災からうまく逃げおおせたわけではなくて、そもそも実在していなかったんじゃないか……なんて妄想にかられたりしていないよね、警察の方々は？　ドラレコに映っていたのは本物の人間ではなく、地中に埋められていた女性の幽霊だったんだ、なんて」

「ほたるによるとぶっちゃけ、まさしくそういう意味の与太（よた）を吹いていた同僚がいらっしゃるそうですよ。もちろん冗談だけど」

「じゃあドラレコに映った人物と地中の人骨の服装が合致したのは、単なる偶然だと」

「たしかに。偶然だと解釈する他なさそう。だけれども、なかなかそのひとことではかたづけ切れない真打ちは、いよいよここからご登場で。ようやく本題に入れそうだ」

「は。え、前振りだったの、ずっと？」

眼を丸くする刻子にわたしは再度、自分のスマホを「さてお立ち合い」と指し示した。金髪碧眼の女性モデルがパフスリーブのＴシャツ、デニムのサロペットスカートとカラータイツに身を包んでいる画像を。

「まさか、これと同じ服装だったの？　そのドラレコの女と、そしてその人骨が？」

「謎の女が、三十年ほど昔の孝美を連想させるファッションで彼女の実家へ入ってゆき、忽然と姿を消した。おまけに焼け跡の地中から、やはり同じような装いだったとおぼしき人骨が発見されたとくる。はたしてこれは、いったい如何なる符牒(ふちょう)の類いなのやら」

「三者の服装の部分だけ切り取ってみると、なんとも意味ありげだね。偶然の一致なのだとしても、なかなかのレアケースだ」

「藤永邸焼失とともに消えた女は、生前の仁賀奈結太となんらかの接点があったはず。その前提で調べてみると粕川(かすかわ)紗綾香(さやか)という現在二十四歳、いわゆる家事手伝いの娘が浮上。話を聞いてみると彼女、たしかに一時期、結太くんと交際していたけれど、昨年の夏頃にお互い納得ずくで、もうきれいさっぱり関係を解消させていただきました、との由(よし)」

「それって、仁賀奈氏側の見解は？」

「彼のほうは納得していない、というか、粕川嬢にかなり未練たらたらだったらしい。本人には確認できないので、あくまでも複数の知人たちの証言によれば、だけど」

「ふむ。仮に藤永邸へ入っていった女がその粕川紗綾香なのだとしたら、こそこそ彼女を付け回すような真似(まね)を仁賀奈氏がしていた理由には一応説明がつくね。彼が突然の出火に躊躇(ちゅうちょ)せず、家のなかへ跳び込んでいったのも彼女を救い出さなければ、との一心で」

「そこで注目されるのが粕川紗綾香の服の趣味だ」と再度スマホの画像を示す。「友人たちによると彼女はたしかに、こういうテイストの装いがお好みではあるらしい。しかし粕川嬢本人は当該日に限らず、桑水流町へは行ったこともない、と全否定している」

「仮に仁賀奈氏が、高和市から桑水流町まで車で誰かを尾行していたのだとしたら、走行中のドライヴレコーダーにその記録が残っているはずでしょ。調べれば対象車輌のナンバーだって、すぐに判るんじゃない？」

「仁賀奈結太が問題の女を追尾中とおぼしきドラレコ記録は鋭意解析中なんだけど、少なくとも現段階では、粕川嬢のものである軽ワゴンの映像は確認されていないらしい。もちろん、だからといって彼女が藤永邸へ行っていない、という証明にはならな……」

ふと刻子の視線がわたしの肩越しに店の出入口のほうへスキップ。同時に、かたんッ、とロックされているドアを外から開けようとする音に、カウベルの響きが被さった。

反射的に振り返ってみると。眼に飛び込んできたのは扉のガラス部分に両掌(てのひら)をへばりつかせて店内を覗き込んでくる、マゼンタの感染防止用マスクに、ぱっちり、まん丸く見開いたおめめ。油布(ゆふ)しえりだ。

思わずストゥールから立ち上がり、出入口のドアのロックを外すわたしの腕のなかに、しえりが待ちかねたかのように跳び込んできた。「ど。ちょ、ちょっと。おもい重い」

はしゃぎながら抱きつき、ぶら下がってこようとする少女の手を引いて後ずさる。そんなこちらの動きに合わせるようにして、しえりの双子の姉の油布みをりと、ギミーくんこと釘宮友頼が続けて店内へ入ってきた。

モスグリーンのマスク姿のみをりは「今日は店、お休みじゃないんですか?」と刻子とわたしへ交互に顔を向けてくる。今日は二〇二三年、二月十三日。月曜日。通常〈KUSHIMOTO〉は定休日だ。が。

「とある身内の者に、なんとか今日お願いできないかと頼まれて。ほら。月曜定休の店、多いでしょ。で、特別に貸切で開けようと準備していたら、ついさっき突然キャンセル。でもせっかくお店へ出てきたんだし、なにもせずに帰るよりはと、こうして古都乃に来てもらって。プライベートな飲み会を」

「いいッ。いいなあ。すてきですね」と露骨に羨ましげな声を上げたのはギミーくん。わたしに取って代わって刻子とサシ飲みしたい願望が駄々洩れである。「あの、それで。こちらで何時頃まで歓談のご予定で?」

「特に決めているわけじゃないけど」無意識に壁の掛け時計を見上げたわたしがその仕種の延長線上で、なんとなくそう答えないといけないような空気になってしまった。ちなみに現在、午後五時半。「刻子の明日の営業に差し障りのない程度に、まったりと」

「あ。ですよね。明日はヴァレンタイン・ディナーですもんね。わはい。おトキさん、今年のスペシャルメニューはもうお決めになっているんですか？　あ。いや。いいですいいです。見てのお楽しみってことで。はい」

「お楽しみといえば、釘宮さん、恒例の衣装のほうも気になりますね」まだそれほど酔っぱらっていないはずなのに、そんな軽口を叩く自分にわたしは戸惑(とまど)ったけれど、途中で止めるのも変だしな。「明日はどんな仮装をするか、もう決めているんですか？」

わたしがギミーくんに初めて会ったのは昨年。十月三十一日、ハロウィンの夜。彼は黒マントにステッキというものものしい扮装でご登場あそばした。後日ご本人曰(いわ)く、ジョニー・デップ演じるところのアルセーヌ・ルパンをイメージしたとの由で、下世話な話、お金のかけ方も半端ないとひとめで知れる、それはそれはお見事な出来映えであったと認めるにやぶさかではない。が。

例えばコスプレ大会とかコンテストとか、それ相応のイベントへのエントリー仕様というのならばまだしも。こんな小さなお店での内輪のパーティーの賑(にぎ)やかしのためだけに、三十代も後半のいい歳したおとなが、そこまでやっちゃうんですか？　と。

あ痛たたと引きにひきまくっていたわたしだったのだが、その後。十二月二十四日のクリスマスディナーにはサンタクロースの恰好で。大晦日(おおみそか)のカウントダウンには二〇二三年の干支であるウサギの着ぐるみで。衣装が特注なのはもちろん、子連れ参加のお客さんたちに配るプレゼントもすべて自腹と、〈ＫＵＳＨＩＭＯＴＯ〉で催される各種パーティーへのボランティア・スタッフとして、尋常ならざる情熱を注ぎまくるギミーくん。

　金持ちの道楽と言えばそのとおりだし、母親ほども歳の離れた刻子への恋慕ゆえという動機付けにしてもひとによっては眉をひそめかねない。わたし自身そういうネガティヴ評価を下しがちなのだが、この数カ月間、店でギミーくんと顔を合わせる回数を重ねてゆくうちに、だんだんとそのキャラクターに馴染んできたというか。妙な味わい深さが癖になってきたというか。生涯ずっと他人のふりで遠巻きにしておくつもりが、ふと気づくと彼のことをちょっと、いじってみたい衝動に駆られたりする自分が居るではないか。

　なのでついつい明日の仮装の件に探りを入れてみた次第。でもよく考えてみたらヴァレンタイン・デイって、クリスマスといえばサンタクロースという具合に、素直に連想できるアイコンが無いのでは。ハロウィンのようになんでも自由というのともちょっとちがう気がするし。さすがのギミーくんも今回はお得意の仮装遊戯を封印か、と思いきや。

「もちろん。準備は万端。ばっちりでございます」と胸板を叩かんばかりに、ふんぞりかえる。え？　なんかアイデアがあるの？

　我知らず、ぽかんと間抜け面を曝しているであろうわたしに向かって、しえりは諸手を挙げ、特大の円を描いてみせた。「あのね、こおんなに大っきなハート、なんだって」

「あ。お。うぁっと。だめだめ」ギミーくんは慌てて黒いマスク上の眼尻を下げつつ、窓拭きのような仕種で、しえりの鼻面の空気を掻き回す。「だめですよもう。まだ着心地も試していないんだから。ひみつです秘密。ハート形の、ゆるキャラのことは。ね」

って、おい。自分でバラしとるやんけ。などと野暮なツッコミすらも胸中こっそり楽しめる程度にはギミーくんのキャラに慣れてしまったのって、良いのか悪いのか。

「ではみなさま、また明日。よろしくお願いいたします」と、いつものように馬鹿丁寧にお辞儀すると、みをりとしえりを促し、ギミーくんは店を出ていった。三人が戸外へ消えた後、カウベルの音が店内に残響する。

「みんなで、どこかへお出かけ？」と肝心の質問をし忘れていたことに思い当たり、遅まきながら独り言ちるわたし。「釘宮さんの全身ハイブランド・ファッション一式のコーディネイトに負けないくらい、みをりとしえりも可愛く、おめかしして。あ。そういえば、珠希さんの誕生日が二月だとか言ってたような気が。そっか。あれって今日だっけ」

　珠希さんは、みをりとしえり姉妹のシングルマザーだ。「母娘揃ってのお食事会に、釘宮さんも招かれ。ん。逆かな。珠希さんの誕生日のことを知った釘宮さんのほうから申し出て、お祝いの席を設けたとか？」

「多分それだ。みんなで楽しく盛り上がるための口実は、なんであろうと見逃さないのが釘宮さんだから。例えば古都乃の誕生日だって八月だと知ったら、きっと半年後に、とびっきりのサプライズを用意してくれるよ」

「刻子も、なにか記念日には彼に、どこかでご馳走してもらったりするの？」

「ずっとお誘いはいただいているんだけど。その都度、丁重にお断りしています。もうしわけないけど、釘宮さんとは良いお客さんとしての距離感を見失いたくないし」

刻子は、それが正解。なにしろあのギミーくんだ。うっかりロマンティックなムード演出の店へ連れてゆかれたりしたら、まさかいきなり彼女に指輪を差し出したりはしないだろうと思うものの、限りなくそれに近い、熱烈な求愛に及ぶであろう展開は確実。「ま、本音はどうあれ。それでも気を悪くしたり、態度をがらりと変えたりしない点についてはわたし、彼のこと、素直に感心している。でも、うーん。ちょっと心配は心配、かな」

「ん。古都乃が彼の、なにをそんなに？」

「釘宮さんて純粋に誰に対しても分け隔てなくフレンドリーでマイペースなだけでしょ。なのに、食事に招待されたことを自分に対する特別な好意ゆえ、みたいに。もしも珠希さんが誤解しちゃったりしたら、と思うと」

「で、積極的になった珠希さんに彼が押し切られて結婚しちゃうんじゃないかと？　別にいいじゃない。そうなったら、なったで」

「まあね」と苦笑混じりに頷きかけたわたしは、ふと己れが抱いている昏い懸念の正体に思い当たった。そして愕然となる。

仮にギミーくんが、ほんとに珠希さんと結婚したとしよう。その場合、みをりとしえりは当然ながら彼の義理の娘たちになる。勤め人ではないギミーくん、金銭的のみならず時間的にも余裕たっぷりのご身分。従って双子姉妹の世話も、いきおい彼が担うようになるのが自然な流れなわけで、つ、つまり。

つまり珠希さんが多忙で自宅での食事が難しい折の双子姉妹の〈KUSHIMOTO〉へ

のアテンドの役割もまた、このわたしからギミーくんへと取って代わられてしまう……そう思うと、先刻の三人が連れ立って店から出てゆく後ろ姿がフラッシュバックし、疎外感のあまり、ほとんどパニック状態に陥る。そんな己れに呆れ果ててしまった。

　いまわたしが囚われている感情は紛れもなく嫉妬で。それだけでもめんどくさいのに、しかもその妬(や)っかむ相手が他ならぬギミーくんだなんて、どゆこと。いや、どうもこうもない。要するに、みをりとしえりのアテンドはわたしがやるんだよッ、という醜い独占欲に自分は振り回されている……嗚呼(ああ)。なんなんだいったい、と嘆息が洩れるばかり。

　焼きが回るってこういうことなのかと、ただひたすら自己嫌悪にかられているわたしの前に、刻子が大振りの皿を置いた。スモークサーモンのサラダ。おっと、これが今日の貸切予約用のはずだったメインかな。たしか刻子のお兄さんの大好物だと聞いている。

「真面目(まじめ)な話、珠希さんが猛烈にアプローチしたとして、釘宮さんがその気になるかどうか、これはなんとも言えない。もちろん、なにかの拍子に彼が珠希さんに惹(ひ)かれた場合、結婚への道もすんなり拓けるかもしれない。けれど、釘宮さんが彼女の存在を自分の人生のパートナーとしては捉えられず、ただ先方の勢いに押し流されるがままに所帯を持ってしまう、なんて展開は絶対あり得ない。ああ見えて釘宮さん、芯は一本しっかり通った、頑固一徹でブレないひとだから」

　昨年市内で起きた某重大事件の重要参考人をギミーくんがたまたま知人というだけで、ことの重大さをまったく認識せぬまま危うく隠匿してしまうところだった一件を改めて憶い出す。「はい。ようく存じております。ところで」わたしはスモークサーモンを、ひときれ口に放り込んだ。「今日お店を開けてと頼んできた身内って、お兄さん？」

「ううん。その息子のほう」との答えに、はたと憶い出す。そうだ。刻子って、詳しい事情は全然知らないけど、現在お兄さんとは断絶状態という話で。詮索するつもりなんか無いのに、よけいなことを訊いてしまった。

「もしもお義姉さんがいまも生きていたら、と思うときがある」あるいはこちらの胸中に気を遣ってなのか刻子は、やや唐突にそう呟いた。「そしたらあたしたち兄妹の関係も、もうちょっと良好を保てていた、かも」

「ご病気だったっけ。お兄さんの奥さま」

「我が兄にはもったいないような、いいひとで。佳人薄命というのか……今日来るはずだった甥っこが小学校へ上がる前に、癌で」

「一般論だけど。男って妻に先立たれると、どッと弱っちゃうパターンが多いね」話題を無難な方向へ修正しようとでもしたのか、脈絡があるのか無いのか我ながらよく判らないことをとっさに口走る。「うちの父も、母が死んだ直後は、もう生ける屍（しかばね）も同然で」

「ある種の退行現象を起こすのかな。兄は典型的な妻依存型の男で、自分の世話ができない。お義姉さんが居なくなった途端、自宅が荒れ放題になってしまった。辛いときこそ甘やかしちゃいかんと心を鬼にしていたあたしもさすがに見かねて、かたづけを手伝いにいったんだ。そしたらそこで兄が葬儀以降、ずっと義姉の部屋で寝ていることを知った」

「もともと夫婦の寝室は別々に？」

「新婚当初からね。妻に甘えるばかりに見えた兄にもお互いのパーソナルスペースを尊重する慎みがあったんだと、ちょっと感心したけど、それはともかく。ある朝、少し早めに家へ行ってみたら、兄はお義姉さんが使っていた寝室のベッドで眠っていた」

「お兄さん、ずっとそうしていたの？　奥さまが亡くなられてから」

「喪失感に堪え切れず、亡き妻の残り香、温もりみたいなもので我が身を包み込みたかったのねと、そんなふうに思った。だけど兄に言わせると、ちょっとちがう。単に少しでも寂しさを紛らわせたいだけなんだ、と」

「同じことなんじゃないの、それ？」

「代償行為という意味ではね。ただ兄曰く、妻の寝室には誰も居ない、というその不在感が途轍もない空虚として迫ってくるんだ。自分の部屋で独りで寝ること自体は従来と変わりない。なのに隣りの部屋が空っぽだと意識した途端、その虚無の圧に押し潰されそうになるんだ。ならば妻の空っぽのベッドをなにかで埋め合わせれば少しはその哀しみが軽減されるんじゃないか。そう考え、自身の身体でその空虚を塞ごうと試みているんだ。とまあ、ざっとそういう意味の説明を」

「なんとなく判るような判らないような」

「あたしはそのときは正直、ぴんとこなかった。でも歳を重ねて、身近なひとたちが旅立つことが多くなってくると、空虚が迫ってくる、というその感覚が切実に……」

と、そこへ唐突にサイレンが戸外で鳴り響いた。消防車だ。けたたましい音がぐんぐんこちらへ接近してきたかと思うや、ドップラー効果を境いに緩やかに遠ざかってゆく。

「どこら辺だろ。もしかして、また……ん。あれ？」ふと眉根を寄せた刻子はそのまま、たっぷり数秒間も固まった。「んん？」

おもむろにグラスを手に取ると、ハイボールをゆっくり、がっつり呷る。「うーん」と腕組みをして。「ちょっと変なことを思いついたんだけど。孝美の実家が焼失したのって昨年の十一月、だったんだよね」

「うん。孝美の誕生日の、二十七日」

「その翌月にも市内で火事があったでしょ。知らない？　具体的に十二月の何日だったかとか、どこでだったかとか、すぐにはちょっと憶い出せないんだけど」

「いや、知らない。それが？」

「問題は年が明けて、その翌月に、またもや火事があったことなの。ニュースではやっていなかったかもしれないけど、今年の一月。その先月の分が店の某常連さんのご近所だったらしくて。先週、食事にきていたときに、しきりにその話をしていた」

「……それが？」

「二件とも放火だったようなんだ。しかも、それだけじゃない。焼失した家屋は揃って、空き家だったらしい」口を開きかけたわたしを刻子は掌を掲げ、押し留めた。「お断りしておくけど、これって全部そのお客さんからの受け売りで。あたしは自分でネット情報などを確認したわけではない。けれど、なにか符合を感じない？　ひょっとして昨年の十一月の藤永邸の放火は先々月と先月の放火事件と、例えば同一犯じゃないかとか、関連づけて考えられてたりするの？　それとも警察はその点にまったく着目もしていない？」

「さあ、どうだろ。少なくとも未だ、そんな話は、ほたるから聞いていない。桑水流町の火災の件がわたしの同級生の実家であることは彼女も承知しているから、もしもそんな関連性が検証されているのだとしたら、もうとっくに。あ、でも。一応すでに留意しているとしても、なんだか雲をつかむような話だから。わたしに披露するのは、もうちょっと詳しく吟味(ぎんみ)してから、と控(ひか)えているのかも」

　わたしはスマホを手に取った。アプリを開き、ほたるにＬＩＮＥ。昨年十一月の藤永邸を皮切りに三件連続で空き家放火を疑われる事案が発生している模様だが、例えば同一犯の可能性の有無について警察の見解は奈辺(なへん)に有りや、云々の質問をタップで送信。

　なるべく手短にまとめようとしたのが、けっこう長文メッセージになってしまった。こういうの、おばさん構文だとか失笑されるんだろうなあと自嘲する暇もなく、すぐに既読が付いたものだから、ちょっとびっくり。

　かと思うや着信。ほたるから電話がかかってきた。な、なんだ、この打てば響くかの如(ごと)き速攻レスポンスは。こんな展開、めずらしいな、と戸惑ったせいで「もしもし」のひとことが、とっさに出てこない。

「お母さん、どうも」と、ほたるの声が先んじてこちらの耳へ流れ込んでくる。「てっきりテレパシーでもお遣いなのか、と思っちゃいました。ちょうどいま、こちらから連絡しようとしていたところだったので」

「なにかあったの？」

「例の桑水流町の放火の件で気になる事実が判明したのですが、ちょっと込み入っているので。直接会って話せませんか。いま、どちらのほうに？　自宅ですか、それとも」

「刻子の店」

「いつものデートですか、油布さん姉妹と」……他意は無いのだろうが、こちらが複雑な心地になる軽口をほたるは、さらっとのたまう。「今日はお店は定休日なのでは？」

「みをりとしえりは居ません。純然たるプライベートでのサシ飲み」刻子が頷いて寄越すのを確認し、付け加えた。「なので、いまから来てもらってもだいじょうぶだよ」

「それはまことに願ったり叶ったり、といいますか。久志本さんにもいずれお話を伺わなきゃいけない、と思っていたので」

「刻子に？　なんで？」

「たしか久志本さんも親しくされていたんですよね、生前の藤永孝美さんとは」

自分の実の母親のことをそうとは知らずに「さん」付けする、ほたるの恬淡と事務的な口ぶりに一瞬、ひやりとするわたし。と同時に「え？」と惑乱してしまった。孝美がこの事案になにか関係でもあるの？　まさか、ドラレコの女と身元不明の人骨とたまたま服装の趣味が合致した件、じゃないよね？

「詳しくはそちらへ行って、また改めてお話しいたしますが」こちらの動揺に気づいたふうもなく、ほたるは淡々と続けた。「焼死した仁賀奈結太が交際していた女性。粕川紗綾香ですが、その父親は粕川光昭といって、現在五十三歳。この方、ご存じですか」

「いや。そういう名前に聞き覚えはない、と思うけど。どうして？」

「実は旧姓が藤永光昭、なんだとか」

「え……えッ？」

「桑水流町の藤永邸に住んでいたことがあるそうです。およそ三十三年ほど前まで」

ということは粕川光昭って……糸子さんの連れ子で、孝美の義理の弟だったひと？

「ではのちほど、よろしく。ちょいと他にかたづけておかなきゃいけない用事がありますが、一時間後くらいには、そちらへ行けるかな。多分それほど遅くにはならないと思うので。また出る前にＬＩＮＥいたします」

そんなほたるの声にも半分、いや、ほぼ上の空で、通話が切れた後も、しばらく茫然自失していたようだ。刻子にハイボールのおかわりのグラスをコースターに置いてもらう気配でようやく、わたしは我に返った。

「光昭、って」我知らず洩れた呟きが、風邪でもひいたかのように掠れ、強張る。「みつあき……そんな名前だったっけ、あの子」

わたしたちがまだ高校一年生だった、四十五年も遠い遥か昔の一九七八年。学校行事で披露するクラス演目の準備のため、桑水流町の孝美の実家に泊まり込みで集まった女子生徒たちのグループのなかに、このわたしもちゃっかり紛れ込んでいた、あのとき。お手洗いを使わせてもらい、みんなの居る広間へ戻る間際、中庭に面した長い廊下でたまたま鉢合わせした、半ズボン姿の男の子。

たしかわたしたちより七つ下と聞いたので当時は九歳、小学校三年生くらいか。それが孝美の継母の連れ子であると知ったのは、だいぶ後になってからだ。そもそも耕造さんが再婚であるという家庭の事情すら泊まりにいった時点ではさほど気にも留めていなかったわたしは、食事の用意などいろいろ世話を焼いてくれた糸子さんの笑顔を思い返してみて初めて、そういえば孝美と全然タイプの異なる面差しだったな、と感じ入ったりした。

孝美の義理の弟とわたしが実際に顔を合わせたのは、それ一度きり。いまとなっては半ズボン姿のイメージが断片的に残存するのみで、容姿など特徴はすべて忘却の彼方（かなた）。光昭という名前を孝美の口から聞いていたか、聞いていなかったのかもはっきりしない。

「あのときの男の子が……」現在は五十三歳の中年男性の話なのに、つい「子」呼ばわりしてしまう。「あの子がいま粕川紗綾香の父親。となると、これはもう偶然では到底かたづけられそうにない。桑水流町へは行ったこともないという彼女の主張が仮に嘘ではないのだとしても、藤永邸は紗綾香の父親のかつての住まいである以上、まったく縁もゆかりも無い、という言い分は通らない。ただし、仁賀奈結太が車で尾行していた女は粕川紗綾香だった、という確証もないわけだが」

「でも、粕川紗綾香こそがその放火犯の女だった、と仮定することで、すっきり解明できる謎もあるんじゃない？」

「え。というと」

「空き家になって久しい藤永邸なんかへ彼女がわざわざ赴いた理由。それは、ずばり、仁賀奈氏を殺害するためだった」驚く暇もこちらに与えず、刻子は畳みかけてきた。「その動機は明らかでしょ。紗綾香のほうは、とっくに恋愛関係を解消したつもり。なのに彼は未練たらしく付きまとってくる。いくら拒絶しても復縁を迫り続けてくる執拗さに堪えかねた彼女が、こうなったらもう結太を亡き者にするしかない、と極端に思い詰めたのかもしれない。そこで、ストーキングされている立場を逆手に取る手段に打って出た」

「つまり粕川紗綾香は、自分が尾行されていると承知のうえで、故意に彼を空き家へ誘い込んだ、と。そういうこと？　最初から仁賀奈結太を焼死させるつもりで」

「家から火が出れば、結太は慌てて自分を救出しようと、躊躇いなく炎のなかへ跳び込んでくるだろう。紗綾香はそう予測し、すべてをセッティングしておいた」

「事前に灯油を屋内にまんべんなく撒き、自分の脱出経路もしっかり確保したうえで、結太を罠にかけた、と。なるほど。なかなか興味深い仮説ではあるけれど」

「映画やドラマじゃあるまいし、そんなにうまくいくのか、って話だよね」

「確実性に乏しいことは否めない。火事になったからといって、結太が必ず勇猛果敢に家のなかへ跳び込んでくるとは限らない。そんな無謀な行動に出るより消防に通報するだろう、と普通は予想する。一歩譲って、その場の勢いや個人的性格など不確定要素も考慮したうえでなお、絶対に彼は命懸けでアタシを救おうとするはずだ、と紗綾香側に強い確信があったのだとしよう。だとしても、結太が必ず逃げ後(おく)れることになる、なんて保証は無いんだ。まるで無傷で生き延びるかもしれない。どう考えても彼が焼死したのは結果論に過ぎないわけで、誰かを殺そうってときに、そんな不確実な方法を敢(あ)えて採るかな」

「別に彼が死ななくてもよかったのかもしれない。だって彼女の目的は、自分へのストーキングを止めることなんだから。とにかく結太が痛い目に遭って畏縮し、おとなしくなってくれればそれでいい、と」

「いや、場合によっては逆効果になりかねない。例えば結太が火災には、ただ通報するのみで静観を決め込み、身心になんのダメージも受けず、紗綾香の無事も判明で落着したと想像してみて。そしたら彼、今後も紗綾香にどんな災厄が降りかかるか判ったものじゃないよな、やっぱりオレがしっかり彼女のことを見守っていてあげなくっちゃ、なんて。呑気(のんき)に、よけいな決意を新たにするだけかも」

「紗綾香はそこまで深くは考えず、ただ結太の言動が鬱陶(うっとう)しいあまり、つい衝動的にやっちゃ。あ。いや、待って。ちがう。この謀殺説には致命的な欠陥があることにいま気がつきました。だって、もしも紗綾香がほんとに結太を誘導しようと企んだのなら、きちんと目印になるよう、自分の車を使って桑水流町へ向かったはずだもの。絶対。でないと結太が確実に喰(く)い付いてこない恐れがある」

なるほど、その点には思い至っていなかった、と刻子の着眼に素直に感心。「実際にそれらしい車輌は走行中の結太のドラレコに映っていない。ということは紗綾香は、具体的な移動手段はともかく、自分が尾行されているという意識は無かった、と解釈するのが妥当だろう。相手が結太にしろ誰にしろ」

「こうなると放火犯は粕川紗綾香ではなく、誰か別の人物だった、と考えたほうがよさそう。ドラレコに映っている女が紗綾香と似た趣味の服装だったのは純然たる偶然で、自分を結太に尾行させるための偽装なんて意図は無かった。つまり彼が、一方的に女を紗綾香だとかんちがいし、あまつさえ突然の火災から救出せんとして逃げ後れ、命を落としてしまったのは、誤認に誤認が重なって起きた不測の、かつ不幸な事故だった」

　ドラレコに映っていた人物は粕川紗綾香ではないと、そんなにあっさり断定していいのか、と反論しかけたものの正直、わたしにも彼女が放火犯だとは思えなかった。むしろ、仮に仁賀奈結太がその人物を紗綾香と取りちがえたのだとしたら、その原因のほうが重要という気がするからだ。が。とっさには考えがうまくまとまらず、後回しに。

「結太にしろ他の誰にしろ、他人に側杖を喰らわすつもりは無かったのだとしたら、いったい女はなんのために藤永邸に火を放ったんだ。どうしてわざわざ空き家なんかに」

「家屋が焼失した後、なにがあったかを考えてみましょ。もちろん仁賀奈結太の死に関しては放火犯にとっても完全に想定外の出来事だっただろうから、除外して」

「なにがあった、って。古い人骨が見つかったこと？　敷地内の納屋の地中から」

「それが放火犯の狙いだった、とか」

「は？　え。ね、ねらい、って」

「人骨を見つけて欲しかったんじゃないかしら、警察に。えと。いろいろ紛らわしいので便宜的に放火犯をAと、人骨で発見されたひとをBとして。あ、そういえば。英語で放火犯はアーソニストで、遺体はボディだから、それぞれちゃんと頭文字になってる。って、いや、そんな戯言はともかく。BとAがどういう関係なのかとか、具体的な背景の詳細はこの際、すべて措いておくとして」

　喋りながら考えをまとめているのか、厨房から出てきた刻子はグラスを片手に店内をうろうろ歩き回る。「仮に三十年前としておこう。Bなる人物が失踪する。具体的にどういう経緯でなのかはこれまたさて措き、それはBが何者かに殺され、遺体を藤永邸の納屋の土間に埋められたからだった。闇に葬られるはずだったこの事実を、Aなる人物が察知する。ところがAは警察に通報しなかったばかりか、他の誰にも打ち明けられないまま。気がつけば三十年もの長い歳月が経過してしまう。それはいったい、なぜだったのか」

　Bを殺したのがA本人だったからでしょ、と普通は真っ先に考えるわけだが。どうやら手を下したのは別人であるという前提で、刻子は推論を進めているらしい。「Bは単に失踪したんじゃなくて殺されているんだ、と。漠然とAはそう察したものの、公然と口外できるほどの確証が無かったから？」

「Bの遺体は藤永邸の敷地内に埋められている。そこまではAも把握していた。しかし具体的にどこなのか、までは判らなかったんじゃないかな。なにしろ藤永邸は昭和の中期頃まで自宅で冠婚葬祭を執り行えるくらい、広大なお屋敷だったんでしょ？　ひとくちに埋めると言っても中庭なのか、それとも納屋の内部の土間なのか。あるいは住居部分のいずれかの和室の畳を上げた床下なのか。候補がもういっぱい、数え切れないほど」

「なんなら土蔵にだって例えば地下室とかがあるならそこへ放り込んでいるかもしれないし。なるほど。藤永邸のどこかにBの遺体が埋められているんです、と闇雲に言い上げてみたところで、その場所を明確に示せない限り、誰にもまともに取り合ってもらえない。Aはそう危惧した。うまく告発できる妙案を思案しつつ、躊躇しているうちにずるずると三十年も過ぎてしまった、と」

「時が流れ、耕造さんは特養ホームに入所。そして死去。具体的にいつ頃だったのかはともかく、藤永邸が無人になったと知って、Aは思いついたんでしょう。家屋に火をつけて全焼させれば、警察が現場検証のついでにBの遺体を地中から見つけてくれるんじゃないか。そう期待した、などと言うと、ちょっと安易で短絡的に聞こえるかもしれない。未だ誰かが住んでいるのなら難しいけれど、もう空き家なんだから。放火とか極端に走らずとも、こっそり藤永邸へ忍び込み、自分でBの遺体を探す手もあるだろう、と。でも」

「でもAは敢えて家屋を焼失させる方法を選んだ。それは広い邸内を地道に探索するよりも、火をつけるほうが手っとり早かったからか。あるいは、人骨の件とは別に、なにか個人的に藤永家に対して含むところでもあったからなのか。例えば、こんな家、行きがけの駄賃に燃やしちまえばすっきりする、といった破壊衝動的な害意に駆られて」

「そもそもBの遺体が敷地内に埋められていた以上、その死の具体的な背景や詳細はどうあれ、藤永家の人間は誰も、いっさいかかわっていない、なんて真相はまずあり得ない。もしもAが生前のBと近しい関係だったのなら、藤永家に対して相応の怨みを抱いていたでしょう。放火はAにとってある種、復讐の代償行為としての選択肢だったのかも」

「つまりAが何者なのかが判れば、Bの身元も明らかになると」

「いや。その点は敢えて訂正しよう」刻子はわたしの隣りのストゥールに腰を下ろし、脚を組んだ。「逆も真なり、というよりも逆のほうが真。すなわちBの身元を特定すれば、そこからAは誰なのかを割り出せる」

「そりゃあもちろんそうだよ。だけどさ。死後推定三十年超の人骨の身元よりも、現在おそらく存命と思われる人物の素性を探り出すほうが話は早いじゃん。どう考えても」

「そうでもないと思うなあ。だって、ひとり居るじゃない。このひとがきっとBだったんじゃないか、という有力な候補が」

「は？　え。それは誰のことを」

「Bはどういう素性の人物だったのか。遺体発見現場に鑑みて、ひとつ確実に言えるのは藤永家の人間と浅からぬゆかりがあった、という属性でしょ。なので三十年前に……」

　ふと刻子はそこで口籠もった。「まてよ。およそ三十年ほど前とか曖昧に言うんじゃなくて、ここはもう、はっきりと三十三年前。厳密には三十四年近く前か。とにかく一九八九年頃の話だと限定して、進めさせて。その理由はこれからおいおいと」

ストゥールから立ち上がった刻子はしばし店内を歩き回った後、四人掛けテーブルの椅子に腰を下ろした。「同じ藤永家でもその当時、孝美は実家と疎遠になっていたし、義理の弟の光昭くんは予備校通いのため県外で下宿中という話だった。つまり生前のBは、耕造さんかそれとも糸子さんか、どちらかと深い接点があったはず。加えて人骨に絡み付いていた着衣の残骸から女性であると仮定するなら、条件に当て嵌まる人物がひとり居る。それは糸子さんの親族で、なおかつ一九八九年頃に孝美と同じようなファッションだったとしてもおかしくない、若い女性」

「ひょっとして……ひょっとして稲掛嬢のことを言ってるの？　良仁に懸想するあまり、東京まで追いかけていったという」

刻子がさきほど自説の舞台設定を暫定的に一九八九年に絞ったのは、どうやら稲掛嬢というキーマンがこの物語に参入してくるタイミングだから、ということらしい。それだけでは根拠が薄いんじゃないのと、もやもやする当方を尻目に刻子は頷き、続けた。

「稲掛嬢の父親が糸子さんとは従兄妹同士だったという偶然が藤永家、ひいては纐纈家の運命にも多大な影響を及ぼした。その意味で彼女は今回の件に於いて最重要人物であるといってても過言ではない。孝美と良仁くんの騒動以降の稲掛嬢の動向はどうなってる？　彼女が急に関係者たちの前には姿を現さなくなった、なんてことはなかったの？」

「い、いいや。それどころじゃなかった、というか。そもそもわたしは伝聞でしか彼女の存在を関知していなくて、実際に対面したことはなかったし。まったく気にも留めていなかった。けれどもこれは、ほたるに調べてもらったほうが……え。じゃ、じゃあまさか糸子さんが稲掛嬢を？　彼女を殺して、自宅の敷地内に埋めていたんじゃないか、と？」

「そこまでは判らない。ただ、仮にBが稲掛嬢なのだとしたら、死亡時の彼女が昔の孝美の趣味とよく似た服装をしていたのは決して偶然なんかではなく、意図的だったんじゃないか、という気はする」

「わざと孝美にそっくりの恰好をしていた、ってこと？　それは……」あッと思わず呻き声が洩れた。刻子が限定した一九八九年というキーワードがここへ来て起爆剤よろしく、妄想を連鎖的に暴走させる。「と、刻子」

「おっと。気をつけて」彼女はわたしの手もとを顎でしゃくる。「どうしたの、急に」

「あのとき……」危うく肘で薙ぎ倒しかけたグラスを両掌で押さえ、間をとった。「一九八九年に、わたしがホテルのティールームで孝美に会ったときのことなんだけど。孝美が高和へ帰ってきていたのは、耕造さんの嘘に釣られてだ、と言ったよね？」

「うん。食中毒だけど生命に別状はなかったのに。危篤状態だなんて駄法螺を吹いて」

「それって、ほんとに……ほんとに耕造さんの差し金だったの？」

「どういう意味」

「さっき刻子はたしか、こんなふうに言ったよね。連絡を受けて慌てて帰高した孝美が空港から直接、桑水流町へ駈けつけてみたら耕造さんは、その時点ではまだ病院へ来たばかりで、検査も済んでいなかった、と」

「え、と。う、うん。多分そう。ずいぶん昔の話だから、脳に霞がかかり気味だけど。たしかそんなふうに孝美から聞いたはず」

「話の流れとしては、入院が決まったからこそ耕造さんは、これを口実に孝美を東京から呼び寄せろ、と糸子さんに指示した。そうだよね？　でも、もしも一連の出来事がその順番で起こったのだとしたら、孝美が飛行機で高和へ帰ってくる頃には検査なんか、とっくに終わっていないとおかしい。でしょ？」

「言われてみれば、た、たしかに。滔々と喋りながら時系列的な矛盾に自分ではまったく気づいていなかった。はて。どういうことだろ。例えば孝美が話の細部を端折ったのか、それともあたしがなにかを曲解したのか」

「仮に孝美が渦中に見聞した事象をありのままに伝え、刻子のほうも彼女からの説明内容の前後関係を錯誤したわけでもなかったのだとしたら。導かれる結論は、ただひとつ。すなわち父親が危篤状態なので一刻も早く帰ってくるようにと孝美に連絡したのは、実は耕造さんの指示によるものではなかった、ということ。糸子さんが勝手についた嘘だったんだ。それは、夫が修学旅行の下見で留守のタイミングを狙って、義理の娘を実家へ誘き寄せるための策略だったにちがいない」

「まって。ちょっと待って。その仮説が的を射ているとしたら、夫が旅先で体調不良を起こして予定を繰り上げ、早々と高和へ帰ってきたのって、糸子さんにとっては想定外の事態だった……ということになるね」

「本来は夫が不在のあいだに、孝美を高和へ呼び寄せる計画だった。しかし宿泊先で食中りに遭った耕造さんは予定を早めて帰ってきて、父娘は病院で鉢合わせ。ぴんぴんしている父親の姿に怒り心頭に発した孝美は桑水流町の実家へはいっさい立ち寄らず。刻子に連絡をとり、高和市内のホテルへ避難する。そう、まさに。それは単なるレトリックではなく、文字通りの避難だった。なぜならその予想外の展開によって自身もそうとは意識せずに、孝美は命びろいをしたんだから」

「いのちびろい？　って」

「おそらく糸子さんは当初、自ら空港で孝美を出迎え、うまく言い繕って彼女を実家へ連れ込む算段をしていた。ところが夫が早々と帰高して体調不良を訴えたため、検査に付き添わないと不自然に思われるかもと手をこまねいているうちに孝美はひとり、病院へ直行してしまった。いろいろ細かい部分については修正や補足の余地があるかもしれないが、留守にするはずの夫が戻ってきた時点でどのみち、後妻の密かな企みは白紙に戻すしかなかった。ざっとそういう経緯だったんだ」

「じゃあもしも糸子さんの計画が。って、もう。さん付けは、とりあえず止めるとして。糸子はどうするつもりだったの、もしも予定通りにことが運んでいたとしたら？　夫が不在の隙を衝き、まんまと孝美を桑水流町の実家へ連れ込んで、そして、そこで……」

「言葉にするのも恐ろしいが、おそらく殺すつもりだった。だから納屋の内部の土間に、あらかじめ穴も掘っておいたんだ。孝美の遺体を処分するために。夫が出張で一定期間、確実に留守にするという、滅多に無い絶好の機会を狙って、すべてを準備していた」

「でも糸子が、どうして孝美のことを？」

「詳しい動機は想像するしかない。でも、糸子はそういう計画を練っていたと仮定してこそ、問題の稲掛嬢がどうしてわざわざ孝美そっくりの恰好に扮していたのか、という理由もはっきりする。つまり」

「稲掛嬢が孝美のふりをする手筈になっていた、みたいなトリック？　例えば、孝美を殺して遺体を隠した後、稲掛嬢が彼女に化け、高和空港を発って帰京する役割を演じる。然る後、孝美と連絡が取れなくなったと捜索願を出せば、彼女は地元ではなく東京で、なにか事件に巻き込まれたかたちにできる。生存確認期間の偽装によって、自分たちのアリバイを担保しようとした、とか」

「シナリオとしてはだいたいそんな手順だろう。少し補正すると例えば、わけあって出奔するけど心配しないでください、という意味の孝美の書き置きを捏造し、彼女の自宅に残しておく、なんて工作も準備していたんじゃないか。良仁を付け回していた稲掛嬢は東京での孝美の生活環境も熟知していたはずで、部屋の鍵を遺体から奪えば、そんな小細工も簡単だったろう。それによって警察を事案には介入させず、孝美の死は闇に葬られる」

「糸子の計画に稲掛嬢が協力したのは、良仁くん絡みの動機なんだろうね、当然。恋仇である孝美を亡き者にしてしまえば、晴れて自分が彼を独占できる、と思って。でも、だったらどうして？　なぜ稲掛嬢本人が死んで、埋められてしまうことになった？」

「なにか手ちがいがあったんだ。共犯だったはずのふたりのあいだで、例えば深刻な諍いが勃。いや、待って。もしかしたら、糸子じゃなくて……」自身の閃きに少し怯み、口籠もってしまった。「光昭のほうだったのかもしれない。稲掛嬢を手にかけたのは」

「なんでそこでいきなり？　ていうか、その時期、光昭は予備校通いのため県外で下宿中で、高和には居なかったはずだよ。少なくとも孝美はそう言っていた、というあたしの記憶が正しければだけど。あくまでも」

「光昭は、こっそり帰省していたんじゃないか。母親が義姉を高和へ誘き寄せようとしている思惑を察知して。具体的な経緯を端折って結論を言うと、そのとき、光昭は稲掛嬢を殺してしまったんじゃないだろうか。おそらく彼女を孝美と取りちがえて」

「は？　いやいや。それは彼女が孝美と同じような服を着ていたから、ってだけで？」

「稲掛嬢本人に会ったこともないわたしが想像を拡げ過ぎなのは重々承知だが。同じ髪形や服装で、ぱっと見、孝美だとごまかせるくらい背格好が似ていたんじゃないか。だからこそ稲掛嬢を共犯として利用する計画を糸子は考えついたんだ。そんな気がする」

「仮に光昭がひとちがいで稲掛嬢を殺害したのだとして。彼はそもそも、どうして義理の姉に殺意を向けたりなんかしたわけ？」

「動機については保留にさせてもらって。藤永家の納屋から発見された人骨は、当時二十歳そこそこだった光昭が手にかけた女性のものだった。そう仮定すると、なぜ三十余年もの歳月を経て藤永邸が放火されたのか、その理由にも説明がつくんじゃないだろうか」

「どんなふうに？」

「仁賀奈結太の件に話を戻すと。彼は、どうしてわざわざ桑水流町まで車で、放火犯とおぼしき人物を尾行していたのか」

「彼女をストーキングしていたから」

「そこだ。結太はあくまでも紗綾香を付け回しているつもりだったはず。では、なぜ問題のドラレコに映っていた放火犯を彼女だと思い込んだのか。紗綾香がいつも着るような服装をその人物がしていたからだ。その姿で粕川家から出てきたら、彼女の家を監視していた結太は当然それが紗綾香だと思い込む。単に彼女そっくりの恰好をしている別人だとは気づかず、車で追いかけていったんだ」

「でもさ、結太のドラレコに紗綾香の車の映像記録は残っていないんだよね。てことは、その人物は別の車輛で桑水流町へ向かったんだろうけれど。そのことを結太は途中で不自然に感じなかったの？　仮にも交際していた相手だもの、紗綾香が運転する車種なんかは当然、把握していたはずでしょ」

「なにか事情があって自分の軽ワゴンではなく、父親の車を彼女は拝借している、と。結太はそう納得していたんだ、きっと」

「つまり結局、ドラレコに映っていた人物っていうのは、女ではなくて……」

「粕川光昭だった。図らずも刻子はさっき、服装だけで人骨の性別は断定できない、と言った。だがこの場合、女装していたのは放火犯のほうだったんだ」

厳密には、粕川家から出てきたというだけでは他の家族もしくは訪問者かも知れず、それが女装した光昭だったとは断定できない。が、すべて三十四年前の因縁に起因しているのだとしたら、他に該当者は存在しない。

「だとしたら光昭は、どうして自分の娘のふりなんか……あ、そうか、まって。判った。古都乃がどういう仮説を立てているのかが見えてきた気がする。要するに孝美に成ったつもりだった、と言うんだね、光昭は？　その扮装がたまたま娘の紗綾香の服装の趣味とも被っていただけの話で」

刻子は呼吸をととのえるかのように一旦、間をとった。「変なこと、考えたんだけど。仮に藤永邸に火をつけるに当たってわざわざ孝美の恰好をしたのだとしたら、もしかして光昭は、埋められていた女性のことを孝美だと、いまでもずっとかんちが……」

トン。とんッと遠慮がちにドアをノックする音がした。出入口近くのテーブルに居た刻子が椅子から立ち上がり、一旦ガラス越しに外を透かし見て、ロックを外す。

「あれれ？」店内へ入ってきたスーツ姿の男性を見て思わず声が出た。わたしの現役時代の同僚、筈尾（はずお）くんだ。先刻ほたるは電話で、彼も連れてくる、なんて言ってたっけ？　それに、来る際はＬＩＮＥで知らせてくれるはずだったのでは、など諸々瞬間的な困惑の渋滞と同時に再度「あらら」と声が出た。

筈尾くんを伴って現れたのは、ほたるではなかった。彼の両脇から、ひょっこり顔を覗かせたのはさっきギミーくんとともに珠希さんとの待ち合わせ場所へ向かったはずの、みをりとしえり姉妹ではないか。「ど、どうしたの？　釘宮さんとお母さんは？」ていうか、なんで筈尾くんといっしょ？　あなたたち知り合いだったの？　いや、現職刑事を連れて引き返してきたってことは、もしや緊急事態かなにか？　と慌てて立ち上がりかけたわたしを押し留めるかのように、しえりが駈け寄ってきた。そしてマスクが弾け跳びそうな満面の笑みで、ずいっとなにかを差し出してくる。「ことさん、はいッ」

　真紅のヴァレンタイン・デイ仕様でラッピングされたハート形パッケージ。「え」と驚く間もなく、みをりも翡翠（ひすい）色の正方形パッケージを両掌で渡してくれる。「チョコレート？　え。わたしに？　ありがとう。でも、なんで今日？　じゃなくって。あの、まさかとは思うけど。このためにわざわざ引き返してきた……んじゃないでしょうね？」

「たまたまこの方と」みをりはベテランのツアーガイド並みのおとなっぽい仕種で、右掌を筈尾くんのほうへ上向けてみせた。「いまそこでお会いできたので、つい」

「はあ？　ど、どゆこと」とただ惑乱するばかりのわたしに双子姉妹が交互に説明したところによれば。ギミーくんの付き添いで油布姉妹が大通りの横断歩道を渡っている際、反対側の歩道からやってきた四十前後の一見ノーネクタイの営業マンふうの男性と三人はすれちがった。すると、みをりがギミーくんの手を引っ張って踵（きびす）を返し、その男性に（すみません、纐纈古都乃さんのお友だちの方ですよね？）と声をかけたのだという。

　あ。さては、と合点がいった。多分そのとき、くだんの男性、つまり筈尾くんはたまたま、わたしのイメージを脳内で思い描いていたにちがいない。みをりは、それをテレパシーで感知し、纐纈古都乃のことを考えているからにはこの男性はきっと彼女と近しい関係者、例えば警察官なのではないか、と見当をつけた。と、そこまではいいとして。

　みをりは筈尾くんに、こう切り出したという。自分と妹はいまから古都乃さんへの贈り物を取りに自宅へ戻りたいんです、ついてはあなたに同行をお願いできませんか、と。しえりも速攻それに追随し、どうぞよろしく、ぺこりと頭を垂れる。洒落でも冗談でもなく明らかに本気の彼女たちに驚き、なんとかたしなめようと必死のギミーくんにみをりは平然と、釘宮さんはひと足先にママのところへ行っていてください、と指示。あたしたちは〈ＫＵＳＨＩＭＯＴＯ〉に居る古都乃さんにプレゼントを渡した後で、ちゃんと合流するのでご心配なくと、そつなく付け加えて。

「みをちゃんと前から話してはいたんだ」しえりは、すべて自分の手柄とでも言わんばかりで得意げにふんぞり返る。「ママをなんとかギミーくんと、ふたりっきりにしてあげたりできないかなあ。いつまでもあたしたちがくっついてたら、うまくいかないもんね、って。そしたらさっきこのひとを、みをちゃんが呼び留めたから。あ。さすが、と。ぴんときて、あたしも乗っかったんだ。そっかあ。この手があったか、と和音の補給で」

「阿吽の呼吸ね。なるほどお。恋するママのためにあなたたちはお節介にも席を外して小粋な演出をば。って、ちがーう」双子にステレオさながらに挟まれ、わたしは頭をかかえた。

「街なかで筈尾くんに出喰わしたのが、ほんとにたまたま、だったとしても。いきなり付き添いを彼に交替させる、だなんて。いくらなんでも少しは常識ってものを」

「だって、あたしたちふたりだけで夜道をうろうろしてたらママは怒るし、ギミーくんだって困っちゃう。でも、ことさんの知り合いがいっしょなら、みんな納得で安心」

「いや、そ、そうだよ。判る。それは判るんだけどさ。あの、ちょっと」油布姉妹を刻子の居るテーブルのほうへ退がらせると、わたしは筈尾くんを手招きした。「一応確認だけど。この娘たちとは以前から知り合い？」

「いいえ」筈尾くん、半ばこちらの予想通り真面目くさった表情で首を横に振る。「さきほど初めてお会いしました。で、こちらの、えと。油布さんですか」と双子姉妹を何度か交互に見比べ、ひとつ頷いたかと思うや、上向けた掌でみをりのほうを示した。「こちらの方からだいたい、いまおっしゃったような主旨のことをお願いされまして。はい。古都乃さんの自宅のお隣りのマンションへと、ごいっしょさせていただいた次第で」

「いやしくもきみは分別をわきまえるべき、おとな側の立場にありながら。そんな、あっさり引き受けたりする？」

「古都乃さんのお名前を出されて、お断りするわけにもいきませんし」

「そういう問題じゃないッ」筈尾くんがほんとにわたしの知己だったからいいようなものの、これは時と場合によっては見ず知らずの他者に油布姉妹の身柄を預けたギミーくんが保護責任者遺棄を問われかねないケースで、決して笑いごとではない。「生まれて初めて会う女の子にそんな突拍子もないことを頼まれて、なにも変だとは思わなかったの？　そもそもなんでこの娘は、自分と纐纈古都乃との関係性を知っているんだ、とか？」

「言われてみれば不思議ですが。多分ぼく、顔に出ていたんじゃないでしょうか」

「は」

「仕事のことであれこれ思い悩んで行き詰まると、なにしろ薫陶よろしきを得ております身ゆえ、古都乃さんならこんなとき、どうお考えになるだろう、と。ついその思考パターンをなぞろうとする癖が。はい。なので今日も今日とて、思うのは古都乃さんのことばかり。ぼくの頭上のこの辺りでそのお顔が浮かんでいるのが油布さんの眼に、はっきり見えたんじゃないでしょうか。きっと」

な、ナニを言っているんだこのひとは、もう相変わらずというか。ある意味、超常能力者の油布姉妹よりも遥かに得体が知れない。頭上にわたしの顔が浮かんでいたんだろう、って。お茶目なレトリックのつもりなのか、それとも、みをりの精神感応力を把握したうえで、すっとぼけているのか。その泰然自若たる物腰からはまったく判別がつかない。

「たしかに、たまたまと言えば、まことにもって稀有な偶然ではあります。というのも、さきほど出先でちょうど、ほたるさんからＬＩＮＥをもらったところだったので」

「ここへ彼女、来るつもりだ、って件？」

「そうですそうです。古都乃さんの意見を聞きにゆくので、よかったらのちほど、この場所に寄ってみてくださいと。その際、告げられた店名がまさしく、こちらの油布さんが口にされた〈ＫＵＳＨＩＭＯＴＯ〉だったものですから、いやもう驚いたのなんの。これは一生に一度あるか無いかの奇蹟的な巡り合わせだぞと仰天。あ。そうだ」筈尾くん、ちっとも仰天してそうにない、落ち着きはらった所作でスマホを取り出した。「ぼくが、ひと足先にここへ来ていること、ほたるさんに知らせておかなくちゃ。えっと」

　ふと先刻の電話で、刻子にも話を聞きたいと、ほたるが言っていたのを憶い出し、不穏な気持ちが胸に渦巻いた。刻子も生前の彼女と親しかったから、というのだが……孝美がいったい放火事件となんの関係が？

「てことは、無事ミッション完了したので、はいこれにて失礼、ママのところへ戻りまーす、とはならないわけなのね」刻子は腰に手を当て、至極当然のような面持ちで四人掛けのテーブルにつく、みをりとしえりを苦笑気味に見下ろした。「だってヴァレンタイン・デイ用に準備していたチョコを一日早く古都乃へ渡すために、って結局単なる口実で。ほんとの目的は珠希さんを釘宮さんと、ふたりっきりにさせてあげることなんだから」

「母にはＬＩＮＥしておきます。ここに居るから心配しないで、ゆっくり釘宮さんとお食事を楽しんできてね、って。証拠の画像を添えて」みをりはスマホをかまえ、ひとさし指を妹からわたしのほうへ流してみせた。「しえり。もう一度、ことさんと並んで。あ。筈尾さんも、よかったらごいっしょに」

　否応なく刻子も加えての撮影会と相成り、みんなマスクを外した。みをりがこちらへスマホを向けたそのとき、彼女の耳もとからエメラルドグリーンの透過光が立ち昇った。錐揉(きりも)みしながら押し寄せてくる。ほんの一瞬で消えたが、わたしたち四人のうちの誰かの心象風景をテレパシーで捉えたらしい。なんだろ？　ていうか、誰のを？

ふとスマホから顔を上げたみをりと眼が合った。その瞳の滋味(じみ)深い色合いに、なぜか突然、胸騒ぎがしたわたしは吸い込まれるかのように、彼女へ歩み寄った。

我知らずもの問いたげな表情を曝していたらしい。みをりはわたしに頷いてみせるや、そっとスマホ画面を差し示した。しえりとわたし、刻子に筈尾くんの四人が横並びになった構図。いや、そこには五人目の顔が映り込んでいた。しかもちょうど、わたしの肩の上あたりに。はっきりと。みをりがその部分をズームすると、そこに居たのは。

瓜実(うりざね)顔にセミロングの若い娘……孝美だ。しかも明らかに二十代後半くらいの。そんな彼女を目(ま)の当たりにしたわたしは、危うく驚嘆の声を上げてしまうところだった。

孝美の若き日の肖像を、みをりの精神感応力が捉えたこと自体は不思議ではない。ついさっき筈尾くんの言葉に触発されたわたしは脳内で強烈に彼女のことを思い浮かべたのだから、むしろ想定内とも言えよう。

圧倒されたのはその解像度だ。これほど鮮明な姿のまま孝美は現在に至るまでずっと、わたしの心のなかに留まり続けていたのだろうか。普通に考えて、こんな再現度はあり得ないのではないか？　と打ちのめされる。

わたしだけではなくて一般的にも、カメラやビデオ機材のような写実管理機能の無い人間の記憶力には限界があるはずだ。たとえどれほど忘れ難(がた)い事象であろうとも、その印象は時間経過に伴い、変容する。美化や幻滅の振れ幅の程度に多寡(たか)はあれど、主観的イメージによる加工や修正は免れない。

むろんみをりの捉えたこの画像自体、わたしの主観的記憶を反映したものなのだから、例えば昔の孝美の実際のスナップ写真と比べてみれば微妙なデフォルメ具合など一目瞭然かもしれない。が、それを差し引いてもなおテレパシー画像の鮮明さは強烈だ。

もっとも衝撃的なのは、スマホ画面のなかの孝美が、現在のわたしの娘と称してもおかしくない若さであること。そんな彼女と、還暦を過ぎたこちらとのコントラストが、なんだか遥か遠い過去から孝美が、わたしを追いかけてきたかのような錯覚を喚起する。

あまり自覚はなかったけれど、ひょっとしたら長年わたしは負い目のようなものを感じ続けていたのだろうか。すなわち、孝美との関係性の本質から常に目を逸らそうとしてきた、という。一応苦悩するふりをしつつ真正面からは向き合わず、逃げ続けていた。

二〇一九年に孝美が帰省した際、わたしが老父の介護疲れを口実に彼女と会おうとしなかった一件にしても然り。孝美は自分が避けられているように感じた、と手紙のなかで告白していたけれど、ほんとうにそうだったのかもしれない。おそらく、わたしは逃げていた。逃げ切れるはずのない現実から。

わたしにとってほたるはあくまでも弟の良仁の忘れ形見なのであって、それ以上の意味は無い、と。そんなふうにむりやり思い込もうとしていたのではないか。だとしたら、とんだ自己欺瞞だ。そう悟ってもなお、では自分はいったい、ほたるをあいだに挟んだ孝美との関係性をどう捉えて、これまで生きてくればよかったのか、と途方に暮れる。

無力感にさいなまれながらストゥールへ戻るわたしのもとへ筈尾くん、スマホを手にゆったり歩み寄ってきた。「返信が来まして。ほたるさん、こちらへ来るのが少し遅れそうだとか。なので、お待ちになっているあいだにぼくのほうから、とりあえずさわりを古都乃さんに説明しておいてくれないか、とのことですが。よろしいでしょうか」

「桑水流町の放火の件？　お願い」

筈尾くん、頷いた。「失礼」と、わたしの隣りのストゥールに腰を下ろす。「どこまでご存じです？」

「亡くなった仁賀奈結太が生前交際していた粕川紗綾香の父親が、かつて藤永家の住人の旧姓藤永光昭だった、というところまではさっき、ほたるから聞いた」

「実はその粕川光昭なる人物には、四年ほど前にも我々は一度、会っているんです。正確に言うと彼のほうから警察へ、情報提供をしたいと訪れてきたのですが」

「情報提供？」

「粕川光昭曰く、自分は三十年ほど昔。つまりその時点で、ですから一九八九年頃まで藤永姓だった。母親の離婚で粕川姓になって以降、ずっと疎遠になっているその藤永家のことで、重大なお話がある、と」

音量はそれほど大きくないのに、筈尾くんの声はまるで砂に染み込む水さながら、よく通る。「それは藤永家の長女で、自分のかつての義理の姉だった藤永孝美に関してだ。彼女はおよそ三十年前から家族と音信不通になっていて、自分はちょうどその時期、日本を離れて海外留学中だったため、詳細は聞かされていないのだが、どうやら出奔してしまったらしい。生前の母によると、書き置きがあったので多分生存はしているようだ、とのことだったが。それはちがう。実は藤永孝美は、もう死んでいると自分は思う、と」

　厨房へ戻った刻子が、はッと息を呑む気配とともに店内が一瞬、静寂に包まれる。

「死因などの詳細はともかく、彼女の亡骸（なきがら）は桑水流町の藤永邸のどこかに隠されているはずだ。いまここでなにか証拠を見せろと言われても困るが、自分はそう確信している。どうか警察のほうで調べて欲しい、と」

「そんなふうに言ったんだ、光昭は……義姉の死を確信している、と」いまから四年前ということは、実際に孝美はしっかり存命だったのに、と内心で指摘。「二〇一九年の時点で。しかも彼女の遺体は藤永邸のどこかに隠されているんだ、とまで。はっきりと」

「雲をつかむような話でしたが、とりあえず手の空いていたほたるさんが藤永家へ話を聞きにゆくことにした。といっても、自宅はすでに空き家になっていると判明したので、世帯主が入所していた市内の特養ホームのほうへ。ところが肝心の藤永耕造は、その数日前に老衰で亡くなられた直後だった」

　漠然と不安めいた予感に襲われるわたしの胸中を、まさか見透かしたわけではあるまいが、筈尾くんは意味ありげにそこで一拍、間を置いた。「タイミングよくと言うのは不適切かもしれませんが。そのときたまたま、事後処理諸々の手続に訪れた遺族が施設内の事務所に居合わせたので、ほたるさんはその方から話を聞くことができた。するとなんと、それが当時東京在住だった藤永孝美さん、ご本人だったのだそうです」

知らなかった。いまのいままで全然。ほたるが、そんなところで孝美との対面を果たしていた、だなんて……その場面を想像しようとするだけで胸が苦しくなる。

溢（あふ）れ返りそうになる感情を少しでも押し留めようと、わたしは軽めの口調を努めたが、どれだけ成功したかは心許ない。「……なんとも呆気（あっけ）なく、粕川光昭の訴えは的外れだったことが明らかになったわけね。藤永孝美は音信不通でもなければ、死んでもいない。ぴんぴんしていた、と」

「ほたるさんは一応念のため、藤永孝美さんに事情を明かしたうえで、身分証明書の提示をお願いした。そして、あなたはすでに死亡し、遺体が藤永家の邸内に隠蔽（いんぺい）されているはずだ、などという妄言を粕川光昭はなぜ、わざわざ警察へ来てまで言い立てたのか。その理由に、なにかお心当たりはありますか、と彼女に訊いてみたそうです」

「孝美は……」無意識に筈尾くんの前で彼女を呼び捨てにしてしまったが、訂正する気力も無い。「孝美はそれに、なんて？」

「まるで見当もつかない。一旦そう答えた。が、しばし考え込んだ後、突拍子もない話でよければ、ひとつだけ、考えられる理由が無くもない。それは光昭の母親、つまり自分のかつての継母の糸子が息子に、そう吹き込んだからではないだろうか、と。具体的にどう伝えたかはともかく光昭に、あなたの義姉は死んだと、そう思い込ませた。では糸子はなぜそんなことをしたかというと、これはあくまでも孝美さんの推測ですが、息子が邪念に惑わされないようにするための、母親としての配慮だったのではないか」

「邪念？　配慮？」

「父親の再婚当初、孝美さんは継母本人と、それほど折り合いが悪かったわけでもなかったそうです。ところが思春期の光昭が成長するにつれ、義理の姉に性的関心を向けるようになる。孝美さん自身がそう感じるというより、継母がその事態を異様に懸念し、警戒しているのが手に取るように判ったのだとか。このままなにも対応せずに放置していたら息子はいずれ彼女と、まちがいを犯してしまうんじゃないかというモラルの問題以前に、光昭が自分以外の女性に執着すること自体が糸子は赦せなかったのかもしれない。そんな猜疑心や敵愾心が嵩じて、義理の娘の存在を消去しなければならないという強迫観念につながり、義姉は死んだ、という息子への虚言として吐露されたのではないか。孝美さんの見立ては、ざっとそんなところです」

それこそが稲掛嬢を替え玉に仕立て、孝美抹殺を目論んだ糸子の動機だったのだ。もちろん息子には秘密で進行していたのだろう。しかし県外で下宿中だったはずの光昭がこっそり帰省し、乱入したため、計画のすべてが総崩れになってしまった。

「折しも光昭は海外留学を決めたところで、東京在住の義姉と顔を合わせる機会もそうそう無い。孝美が死んだと嘘をついても簡単には、ばれるまい。息子を学業に専念させるためにも良い機会だからと、義姉のことはもう忘れなさい、と言い聞かせた。ただ、どういう根拠を示して光昭を説得したのかまでは、さすがに孝美さんにも判らない、と」

光昭は、そう母親に言い聞かされたから孝美が死んだと思い込んだわけではない。自ら手を下してしまったからこそ、その相手が義姉だと、かんちがいしていたのだ。

父親危篤の連絡を餌に、遺体処理用の穴を掘って準備した実家へ孝美を誘い込む段取りとなっていた決行日。そのとき実際に糸子と稲掛嬢、そして光昭の三人のあいだでいったい、なにが起こったのか。

大雑把(おおざっぱ)な経緯としては、糸子が夫の付き添いで病院へ行かざるを得なかったため、そのあいだ、孝美に変装した稲掛嬢は、ひとりで藤永邸に待機していた。そこへ、こっそり帰省した光昭が彼女と鉢合わせる。糸子が舞い戻ってきたときの邸内は惨劇の最中だったのか、それとも、すでに起こってしまった後だったのか。具体的な詳細は判らない。

さきほどの筈尾くんの口ぶりでは糸子もすでに鬼籍に入っているようなので、あとは光昭本人に訊くしかあるまいが、彼とて正確な供述ができるかどうかは極めて怪しい。おそらく光昭は事実をありのままに認識してはいないだろうと考えられるからだ。

誤って稲掛嬢を死に至らしめ、動揺している息子をおそらく糸子はこんなふうになだめた。あなたはなにもしていない。だから今日の出来事はすべて忘れなさい。だいじょうぶよ。お義姉ちゃんは絶対に誰にも見つけられないところに隠しておくから。そして家出してしまった、ということにするから。あなたもしっかり、そのつもりでいるのよ。孝美は自分で勝手に居なくなったんだ、と。

ただ、はたして糸子がどこまで意図的に、自分が手にかけたのは義姉であると息子に誤認させたかは判らない。あるいは光昭自身が勝手にそう思い込んだのに付け込み、敢えて訂正しなかっただけかもしれない。が、いずれにしろ孝美を自らの手で殺めてしまったというトラウマは光昭の心の奥の奥の、奥底まで、しっかり根づいてしまった。

三十年の歳月を経ても到底その懊悩（おうのう）からは逃れられない。義姉の遺体を見つけて、きちんと供養しなければと思い余ったのだろう。藤永家とはもう関係のない自分が勝手に家捜しするわけにもいかないので、自らの関与は隠して警察に相談したというわけだ。

その結果、藤永孝美さんはご存命ですと報告を受けたはずなのに、光昭は信じられなかった。あるいは事実を受け入れるべきという葛藤があったものの、決着がつけられず、三年間も心が引き裂かれるかたちで苦しみ、些（いささ）か精神的均衡を崩していたのか、こうなったら実力行使とばかりに藤永邸への放火という極端に走ってしまう。犯行時には敢えて昔の孝美に似せるような服を着て。

同じだ、と思った。刻子のお兄さんのケースとまったく同じ。妻を失った哀しみと喪失感。彼女が居なければならないはずのベッドのなかを占領する空白。その圧倒的な不在を少しでも軽減するため、お兄さんは自身の身体でその空虚を埋め合わせる。

光昭もまた、自らの手で生命を奪った女性の不在を、彼女と同じ服をまとった自身で代用し、空虚を埋め合わせようとしたのではないか。娘の紗綾香がたまたま昔の孝美を想起させるテイストの服を着ていたのがヒントになったのだろう。そして光昭は現在もなお、自分が殺した女性は孝美だった、と信じて疑っていない。いや、ひょっとしたら。

光昭はむりやり、そう思い込もうとしているだけ……なのかもしれない。どうせ殺人という重い十字架を背負わなければいけないのなら、自分が手にかけた相手が見ず知らずの女性だった、なんて現実は受け入れられない。せめてそれは孝美だったということにしておきたいと、ただひたすら自己欺瞞に縋った挙げ句に藤永邸を焼失させた。ところが。

「……仁賀奈結太の不慮の焼死によって、娘の紗綾香が事件への関与を疑われることになったのは、光昭にとって計算外だった」未だ話はそこまで進んでいないのに、つい放火犯は光昭であるとの前提で、そう独りごちてしまった。「だから翌月、翌々月と、無関係な放火を重ねたんだな。紗綾香への嫌疑を晴らすために。あたかも空き家ばかりを狙う無差別放火犯が存在するかのように装って」

「おっと。まさにその点なんです、古都乃さんのご意見を伺おうと思ったのは。さきほども言ったように我々は、四年前に一度すでに粕川光昭と接触していた。にもかかわらず当初、桑水流町の放火事件と彼とを結びつけられずにいたのです。が、続く連続放火の理由が仮に粕川紗綾香への疑惑を逸らすためだとしたら犯人は父親の光昭ではないか、と四年前の件を失念していたほたるさんも、ようやく関連づけて思い当たった。ではそもそも桑水流町の放火の動機はなんなのか。もしや四年前に、ほんとうは生きていた藤永孝美の死を言い立てた事実こそが重要ではないかと、孝美さんと親しかった古都乃さんやそれからお友だちの久志本さんにもお話を訊」

トントン、と出入口の扉がノックされた。ロックされていなかったようで、カウベルを鳴らして入ってきたのは、ほたるだ。

「どうも遅くなりまして」と感染防止用マスクを取り出し、装着しようとする彼女をわたしは、とっさに「あ。ちょっと待って」と止めた。背中でほたるの視線を遮ってみをりを手招きし、そっと囁いた。「娘のこと、撮ってみて欲しいんだけど……できる？」

それは他愛ない思いつきだった。図らずも実母との邂逅を果たしていたほたるのなかには、いまでも孝美のイメージは残っているのだろうか、という。「ほたる、あなた」と確認の衝動を抑えられず、我が娘に向きなおった。「いま筈尾くんから聞いたんだけど。四年前、藤永耕造が入所していた特養ホームで、娘の孝美さんに会っていたんだって？」

「ええ」とのほたるの答えを合図に透過光が発せられる。てっきりみをりかと思いきや、え？　光が赤い。これはしえりのほうだが、と訝る暇もなく、わたしの身体は彼女の念力で動かされる。くるり、と回れ右。

「ことさん、家族写真はちゃんと、ふたりで並ばなきゃ」と明らかになにも深く考えていない、しえりの無邪気な笑い声。問答無用で互いに肩を寄せ合う恰好にさせられたわたしとほたる。その全身を今度こそ、みをりのほうの緑色の透過光が包み込み、撮影。

「はい」とみをりが示してくれたスマホの画像には、ほたるとわたし、そしてふたりのあいだに挟まれるかたちで孝美が映っていた。初めて見るボブカットのグレイヘアで、わたしと同じくらい老け込んだ彼女がそこに。

それはわたしたちが初めて三人で、いっしょに集った、家族の肖像。

初出

本書は、月刊文庫『文蔵』二〇二三年三月号〜二〇二四年一・二月号に連載された「彼女は逃げ切れなかった」を加筆・修正したものです。

〈著者略歴〉
西澤保彦（にしざわ　やすひこ）
1960年高知県生まれ。アメリカ・エカード大学創作法専修卒業。95年『解体諸因』でデビュー。『七回死んだ男』や「匠千暁」シリーズ、「腕貫探偵」シリーズなどSF要素のある本格ミステリ作品で人気を博す。2023年「異分子の彼女」にて第76回日本推理作家協会賞短編部門を受賞。著書に『夢魔の牢獄』『偶然にして最悪の邂逅』『スリーピング事故物件』『パラレル・フィクショナル』『異分子の彼女　腕貫探偵オンライン』『走馬灯交差点』などがある。

彼女は逃げ切れなかった

2024年9月5日　第1版第1刷発行

著　者　西　澤　保　彦
発行者　永　田　貴　之
発行所　株式会社ＰＨＰ研究所
東京本部　〒135-8137　江東区豊洲5-6-52
文化事業部　☎03-3520-9620（編集）
普及部　☎03-3520-9630（販売）
京都本部　〒601-8411　京都市南区西九条北ノ内町11
PHP INTERFACE　https://www.php.co.jp/
組　版　朝日メディアインターナショナル株式会社
印刷所
製本所　TOPPANクロレ株式会社

ISBN978-4-569-85762-6

PHPの本

越境刑事

中山七里 著

最強の女刑事、絶体絶命!? 新疆ウイグル自治区の留学生が殺され、県警のアマゾネス・高頭冴子は犯人を追って中国へ向かうが……。

PHPの本

鏡の国

岡崎琢磨 著

あなたにこの謎は見抜けるか――。『珈琲店タレーランの事件簿』の著者、最高傑作！　大御所作家の遺稿を巡る、予測不能のミステリー。

PHPの本

心臓の王国

竹宮ゆゆこ 著

だから俺は決めてた。十七歳になれたら『せいしゅん』するって！――爆笑、号泣、戦慄……最強濃度で放たれる、傑作青春ブロマンス！

PHP文芸文庫

風神館の殺人

石持浅海 著

ある復讐のために高原の施設に集まった十人の中の一人が殺された。犯人の正体と目的が摑めぬ中、第二の殺人が！　長編密室ミステリ。

PHP文芸文庫

幕間のモノローグ

長岡弘樹 著

撮影現場で起こる事件の謎と俳優たちの〝罪〟を、ベテラン俳優の南雲が優しくも厳しい目で読み解いていく。著者渾身の連作ミステリ。